KB058927

⑤

어서 오세요 **실력지상주의 교실에**

키누가사 쇼고 지음
토모세 슌사쿠 일러스트

조민정 옮김

타치바나 아카네

호리키타 마나부와 같은 3학년
학생회 서기. 늘 학생회장을
따라 다닌다.

"아니에요.
이 애랑 **회장**을
둘만 남기고
싶지 않다고
내 안테나가
말하고 있어서!"

호리키타 마나부

고도 육성 고등학교의 학생회장. 호리키타 스즈
네의 오빠지만 여동생에게 무척 엄격하다. 아야
노코지를 높게 평가하고 있는 듯한데…….

"정말로
바꿀 셈인가?
이 학교를."

"난들 **아냐.**
호리키타가 이길 거라는 사실만은
틀림없지만 말이지."

다른 남자들은 알 턱이 없지만 이
부키는 운동신경이 뛰어난 편이다. 아
주 적은 정보밖에 없지만 둘 중 누가
이길지 나는 단언할 수 없었다.

"이부키는
운동신경이 좋은가?"

"**농담**하지 마.
난 네가 **누군**지 몰라."

"후후. 그렇겠지.
나만 일방적으로
아는 거니까."

"오랜만이네,
아야노코지.
8년 하고도
243일만이야."

어서 오세요
실력지상주의 교실에
5

키누가사 쇼고 지음 | **토모세 슌사쿠** 일러스트 | **조민정** 옮김

어서 오세요 실력지상주의교실에 ⑤

c o n t e n t s

○스도 켄의 독백

솔직히 말해서, 나는 아직 덜된 인간이다.

그런 건 주위에서 말하지 않아도 잘 안다.

물장사를 하던 어머니가 집을 나갔을 때, 나는 강해지기로 마음먹었다.

작고 굽은 아버지의 등.

청소부로 하루하루 그저 조용히 일하는 모습에 속이 울렁거린 적도 많았다.

머리가 나빴던 나는 일찌감치 공부를 포기하고 운동에 빠졌다.

처음에는 테니스며 탁구 같이 혼자 하는 운동을 좋아했지만, 어느 것 하나 진득하게 하지는 못했다.

실수 없이 할 수는 있었지만 일류가 되지는 못하겠다고 생각했다.

그런 내가 만난 것이 바로 농구였다.

팀플레이에는 약한 편이었는데, 신기하게도 농구만은 있는 그대로 받아들일 수 있었다.

하루가 다르게 농구 실력이 늘었고, 전국에서도 굴지의 농구 강호인 고등학교로부터 스카우트 제의를 받았다.

하지만 폭력 사건을 일으켜 모든 것이 백지화되고 말았을 때 나는 통감했다.

나란 인간은 쓰레기 부모에게서 태어난 쓰레기라고.

그래서 이 학교를 선택했다.

돈도 안 드는데 미래까지 보장된다는 이 꿈의 학교를──.

이름	시라나미 치히로	
반	1학년 B반	
학적번호	S01T004744	
동아리	미술부	
생일	11월 28일	

평가

학력	C
지성	C
판단력	D
신체능력	D−
협조성	C+

면접관 코멘트

차분하고 부드러운 말투가 호감을 준다. 협조성도 있고 성적도 평균이지만 신체 능력이 낮은 점과 소극적인 태도는 개선이 필요한 것으로 판단된다.

담임 메모

치히로는 상냥해서 모두에게 힐링이 되는 마스코트! 이치노세를 보는 눈빛이 조금 수상한 느낌? 혹시…….

○체육대회 개막

"12간지 동물의 순서와 배정된 학생들의 이름 순서가 우대자를 찾아내는 열쇠였네."

혼잡한 카페 '팔레트'의 제일 구석 테이블석.

여름방학이 끝난 직후 나는 히라타, 카루이자와, 호리키타라는 기묘한 멤버 조합으로 점심을 먹기 위해 테이블에 둘러앉았다. 목적은 여름방학 중에 치렀던 선상 특별시험의 복습. 12간지에 따라 그룹을 나눠서 진행된 혼합 팀의 우대자 찾기 시험이었다.

"토끼는 간지 중에 네 번째야. 아야노코지, 이치노세, 이부키, 그 다음 순서가 카루이자와지."

"그렇구나. 아이우에오(일본어 모음 배열 순서) 순으로 하면 내가 네 번째. 그래서 우대자였던 거네."

카루이자와가 감탄하며 고개를 끄덕였다. 그나저나 이 자리에 있는 두 여자애는 언뜻 보면 정말 어울리지 않는데, 히라타가 존재함으로써 웬일인지 위화감이 날아가 버리니 정말 신기하다.

"하지만 말이야, 그 법칙이란 거 엄청 간단하지 않아? 누구나 알 수 있달까. 호리키타가 있었던 용 그룹은 다섯 번째인 쿠시다가 우대자였지?"

답을 들은 카루이자와가 우유팩에 빨대를 꽂아 쭉쭉 빨아

마셨다.

"그래. 하긴 답을 알고 나서 보면 정말 간단하지. 하지만 시험 도중에 그 답을 알아내기란 쉽지 않아. 자기 반에 존재하는 우대자 세 명만 알아서는 그 법칙을 확실하게 밝혀낼 수 없어."

자기 반을 포함해 또 한 반에 존재하는 우대자 세 명의 이름을 알아야 비로소 가능성이 보인다고 할까. 게다가 간지 순서에 대응하는 이름 순서로 우대자가 정해진다는 것을 알아냈다고 해도 제일 처음 내놓는 답은 아무래도 위험요소가 있다는 사실은 변함없다.

만일 틀린 답일 경우 상당한 타격을 입게 되기 때문이다.

물론 그 도박에서 승리하면 한 방에 모든 것을 뒤집을 수도 있지만.

"마음에 걸리는 건 C반이야. 류엔이 아무래도 시험 도중에 법칙을 알아낸 것 같아."

히라타의 추측은 아마 맞을 것이다. 그게 아니라면 그렇게 나오기란 불가능하다.

"하지만 좀 이상하지 않아? 정말 알아낸 게 사실이라면 왜 답을 틀렸을까?"

"그 부분은 나도 마음에 걸려. 큰 위험요소가 있다고는 해도 법칙을 알았으면 결과적으로 모든 우대자를 다 알아냈어도 이상하지 않아. 즉 틀리지 않았을 거라는 얘기지."

하지만 상황을 정리해보면 C반은 답을 틀렸다.

호리키타가 조금 다른 관점에서 추리한 내용을 꺼냈다.

"C반은 류엔 한 사람의 독단으로 움직이는 것처럼 보이지만, 사실은 그렇게까지 단결된 게 아니지 않을까? 독재 정권에 불만을 품은 사람들도 있기 마련이니까."

"하긴 그래. 대답할 권리는 학생 전원에게 있었으니까, 류엔의 방침에 따르지 않은 학생이나 통솔할 수 없는 학생이 실책을 범했을 가능성도 배제할 수 없어. 만약 자기가 정답을 맞히게 되면 받는 포인트가 막대하니."

호리키타와 히라타의 추측은 나쁘지 않았다. 다만, 반드시 그렇다고 단언할 수 없는 게 현실이다. 배신자가 있었을 경우 류엔은 철저하게 그 인물을 찾아냈을 테니까. 문자를 지우고 그 자리를 피했다고 해도 류엔이라면 프라이빗 포인트를 확인하면서까지 깊이 파고들었을지도 모른다.

"넌 어떻게 생각해? 아야노코지."

호리키타가 묻자 히라타와 카루이자와도 동시에 나를 쳐다보았다.

시선이 온통 내게 쏠리자 나도 모르게 숨이 턱 막혀왔다.

"글쎄. 난 전혀 감도 안 오는데."

그렇게 말하며 얼버무리니 곧바로 흥미를 잃고 모두 시선을 거뒀다.

카루이자와만 계속 나를 쳐다봐서 살짝 시선을 맞추자 그제야 눈을 피했다.

"어쨌든 우리는 일단 관계 구축이 최우선 아닐까? 이렇게 호리키타와 아야노코지랑 의논할 수 있게 되서 기뻐."

지금까지는 히라타가 의논하길 원해도 호리키타가 응하지 않았다.

그러나 두 번의 특별시험을 끝내고 마침내 호리키타의 생각에도 변화가 찾아온 것 같다. 막다른 곳으로 내몰리자 혼자서는 싸울 수 없다는 사실을 조금씩 이해하게 됐겠지.

"어쩔 수 없지. 간지 시험은 혼자서는 절대로 공략할 수 없는 특별시험이었으니까. 앞으로도 그럴 거라고 생각하면 어느 정도 연대하는 게 필요하겠지."

호리키타가 생각을 바꾸게 된 가장 큰 요인은 그것 같았다. 하지만 그녀의 말이 맞았다. 고독하게 계속 싸우는 데에는 한계가 있다. 앞으로도 혼자서는 싸울 수 없는 사회의 축소판 시험이 많을 것이라고 예상된다.

"그나저나 너희는 류엔의 손아귀에서 잘도 빠져나왔구나."

호리키타의 팀과 달리 다른 그룹의 우대자였던 카루이자와는 정체가 탄로 나지 않고 시험을 무사히 마쳤다. D반에 가져다준 간접적 이익이 결코 작지 않았다.

"뭐. 나 의외로 포커페이스 잘하거든. 그렇지? 요스케 군?"

히라타의 팔에 매달린 카루이자와가 올려다보며 웃었다. 도저히 이 두 사람이 한 번 어긋났던 관계라고는 생각할 수 없을 정도다. 이게 연기인지 아닌지는 별로 흥미 없지만.

"류엔이 대답하기 전에 다른 녀석이 답을 틀려주었거든. 그 덕분이야."

그런데 언제부터 히라타를 편하게 이름으로 부르게 된 걸까. ……요스케. 좀 불러보고 싶지만 무리다. 히라타와 카루이자와, 두 사람의 복잡한 상태가 만들어낸 새로운 관계일지도 모른다.

그런 히라타는 카루이자와에게 미소를 보낸 다음 호리키타에게로 고개를 돌렸다.

"나한테 한 가지 제안이 있는데 어때?"

히라타의 제안에 대해 호리키타는 묵묵부답으로 일관했다. 말해, 하는 뜻이었다.

"먼저 반의 단합을 위해 쿠시다를 우리 편으로 끌어들이고 싶어. 우리 네 사람이 채울 수 없는 부분을 그 애라면 채워줄 거라고 생각해. 이케, 야마우치를 비롯해서 남자애들을 통합해줄 수 있는 사람은 한정적이니까."

하긴 쿠시다는 그런 애들을 제어할 수 있는 적임자일지도 모른다. 하지만 호리키타가 흔쾌히 허락할지 모르겠다. 입학한 후로 오늘까지 두 사람의 사이는 항상 나빴다.

"필요 없어. 컨트롤이라는 의미에서는 부정할 수 없지만, 우리만으로도 충분히 할 수 있는 일이야. 그러려고 너랑 카루이자와한테 말을 건 거야. 두 사람이 힘을 빌려주면 문제를 얼마든지 타파할 수 있어. 어디에 있는 누구 씨처럼 비뚤어졌으면 또 모르겠지만."

그렇게 말하며 나를 곁눈질했다. 성밀 예의라고는 없는 녀석이다.

"하긴 아야노코지는 우리가 하자는 대로 안 따라올 것 같아!"

히라타 이외의 두 사람이 고개를 끄덕이며 동의했다.

"내가 비뚤어졌다고 생각하는 건 오해야. 그냥 권력에 맞서지 않고 대세에 따르는 군중의 한 사람이지. 너희가 말하는 딱, 컨트롤할 수 있는 인간. 그러니까 그릇이 작은 인간이란 얘기야."

"자기 입으로 자기가 그릇이 작은 인간이라고 말할 수 있는 사람은 사실 그렇지 않아. 그게 하나의 답이지."

"그럼 넌 그릇이 작은 인간이야?"

"나? 내가 그럴 리 없잖아? 무시하지 말아줄래?"

"……그, 그래."

이제는 콩트라고밖에 생각할 수 없는 흐름이었지만, 호리키타가 농담을 한다고는 도무지 볼 수 없었다. 맹한 건지 아닌지 상당히 판단하기 어렵지만, 틀림없이 진심이리라.

1

오후에는 홈룸 시간이 2시간 배정되었다.

D반 담임 차바시라 선생님이 들어와서 무덤덤하게 설명을 시작했다.

"오늘부터 새로 수업이 시작되었는데, 2학기는 9월부터 10월 초까지 한 달 반 동안 체육대회를 대비한 체육 수업이 많아질 거다. 새 시간표를 나눠줄 테니 잘 보관하도록. 그리고 시간표와 함께 체육대회에 관한 자료도 나눠줄 거다. 제일 앞에 앉은 학생이 프린트를 뒤로 넘기도록 해라."

체육대회라는 말을 들은 순간 학생들 일부가 비명을 질렀다. 그 행사가 다가오기를 기대하는 학생도 있었겠지만, 역시 운동이 주를 이루는 행사를 마냥 싫어하는 학생도 많았다.

"또 학교 홈페이지에도 프린트와 마찬가지로 상세한 내용이 공개되어 있다. 필요하면 참고해."

"선생님, 이것도 특별시험에 들어가나요?"

반 대표로 히라타가 손을 들고 질문했다.

당연히 그렇다고 대답하겠지. 모두가 그렇게 생각했는데…….

"어떻게 받아들이든 다 너희의 자유야. 어쨌든 각 반에 큰 영향을 주는 건 똑같으니까."

차바시라 선생님은 그렇게 긍정이라고도 부정이라고도 할 수 없는 애매한 답변을 내놓았다. 운동에 약한 학생들이 또다시 비명을 질렀다. 그냥 평범한 학교였다면 대충 하는 척만 하거나 땡땡이치는 등 마음대로 할 수 있었겠지만, 반의 명운을 가르는 이벤트라면 못해도 피할 수 없다.

"으쌰!"

반면 운동에 절대적 자신감을 보이는 스도 등 일부 학생은 드디어 기회가 찾아왔다는 듯 잔뜩 들떴다. 두뇌 말고 반에 공헌할 수 있는 첫 시험이라고 할 수 있다.

"아야노코지, 이거──."

주위가 아직 들떠 있는 가운데, 혼자 자료를 휙휙 넘기며 읽던 호리키타가 뭔가 발견하고 프린트를 손가락으로 가리켰다. 나도 페이지를 넘겨 그 부분을 확인했다. 그곳에 적혀 있던 것은 의외로 시험 방식이었다. 한순간이지만 차바시라 선생님이 우리 쪽을 보는 듯한 느낌이 들었다.

"벌써 읽고 눈치챈 사람도 있는 것 같은데, 이번 체육대회는 전체 학년을 두 팀으로 나누어 승부를 겨루는 방식으로 진행될 거다. 우리 D반은 홍팀으로 정해졌다. 그리고 A반도 홍팀이야. 이번 체육대회 동안은 A반과 같은 편이라는 이야기다."

B반과 C반은 백팀이고, 홍팀과 백팀으로 나누어 겨룬다는 것이다.

"우와, 진짜요? 그럴 수가 있나요!?"

이케가 놀라는 것도 무리가 아니다. 필기시험이든 특별시험이든, 지금까지는 기본적으로 반 대항이었다. 그 구조가 무너지지 않을 거라고 예상했다. 그런데 완전한 팀전이라니. 지난번 선상에서의 특별시험과는 또 다른 협력 태세. 그것도 학년을 초월한 협력전.

옆자리의 주인은 평정을 가장하고 있었지만, 속으로는 패닉에 빠지지 않았을까.

3학년 A반에는 이 녀석의 오빠인 호리키타 마나부가 있다. 경우에 따라서는 같이 논의할 일이 생길지도 모른다.

"드디어 네가 너희 오빠랑 접촉할 기회가 생긴다는 건가."

"⋯⋯여기서 그 이야기 하지 마."

가볍게 말을 꺼내봤을 뿐인데 한마디 들었다. 아무래도 실언이었는지 호리키타가 무섭게 노려보았다.

손에 쥔, 끝이 뾰족하게 빛나는 샤프가 꺼림칙하게 느껴지니 그만했으면 좋겠다.

"일단은 체육대회가 불러올 결과 부분을 봐라. 여러 번 반복해서 설명할 생각은 없으니까, 한 번에 잘 알아듣도록."

차바시라 선생님은 프린트를 탁탁 치며 중요 체크 포인트를 전달했다.

우리는 귀를 기울이며 프린트로 시선을 떨어뜨렸다. 거기에 적혀 있는 내용은 아래와 같았다.

● 체육대회의 규칙 및 팀 편성

전 학년을 홍팀과 백팀으로 나누어 진행하는 대전 방식의 체육대회.

홍팀은 A반과 D반. 백팀은 B반과 C반으로 구성된다.

● 전원 참가 경기의 점수 배분(개인 경기)

결과에 따라 1위 15점, 2위 12점, 3위 10점, 4위 8점이 팀에 주어진다.

5위 이하는 1점씩 내려간다. 단체전의 경우는 승리한 팀에 500점이 주어진다.

●추천 참가 경기의 점수 배부

결과에 따라 1위 50점, 2위 30점, 3위 15점, 4위 10점이 팀에 주어진다.

5위 이하는 2점씩 내려간다(최종 경기인 릴레이는 3배의 점수가 주어진다).

●홍팀 대 백팀의 결과가 미치는 영향

전 학년 총점에서 진 팀은 전 학년이 동등하게 반 포인트가 100점 깎인다.

●학년별 순위가 미치는 영향

총점에서 1위를 차지한 반에는 반 포인트 50점이 주어진다.

총점에서 2위를 차지한 반은 반 포인트에 변동이 없다.

총점에서 3위를 차지한 반은 반 포인트 50점이 깎인다.

총점에서 4위를 차지한 반은 반 포인트 100점이 깎인다.

"간단히 말해서, 대충이 아니라 전력을 다해 경기에 임해야 한다는 소리다. 진 팀이 받는 페널티는 결코 가볍지 않으니까."

과연 반 포인트가 100점이나 깎이면 타격이 크지만, 그밖에도 신경 쓰이는 부분이 몇 개 있었다.

"저기, 선생님. 이긴 팀은 몇 포인트를 받나요? 그건 기재되어 있지 않은 것 같은데요."

히라타의 소박한 의문에 차바시라 선생님은 비정한 한마디를 내뱉었다.

"아무것도 없어. 마이너스라는 조치를 받지 않을 뿐이야."

"으헥, 진짜요?! 그럼 별로 안 당기는데."

아비규환, 교실 안이 소란스러워지는 것도 당연했다. 지금까지는 큰 리스크와 동시에 헤아릴 수 없는 보상이 준비되어 있었다. 그런데 이번 체육대회는 그런 것이 거의 보이지 않았다.

"반별 포인트도 확실히 계산되는 만큼 주의하도록. 가령 A반이 뛰어난 활약을 펼쳐서 너희가 속한 홍팀이 승리했더라도 D반의 총점이 최하위일 경우는 100포인트의 페널티를 받게 되니까 말이야."

즉 팀이 기분 좋게 승리했어도 이익은커녕 손해를 본다는 건가. 이 구조는 '경기를 얼렁뚱땅 치르지 않고 최선을 다하기'가 중요하다는 것이다.

그렇다고 D반만 활약해도 안 된다. 예컨대 학년별 총점에서 1위를 차지해 50포인트를 얻었다고 해도 팀 전체가 백팀에게 지면 마이너스 100점이 되어 손해를 보게 된다. 만약 팀이 졌는데 총점까지 4위가 되어버린다면 다 합해서 마이너스 200포인트라는 페널티를 받는다. 홍팀이 이긴다는 것을 대전제로 깔고 D반도 많이 공헌해야 하는 것 같다. 이렇게 보면 다른 시험보다 더 어려울 거라는 예상이 드는데, 일단은 특별 보너스 같은 것도 없다.

●개인 경기 보상(다음 중간고사 때 사용 가능)

각 개인 경기에서 1위를 차지한 학생에게는 5,000 프라이빗 포인트를 증여 또는 필기시험에서 3점에 상당하는 점수를 준다(점수를 선택했을 경우 타인에게 줄 수 없다).

각 개인 경기에서 2위를 차지한 학생에게는 3,000 프라이빗 포인트를 증여 또는 필기시험에서 2점에 상당하는 점수를 준다(점수를 선택했을 경우 타인에게 줄 수 없다).

각 개인 경기에서 3위를 차지한 학생에게는 1,000 프라이빗 포인트를 증여 또는 필기시험에서 1점에 상당하는 점수를 준다(점수를 선택했을 경우 타인에게 줄 수 없다).

각 개인 경기에서 최하위를 기록한 학생에게는 마이너스 1,000 프라이빗 포인트.
(소지한 포인트가 1,000 미만일 경우에는 필기시험에서 마이너스 1점을 받는다.)

●반칙 사항에 대하여

각 경기의 규칙을 숙지하고 준수할 것. 위반한 학생은 실격과 같은 처리가 된다.

악질적인 학생에게는 퇴장 처분이 내려질 수 있다. 그리고 그때까지 획득한 점수의 박탈도 검토된다.

● 최우수 학생 보상

전 경기에서 가장 높은 점수를 받은 학생에게는 10만 프라이빗 포인트를 증여한다.

● 학년별 최우수 학생 보상

전 경기에서 가장 높은 점수를 받은 학년별 학생 3명에게 각각 1만 프라이빗 포인트를 증여한다.

지금까지 치른 시험에는 못 미치지만 조건이 엄격한 것에서부터 가벼운 것까지 폭넓은 특전이 골고루 준비되어 있었다. 그리고 주목해야 할 것은 개인 경기 보상의 장단점이었다. 지금까지 들은 적 없는 항목이 추가되어 있었다.

"서, 선생님, 선생님! 이 1위나 2위를 차지했을 때 특전! 필기시험 점수를 준다는 거예요?!"

이케가 앞으로 거꾸러질 듯 재빨리 나서서 차바시라 선생님에게 자세한 설명을 요구했다. 그 모습이 웃겼는지 차바시라 선생님이 웬일로 피식 웃었다.

"네 상상대로야, 이케. 체육대회에서 입상하면 필기시험에서 보충할 수 있는 점수를 얻는다. 너는 특히 영어와 수학에 약하지. 체육대회에서 얻은 점수는 마음대로 써도 상관없어. 점수를 얻는 만큼, 다음 시험에서 큰 도움이 되겠지."

마구 들뜨는 것도 무리는 아닌데, 운동만 잘하는 학생들 사이에서 환희의 함성이 터져 나왔다. 체육대회에서 활약해 점수를 얻기만 하면 낙제점을 받았을 때 채울 수 있다. 즉 퇴학을 면할 가능성이 올라간다는 뜻이다.

낙제점에 가까운 학생들로서는 두 팔 벌려 환영할 상황이다. 히라타 같은 우등생의 입장에서는 이렇다 할 혜택이 아니지만, 필요 없으면 프라이빗 포인트로 받으면 그만이다. 요컨대 어느 쪽이든 고마운 보상임에 틀림없다.

바보 삼인조 이외에도 학력에 불안함을 느끼는 학생들이 적지 않다. 필기시험에서는 퇴학이라는 최대의 페널티가 기다리고 있는 만큼 절대 방심할 수 없는 요소다.

다만 듣기 좋은 이야기에는 당연히 이면도 존재하기 마련이다.

●모든 경기가 종료된 후, 학년 내에서 점수 집계를 하여 하위 10명에게 페널티를 부가한다.

페널티의 자세한 내용은 학년별로 다를 수 있으므로 각 담임교사에게 확인받을 것.

그런 너무도 성가신 문구가 그 아래에 적혀 있었다.

"선생님, 이 페널티라는 게 뭐죠?"

"너희 1학년에게 부가되는 건 다음 필기시험에서 시험 감점이야. 종합 성적 하위 10명의 학생은 10점의 감점을 받게 되니 주의해야 한다. 어떤 방법으로 감점을 적용할지는 필기시험이 다가올 때 다시 설명할 거니까 여기서는 질문을 받지 않겠다. 또 하위 10명 발표 역시 필기시험을 설명할 때 통보하게 된다."

"허어어어어어억?! 진짜예요?!"

가령 이케가 학년에서 최하위 성적을 받으면 다음 필기시험에서는 낙제 커트라인보다 10점 더 많이 점수를 받지 않으면 안 된다. 상당히 힘든 시험을 맞이하게 되겠지.

대략적인 설명이 끝난 후 이번에는 체육대회에서 치를 구체적인 경기를 확인했다.

체육대회의 종목을 분류하면 '전원 참가', '추천 참가'라는 두 가지로 나눌 수 있다. 전원 참가는 말 그대로 반 아이들 모두가 참가하는 종목. 개별로 겨루는 100미터 달리기도 그렇고, 줄다리기 등 집단 경기도 여기에 해당한다.

반면 추천 참가란 반에서 선발된 일부 학생이 참가하는 경기다. 추천이라고 적혀 있지만 반에서 합의만 되면 스스로 추천해도 상관없고, 한 사람이 복수의 추천 참가 경기에 나가도 된다. 요컨대 회의를 통해 결정해야 하는 종목이다. 내용은 운명 달리기, 남녀 혼합 이인삼각, 1,200미터 릴레이 등이다. 손에 꼽히는 실력자가 참가할 것으로 예상된다.

이 체육대회에서 점수 증감 등은 순수한 결과에 근거하여 이루어지기 때문에 규칙은 지극히 단순하지만, 팀전과 개인전의 복합형인 점은 무척 성가셨다. 경쟁 팀인 B반과 C반에 주의를 기울이는 건 당연하고, 같은 팀인 A반에도 신경

써야 한다. 기본적으로는 서로 도와야 하지만, 학년별 총점에서 이기려면 최대한 자기 반이 경기별로 상위를 점할 필요가 있다. 무인도에서도 그렇고 배에서도 그렇고, 단순하게 치를 수는 없도록 되어 있었지.

"체육대회에서 할 종목의 자세한 내용은 전부 프린트에 나와 있는 대로야. 변경은 절대 없어."

"으헤엑, 이거 완전 빡세잖아! 중학교 때랑 비교도 안 돼!"

●전원 참가 종목
①100미터 달리기
②허들 경기
③장대 눕히기(남자 한정)
④콩주머니 던지기(여자 한정)
⑤남녀별 줄다리기
⑥장애물 달리기
⑦이인삼각
⑧기마전
⑨200미터 달리기

●추천 참가 종목
⑩운명 달리기
⑪사방 줄다리기
⑫남녀 혼합 이인삼각

⑬전 학년 합동 1,200미터 릴레이

체육대회의 왕도인 경기가 나열된 총 13종류의 라인업. 번호는 경기가 진행되는 순서를 나타냈다. 아무래도 불만이 나오는 건 전원 참가 종목 수가 많아서이리라.

"보통은 3개 아니면 4개잖아요, 한 사람당 하는 경기는! 아니 그리고 하루에 이걸 어떻게 다 해요?"

"걱정해주는 건 고맙지만 학교 측도 당연히 생각하고 있어. 응원전, 댄스, 집단체조 등의 종목은 하나도 없다. 어디까지나 체육대회는 체력, 운동신경을 겨루는 거니까 말이지."

운동에 약한 아이들의 저항도 허무하게, 간단히 다루고 넘겼다.

"그리고 아주 중요한 건데, 여기 보면 참가표라는 게 있다. 참가표에는 전 종목의 자세한 내용이 나와 있어. 각 종목에 어떤 순서로 참가할지 너희끼리 정해서 이 참가표에 기입한 다음 담임인 나에게 제출하면 된다. 이런 형태는 어느 중학교에서도 해보지 않았을 테니, 틀리지 않도록 주의하기 바란다."

"우리끼리 참가할 순서를 정하라니, 도대체 어느 범위까지 말인가요……?"

당연한 히라타의 질문. 당연하기 때문에 차바시라 선생님의 대답도 몹시 빨랐다.

"하나부터 열까지. 체육대회 당일에 하게 될 모든 경기,

몇 조에 누가 달릴 것인지까지 전부 너희가 의논해서 정해라. 마감 시간 이후에는 이유를 불문하고 바꿔 쓸 수 없다. 그게 체육대회의 중요한 규칙이야. 제출 기간은 체육대회 일주일 전부터 전날 오후 5시까지야. 만약 제출 기간을 넘겼을 때에는 임의로 넣을 테니 주의하도록."

우리끼리 계획을 세우고 고민해서 승리하는 체육대회라는 건가.

체육대회에서 참가표의 존재는 반의 목숨줄이나 마찬가지인 게 분명해 보였다.

"저도 질문이 있는데요, 차바시라 선생님."

지금까지 조용히 경청하고 있던 호리키타가 손을 들었다.

"마음껏 질문해. 지금이 기회니까."

그 모습을 본 차바시라 선생님이 희미한 미소를 지었다.

히라타도 호리키타도 이 학교의 구조에 대해서는 어느 정도 파악하고 있다.

지금 단계에서 최대한 질문해두는 게 나중에 도움이 된다는 사실은 충분히 알고 있겠지. 특히 포인트에 영향을 주지 않는 지금이야말로 의문을 충분히 해소해야 한다.

체육대회 당일에 이것저것 질문해도 제대로 대답해주지 않거나, 이미 때가 늦을 것이 뻔하다.

"정해진 참가표는 마감 후에 변경이 불가능하다고 했는데, 만약 당일에 결석자가 나왔을 경우는 어떻게 되나요? 개인 경기라면 기재된 대로 빠지는 것으로 간주하고 끝나겠지만, 단체전…… 특히 여러 명이 같이 나가는 기마전이나 이인삼각 같은 경기는 한 명이라도 빠지면 경기 자체가 성립하지 않는데요."

"『전원 참가』 경기에서 필요 최소한의 인원수를 밑도는 형태로 결원이 발생했을 경우에는 속행이 불가능하다고 보고 실격 처리된다. 네가 말한 기마전으로 예를 들면 기마 하나를 만드는 게 불가능해지지. 그럼 기마 하나가 부족한 상태로 대결하게 된다. 이인삼각도 마찬가지다. 병치레 없고 튼튼한 애를 파트너로 선택하는 게 현명할 거야."

일련탁생(一蓮托生). 운동신경이 좋은 파트너를 선택하는 것도 중요하지만, 마찬가지로 건강하고 잘 다치지 않는 아이와 조를 짜는 것도 중요하다는 것인가.

"하지만 구제 조치로 특례도 있어. 체육대회의 꽃이기도 한 『추천 경기』만큼은 대체 선수를 세우는 게 허용된다. 다만 마음대로 대체 선수를 쓴다면 참가표를 제출하는 의미가 없어지고, 극단적인 얘기로 거짓말을 해서 대체 선수를 준비하는 것도 가능하겠지. 따라서 특별한 조건을 세웠다. 포인트를 지불해서 대체 선수를 인정받는 거다."

부정행위를 허용하지 않기 위해 대가를 치르라는 소리인가.

"그럼 추가로 질문 드리는데, 컨디션이 많이 안 좋거나 심한 부상을 당해도 본인이 희망하면 대체 선수를 세우지 않고 계속 할 수 있나요? 아니면 닥터 스톱이 있나요?"

"기본적으로는 학생의 자주성에 맡긴다. 자기관리도 사

회에서 필수불가결한 요소니까 말이지. 중요한 회의 날에 갑자기 열이 난다고 해서 쉽게 빠질 수는 없는 거야. 죽을 힘을 다해 평정을 가장하는 것도 필요하다."

요컨대 컨디션이 안 좋아도 자기책임을 바탕으로 깔아, 참가하는 걸 막지 않는 모양이다.

"그렇지만 도저히 방관할 수 없는 상황이면 그때는 아무래도 막을 수밖에 없겠지."

"잘 알겠습니다. 그럼 대체 선수를 세우는 데 필요한 포인트는 얼마죠?"

"각 경기당 프라이빗 포인트가 10만. 비싸다고 생각하든 싸다고 생각하든 그건 자유다."

"……그렇군요. 감사합니다."

절대 못 낼 액수는 아니지만, 결코 싼 게 아니다. 하지만 경우에 따라서는 대체 선수가 필요한 상황도 미리 염두에 둬야 하겠지.

"다른 질문 없으면 이대로 마무리하겠다."

차바시라 선생님이 교실을 스윽 둘러보았다. 몇몇 학생은 아직 의문을 느끼는지 서로 얼굴을 마주 보거나 작은 목소리로 대화를 주고받았지만, 차바시라 선생님에게 확인하려고 하지는 않았다. 의문을 그냥 넘겨서는 안 되는데, 아무도 지적하지 않고 그대로 질문 시간이 종료되었다. 차바시라 선생님도 굳이 질문하라고 재촉하지 않았다.

"다음 시간에는 제1체육관으로 이동해서, 각 반 다른 학년과 대면식을 가진다. 이상."

시계를 확인한 차바시라 선생님은 아직 홈룸 시간이 남아 있다는 사실을 언급했다.

"아직 20분 정도 시간이 남았으니 나머지는 너희끼리 마음대로 써도 좋아. 잡담을 하든 진지하게 회의하든 자유야."

교사의 허락이 떨어져서, 그때까지 억눌려져 있던 정적이 단숨에 폭발했다.

아이들은 저마다 무리 지어 체육대회에 대해 마음껏 이야기를 나누기 시작했다.

호리키타 쪽에는 스도, 그리고 이케와 야마우치가 모여들었다.

"호리키타. 체육대회를 어떻게 극복해낼지 의논해보자."

"찬성, 찬성. 1위를 차지할 방법 같은 것 좀 가르쳐주라."

그렇게 몰려드는 남자애들을 남 일처럼 보던 호리키타가 깊은 한숨을 내쉬었다.

"어째서 나한테는 이런 애들밖에 안 오는 걸까……."

"슬픈 현실이다."

정말이지, 하고 한탄하면서도 호리키타는 진지하게 고민할 생각이 있는지 노트를 펼쳤다.

"좋아. 일단 너희의 의견을 들어줄게."

"응응!"

가장 먼저 씩씩하게 손을 든 사람은 이케였다. 호리키타는 펜 끝으로 가리키며 발언하라고 했다.

"편하게 이기고 싶어!"

"그런 건 의견으로 인정할 수 없어. 너무 수준 낮은 발언은 그만둬줄래?"

단번에 잘라버렸다. 뭐, 하긴 이케의 희망은 버려져도 어쩔 수 없다.

"D반이 이기는 방법은 있지."

자신만만하게 입을 연 스도.

"별로 기대는 안 되지만 들어는 줄게."

"전원 참가는 잘 모르겠지만 말이지, 내가 모든 추천 경기에 나가는 거야. 그럼 당연히 이기지."

누구보다도 운동에 자신이 있는 스도는 제일 먼저 그렇게 주장했다.

"발언 자체는 이케랑 같은 수준이긴 하지만, 단순하면서도 확실한 방법이긴 해. 넌 우리 반에서 월등하게 운동신경이 좋으니까. 모든 추천 경기에 참가하는 건 나쁘지 않은 이야기야. 같은 인물이 복수 경기에 참가해도 규칙상 문제도 없고."

나도 찬성이었지만, 이케 일행은 불만이 있는 듯 비판했다.

"우리도 기회를 원하는데. 그도 그럴 게, 3위 안에 들면 점수를 받을 수 있잖아."

"그렇게 했다가 반이 이길 가능성이 낮아진다고 해도?"

"아니, 그건 아니지만……. 기회는 많이 받고 싶달까……."

"추천 경기라고 하면 보통, 운동신경이 좋은 애들이 나간다고. 너는 무리야, 칸지."

"그건 아무도 모르는 거지. 혹시 모를 우연이란 것도 있고. 공평하게 해야지!"

"앞으로 반 회의가 반드시 필요하겠어……."

지금 여기서 이케만 설득시키는 건 가능할지 몰라도 호리키타는 반에서 그밖에 이케처럼 생각하는 학생이 나올 거라는 것을 가정하고 그렇게 말했다.

하지만 이번에는 그 발언이 스도에게 불을 붙이고 말았다.

"운동을 잘하는 녀석이 많이 참가하는 거. 그게 최고잖아. 마음이 너무 약해, 스즈네."

스도가 하고 싶은 말이 뭔지는 잘 안다. 그건 호리키타도 반대하지 않았다. 단순히 공부를 잘하는 우등생의 입장에서도 스도 같은 학생이 체육대회에서 활약해주는 편이 이상적이다. 필기시험에서 낙제 위험성이 있는 스도 같은 학생이 보너스를 많이 얻어준다면 아무 불만도 없다.

하지만 반 전원이 찬성할까 하면 그렇지도 않을 것이다. 입상해서 얻을 수 있는 특전은 학력이 낮은 학생일수록 매력적으로 느끼는 법이니까.

항상 퇴학의 위기에 내몰려 있는 학생들이라면 목에서 손이 나올 정도로 간절히 바라겠지.

"난 너의 전 종목 참가 의지를 지지하는 입장이야. 하지만 그렇다고 해서 모든 경기에 네가 나가는 걸 무조건 밀어줄 수는 없어."

"어째서."

"체력은 무한정 있는 게 아니니까. 계속 나가면 당연히 소모되겠지. 연승은 어려워."

"그래도 몸치한테 맡기는 것보다야 낫잖아. 아무리 지쳐도 이 녀석들보다는 쓸 만할걸."

스도가 나를 포함한 남자들을 싸잡아 비웃었다. 분해 보이는 이케 일행이었지만 반론은 할 수 없었다.

"지금 여기서 이 이야기를 계속해봐야 결론은 나오지 않아. 다음 홈룸 시간에 정하자."

더 이상 진전이 없다고 판단한 호리키타가 그렇게 말하며 서둘러 이야기를 매듭지었다.

2

이어진 홈룸 시간은 전 학년 대면식이 진행될 예정이었다. 체육관에 400명이 넘는 교사와 학생이 모였다.

1학년부터 3학년까지, 전교생이 홍팀과 백팀으로 나뉘었다.

호리키타는 어딘지 불안한 모습으로 주위를 두리번거렸다.

이 학교에서 학생회장을 맡은 오빠, 호리키타 마나부를 찾고 있는 거겠지. 하지만 상황이 안 좋다. 이렇게 사람이 많으면 반을 알아도 쉽게 눈에 들어오지 않는다.

게다가 오빠에게 피해가 갈까 싶어 소극적으로 살피며 자중하고 있기도 해서 시야가 좁아 보였다.

오빠가 그렇게 좋으면 좀 더 당당하게 굴어도 될 텐데 말이지.

호리키타에게는 그게 다른 무엇보다도 어렵고 도저히 불가능한 일일 것이다. 돌이켜 생각해보면 이 녀석이 먼저 오빠를 만나러 간 적은 한 번도 없다. 전부 오빠 쪽에서 접촉해왔을 뿐이다.

모두 바닥에 앉자 몇몇 학생들이 앞으로 나왔다. 전교생의 시선이 모였다.

"나는 3학년 A반 후지마키야. 이번에 홍팀의 총 지휘를 맡게 되었어."

보아하니 호리키타의 오빠가 맡는 게 아닌 모양이다.

학생회장이니까 하나부터 열까지 다 맡을 줄 알았는데 그것도 아닌가 보군.

그럼 오히려 평소에는 뭘 하는지 궁금해지는데.

"1학년에게 먼저 한 가지만 충고할게. 일부 애들은 쓸데없다고 생각할지도 모르지만, 체육대회는 아주 중요한 행사라는 걸 명심해. 체육대회에서의 경험은 반드시 다른 기회에서도 살릴 수 있어. 앞으로 너희가 치를 시험 중에는 언뜻 보기에 놀이처럼 느껴지는 것도 아주 많이 있을 거야. 하지만 그 모든 것이 학교에서의 생존을 건 중요한 싸움이다."

상급생의 고맙고도 상당히 애매한 충고였다.

"지금은 아직 실감도 안 나고 의욕도 안 생길지도 몰라. 하지만 임하는 이상 승리한다는 마음가짐을 강하게 가져.

그것만은 모두가 공통된 인식으로 갖추길 바란다."

묵직한 한 마디를 남긴 후지마키는 홍팀 일동을 둘러보며
계속 말을 이었다.

"전 학년이 참여하는 종목은 마지막 1,200미터 릴레이뿐
이야. 그것 이외에는 모두 학년별 종목이지. 그럼 지금부터
각 학년별로 모여서 자유롭게 방침을 정하도록 하자."

후지마키의 말을 시작으로 카츠라기가 이끄는 A반 아이
들이 무리지어 다가왔다.

D반은 약간 위축된 모습이었다. 엘리트 집단에 긴장감을
느낀 것이다.

1학기 때 A반의 성적은 타의 추종을 불허하는 압도적 결
과였다.

"기묘한 형태로 함께 싸우게 됐는데, 여하튼 잘 부탁한다.
가능하면 같은 팀끼리 갈등 일으키지 말고 서로 힘을 모았
으면 좋겠어."

"나도 같은 마음이야, 카츠라기. 나야말로 잘 부탁해."

카츠라기와 히라타가 가까운 거리에서 서로 협력할 것을
표명했다.

원래 A반 측에서 보면 최하위인 D반과 같은 팀이 되는 것
이 이점이 없다. 하지만 서로 힘을 합쳐 싸우지 않으면 서
로가 서로의 발목을 잡아버리게 된다.

이곳은 형제처럼 서로 신뢰한다기보다 다투지 않게 협정
을 맺는 자리라고 할 수 있다.

"저기, 저 애⋯⋯."

내 옆에서 작은 목소리로 중얼거린 이케.

그렇게 목소리가 작아지는 것도 이해가 간다. 나 역시 그랬고, 호리키타 역시 그러하리라. A반의 한 학생이 유독 이 자리에서 튀었기 때문이다.

하지만 아무도 입 밖으로 꺼내지 않았다. 지금은 그런 말을 할 분위기가 아니었으니까.

"반의 방침은 각자 다를 거라고 생각하지만——."

그런 D반의 불가사의한 시선과 감정을 아는지 모르는지, 카츠라기가 무덤덤하게 이야기를 진행하려고 했을 때 체육관 안이 갑자기 소란스러워졌다.

"의논할 생각이 없다는 거야?"

조금 떨어진 곳에서 한 소녀의 목소리가 크게 울려 퍼졌다. 무슨 일인가 싶어 모두의 시선이 그쪽으로 쏠렸다.

목소리의 주인은 1학년 B반 이치노세 호나미였다. 그녀의 시선 끝에는 한 반의 인원으로 보이는 학생들이 체육관을 떠나려고 하고 있었다. 그중 한 사람, 양쪽 주머니에 손을 찔러 넣은 남학생이 뒤돌아보았다. C반 리더 류엔 카케루였다.

"우리는 선의로 나가려고 하는 건데? 내가 협력해달라고 요청해봐야 너희가 믿을 것 같지도 않고. 결국은 금세 서로의 속내를 떠보려고만 하겠지? 그럼 시간 낭비야."

"아, 그래? 우리를 생각해서 수고를 덜어주려는 거구나.

그렇구나."

"그래. 고맙게 생각해라."

류엔은 웃으며 C반 학생 전원을 이끌고 걷기 시작했다.

C반의 독재 정권이 흐트러지지 않았다는 사실을 확인시켜주는 광경이었다.

"저기, 류엔. 협력 없이도 이번 시험에서 이길 자신이 있어?"

이치노세는 류엔과도 끝까지 협력할 생각인지 아직 물러서지 않았다.

하지만 류엔은 발을 멈추지 않았다.

"크큭. 글쎄?"

그렇게 작은 목소리로 웃은 류엔은 C반 학생 전원을 데리고 체육관을 떠났다. D반은 그 모습을 그저 멀리서 지켜보았는데, 카루이자와의 표정이 순간 어두워졌다. 그것도 무리는 아니다. 여름방학 중에 치렀던 선상 특별시험에서 그녀는 C반의 마나베 일행과 다툼이 있었다.

그러면서 그동안 감추고 있었던 '학교 폭력을 당한 과거'가 드러나고 말았던 것이다.

하지만 그러한 충돌을 아는 사람은 당사자들 이외에 나와 유키무라 뿐. 그 유키무라도 카루이자와가 과거에 당했던 일까지는 모르기 때문에, 특별히 마음에 담아둘 만한 일은 없었다.

마나베는 순간 D반 쪽으로 고개를 돌려 카루이자와를 보았다. 하지만 그것도 일순. 곧바로 시선을 피하더니 아무 일도 없었다는 듯 류엔을 따라 가버렸다.

"저쪽은 저쪽대로 힘들겠어. C반이랑 같은 팀이라니."

D반도 잘 통솔되는 편은 아니지만, C반에 비하면 나은가. 반의 모든 결정권을 류엔이 쥐고 있다는 사실을 다시금 확인하는 광경이기도 했다.

그 모습을 지켜본 카츠라기가 호리키타에게 충고했다.

"이번에 너희 D반이 우리랑 같은 팀이 됐으니까 한 가지 충고할게. 류엔을 가볍게 봐서는 안 돼. 녀석은 웃으면서 다가와서 갑자기 덤벼드니까. 방심했다간 호되게 당할 거야."

"충고는 고마운데, 그 말투는 혹시 경험에 근거하는 거야?"

"……아무튼 난 충고했다."

카츠라기는 더 깊이 말하려고 하지 않고 원래 위치로 돌아갔다.

"벌써 움직이기 시작했다는 걸까."

우리 진영에서 B반과 C반을 지켜보던 한 학생이 중얼거렸다.

아까부터 줄곧 신경 쓰였던, 이곳에서 유달리 튀는 아담한 몸집의 소녀였다.

그냥 혼자 의자에 앉아 조용히 시선을 내리깐 소녀. 손에는 가느다란 지팡이가 쥐어져 있었다.

누가 봐도, 다리가 불편한 소녀라고 생각했으리라.

"이 애는 사카야나기 아리스. 몸이 불편해서 의자에 앉아 있는 거니까 이해해줬으면 좋겠다."

그렇게 설명한 사람은 본인이 아니라 카츠라기였다.

"저 애가 사카야나기……."

A반에서 카츠라기와 세력을 양분했다는 소문의 또 다른 리더인가.

무인도 여행에 결석한 것도 이해가 될 만큼 가냘픈 체구였고, 하반신이 불편해서인지 특별히 준비된 의자에 앉아 있었다. 지팡이를 쥐고 앉은 모습에 주위 시선이 집중되는 것도, 본인은 전혀 마음에 담아두지 않는 듯 보였다.

짧은 단발은 염색한 것인지 은발. 그녀의 강렬한 특징 중 하나였다. 살갗은 희었다. 이름이 아리스라고 했는데, 꼭 이상한 나라의 앨리스가 연상되는 존재감이었다.

"엄청 귀엽다……."

D반 남자들이 그렇게 호들갑떠는 것도 무리가 아니다. 쿠시다, 사쿠라와는 또 다른 귀여움과 아름다움. 그리고 어딘지 공허하게 느껴지는 모습은 지켜주고 싶은 분위기를 마구 풍겼다.

하지만 여느 때와 다름없이 장난스럽게 말을 걸어보려는 남학생들은 나오지 않았다. 희박하면서도 왠지 강렬한 의지가 느껴지는 이유는 저 커다란 눈망울에 담긴 힘 때문일까. 가까이 다가가면 왠지 안 좋은 일이 일어날 것만 같은 느낌마저 들었는지도 모른다.

주목받고 있다는 것을 깨달은 사카야나기가 부드럽게 미소 지었다.

"미안하지만 나는 전력적인 면에서 도움이 안 될 거야. 난 모든 경기에 부전패야."

그렇게 자신의 약한 몸을 미리 사과했다.

"우리 반에도 D반에도 피해를 끼치게 됐어. 그 부분에 대해 먼저 사과할게."

"사과할 일이 아니라고 생각해. 아무도 그 점을 따지지 않을 거야."

히라타를 비롯하여 스도도 소녀에게 불만을 드러내지 않았다.

어쩔 수 없는 일을 비난하는 사람은 아무도 없었다.

"학교도 정말 인정사정없네. 몸이 불편한 애는 처음부터 봐줘도 될 텐데 말이야."

"맞아, 너무 마음 쓰지 마."

"배려해줘서 고마워."

사카야나기는 전에 들었던 평판과는 전혀 다르게 무척 예의바르고 얌전했다. 소문으로 들었던 공격적이라는 인상은 전혀 없었다. 한편 A반에서 그녀와 쌍벽을 이루는 카츠라기는 그런 사카야나기를 곁눈질하며 묘한 표정을 유지했다. 그런데 사카야나기라는 학생이 강렬한 존재감을 풍기는 것은 단순히 지팡이나 의자의 존재 때문만은 아니다. 아무것도 모르는 이케 일행은 단순히 A반과 D반으로 나뉘어 앉아 있는 거라고 생각하겠지만, 내 눈에는 일목요연하다. 꼭 카츠라기와 사카야나기 사이에 선이 그어져 있기라도 한 것처럼 A반 아이들이 둘로 나뉘어 앉아 있는 게 분명했다. A반 안에 있는 파벌의 상징이다. 처음에는 호각을 다투었거나 우세한 것으로 보이는 카츠라기 진영이었는데, 지금은 초라하기만 했다. 야히코를 포함해 몇몇 남학생과 여학생이 카츠라기 쪽에 붙어 있긴 했지만, 나머지 학생들은 거의 전부 사카야나기 진영에 있었기 때문이다. 마치 자신의 힘을 과시하듯 일부러 그런 상태로 있는 것 같다는 생각마저 들었다.

사카야나기는 무인도 시험에도 선상 시험에도 참가하지 않았다. 분명한 언급은 없었지만 선상 특별시험도 결석에 따른 페널티를 받았을 가능성이 다분하다. 즉 개인으로서의 결과를 남기지 못했는데도 불구하고 자기편이 늘어난 상황을 만들어냈다.

귀여운 외모가 그 이유는 아닐 것이다. 아마도 우리가 모르는 곳에서 사카야나기는 착실하게 실적을 쌓아 반 아이들의 신뢰를 얻었으리라.

게다가 카츠라기가 한 실책도 적잖은 영향을 미쳤겠지.

다른 반의 속사정 따위 내 알 바는 아니지만, 카츠라기는 기본적으로 확실한 전략을 짠다. 쉽게 실수를 반복할 타입으로 보이지 않는데, 그의 실책에 이 소녀가 관여되어 있는 것일까.

아무튼 사카야나기는 자기의 능력 부족을 사과했을 뿐, 그 이후에 대화에 끼어들 기색은 없었다.

마치 카츠라기와 히라타 등의 행동과 태도를 관찰하는 것 같았다.

지나친 생각일까. 단순히 체육대회에서는 도움이 안 된다는 걸 알기 때문에 얌전히 있을 뿐인지도 모른다. 분명한 건 지금 아무리 생각해봐야 답이 나오지 않는다는 사실이다.

카츠라기는 그런 시선을 아는지 모르는지, 히라타와 대화를 이어나가며 서로의 방침을 확인했다.

"그런데 너희와의 협력 관계 말이야, 서로 방해하지 않는 선에서 그쳐도 문제없다고 생각하는데 그래도 괜찮아?"

"그러니까 참가 경기의 세세한 부분까지는 의견을 좁히지 말자는 거지?"

"그래. 경솔하게 공표했다가는 괜히 쓸데없는 분란만 만들 수도 있어. 만약 C반이나 B반에 정보가 새나간다면 우리는 D반을 의심하게 될 테고 필연적으로 연대가 무너져버리겠지. 그리고 같은 편이어야 할 D반의 전력까지 분석하고 가미하는 건 힘든 일만 늘어날 뿐이니까. 어디까지나 우리는 대등하게 서로 협력하고 대등하게 싸우는 거야. 그게 가장 확실하다는 판단이 들어."

"……그럴지도 모르겠네. 신뢰 관계를 구축하기 어려운 학교라는 건 나도 잘 알고 있어, 카츠라기. 그리고 팀으로는 같은 편이지만, 서로 경쟁한다는 사실은 변함없기도 하고."

그렇게 해도 괜찮을까? 하고 히라타가 반 아이들의 동의를 구했다. 반론하는 목소리는 나오지 않았다.

두 반 모두 갑자기 서로를 믿고 속내를 모조리 드러내기란 불가능했다.

그렇다면 적당히 거리를 두는 편이 무난하다.

호리키타도 그 점은 납득했는지 대화 도중에 끼어드는 일은 없었다.

"하지만 단체 경기 때는 사전에 의논할 필요가 있는 것도 사실이야. 그것에 관해서는 나중에 다시 한 번 이런 자리를 마련했으면 하는데 어때?"

"응, 그러면 될 것 같아. 다른 애들이랑도 상의해볼게."

"잘 부탁한다."

두 사람의 대화는 군더더기가 없고 적확하며 빠르다. 부드럽게 잘 정리될 것 같군.

"아야노코지. 이 특별시험에서 이기기 위해서는 어떤 방법이 있다고 생각해?"

한편 호리키타는 체육대회에 대해 자기 나름대로 지침을 보이려고 했다.

"이번에는 체육대회야. 학교가 운동신경의 유무만 묻고 있다…… 그렇게는 생각하지 않아?"

"기본적으로는 물론 그렇겠지. 능력으로 순위를 겨루는 거라고 해석하고 있어. 만약 운동신경 이외에 결과에 영향을 미치는 요소가 있다고 한다면, 그건 운이 아닐까?"

"운인가?"

그녀답지 않은 발언처럼 보여도 과연 그런 일면이 있을지도 모른다.

"공부와 달리 랜덤으로 대결할 상대가 선택되잖아. 요소로서는 커."

사실, 체육대회는 조합 운에 결과가 좌우되는 면이 있다. 평소에는 8할의 상대에게 이기는 호리키타도, 나머지 2할의 강적과 배치된다면 패배할 수밖에 없다. 반대로 이길 희망이 1할밖에 없는 몸치라도, 그보다 더 몸치인 사람이 상대편으로 걸리면 이길 수도 있다.

"하지만 내가 원하는 건 그런 불확정 요소가 아니야. 확실한 어떤 것이지. 뛰어난 운동신경을 바탕에 깔면서도 운에만 맡기지 않는 방법. 무인도나 선상 특별시험에서는 무한한 가능성이 있었어. ……지금은 그렇게 느끼고 있어. 그러니까 이번에도 분명——."

지금까지 했던 뼈아픈 실수, 실태 때문인지 지금의 호리키타에게는 승리를 향한 집념이 더욱 짙게 묻어났다.

"이번에는 무인도나 선상 시험과 큰 차이가 뭐라고 생각해?"

"……차이? 나한테는 다 똑같은 특별시험인데."

"물론 비슷하다는 건 부정할 수 없어. 하지만 학교 측은 절대 똑같다고 인정하지 않겠지."

"네가 무슨 말을 하는지 잘 모르겠어. A반과 협력 관계에 있으니까? 하지만 선상에서도 각 반과 그룹을 만드는 이상한 팀전을 치렀었고……."

"그게 아니야. 애초에 대전제가 틀렸어."

감질 나는 말투에 호리키타가 짜증을 내자, 나는 내가 알아낸 사실을 털어놓았다.

"이 체육대회에 관해 학교 측은 『특별시험』이라고는 한 마디도 하지 않았어. 우리 1학년은 멋대로 그렇게 입에 담는 면이 있지만, 차바시라 선생님을 비롯한 다른 선생님은 모두 체육대회라고밖에 말하지 않았지. 3학년 후지마키도 그래. 나눠준 프린트에도 『특별시험』이라는 글자는 없었고."

호리키타는 깨닫지 못했다기보다 아직 잘 와 닿지 않는 듯 보였다.

"그렇다고 해도, 그게 뭐? 포인트 증감이나 구조는 특별시험이랑 거의 똑같은데."

"그렇지. 내용이라는 의미에서는 분명 그래. 하지만 본질은 그렇지 않아. 이를테면 정기적으로 치르는 필기시험은 점수를 사고파는 등 숨은 비법이 있다고 해도 원칙적으로는 실력을 많이 보지. 마찬가지로 체육대회 역시 기본적으로는 체력과 센스가 요구돼. 어설픈 잔재주를 부린다고 해도 대세에 영향을 주지 않아. 아니, 주지 못하게끔 되어 있어. 순수한 마음으로 도전하는 반이 진가를 발휘할 수 있다고 생각하는데."

물론 잔재주를 부리는 게 불가능한 것도, 부리는 데에 의미가 없는 것도 아니다.

하지만 체육대회가 시작되면 대세를 움직이는 건 실질적으로 불가능하리라.

필기시험 전이나 후라면 손 쓸 방법이 있을지 몰라도, 시험 중에는 가능한 일이 제한되어 있듯이.

"이번 체육대회에서 중요한 건 경기가 시작되기 전에 꼼꼼히 준비하는 거야. 그리고 본 시합에서 결과를 남기는 것, 단지 그것뿐이야. 심플 이즈 베스트."

"내가 말하고 싶은 건 바로 그 경기 전 준비야. D반이 확실히 이기게 하고 싶어."

"아니지. 네가 하려는 건 준비가 아니야. 공략 혹은 빠져나갈 구멍 찾기지."

"그 차이를…… 난 잘 모르겠어."

"준비라는 건, 이를테면 누가 어떤 순서로 경기에 참가할지, 다른 반의 누가 운동신경이 좋고 나쁜지를 파악하는 거야. 어떤 순서로 나올지 확인하고 정보가 새어나가지 않게 해. 그런 종류야. 반면 공략이나 빠져나갈 구멍이란 건 경기 전에 누군가 결장하게 만들거나 도중에 기권시키는 것 등을 가리켜. 요컨대 넌 강력한 한 수를 원한다는 거잖아?"

지금까지 정공법으로 싸우려다가 패배한 호리키타가 그렇게 생각하게 된 건 자연스러운 흐름이었다.

이 체육대회에서 상대에게 뒤처지지 않도록 미리 손써두고 싶은 건 누구나 같은 마음이리라.

하지만 손쓰는 게 그리 쉽다면 애초에 고생할 사람이 누가 있는가.

"어디까지나 정공법으로 싸워 이겨야 한다는 거야?"

호리키타가 선택할 대답이 무엇이든 간에, 나는 긍정도

부정도 하지 않을 생각이었다.

왜냐하면 이기기 위한 공략은 한 가지만 있는 게 아니라 늘 표리일체로 구성되어 있기 때문이다.

무인도에서도 배에서도, 그리고 체육대회에서도.

'정공법'으로 이길 수도 있고 '빠져나갈 구멍'을 찾아 이기는 것도 가능하다.

요컨대 그 사람에게 맞는 방법을 선택해 싸우는 것이 중요하다.

이 녀석은 아직 표리가 없다. 지금은 앞면과 뒷면 중에 어느 쪽이 되려고 하고 있는 단계.

카츠라기와 이치노세가 앞면, 나와 류엔을 뒷면이라고 한다면, 이 녀석은 둘 중 어느 쪽을 선택할까.

현재 '뒷면'에게 호되게 당하고 있는 호리키타가 그쪽으로 굴러가고 싶어 하는 마음도 잘 알겠지만.

그래도 이번 체육대회는 '뒷면'으로 행동하기가 상당히 어렵기 때문에 하는 충고이기도 하다.

"어떻게 생각할지는 네 마음이야. 호리키타, 지금 D반의 어드밴티지가 뭐라고 생각해?"

"……B반과 C반이 서로 싸워준 덕분에 우리가 유리할 것 같다는 거?"

나는 순간 그 말을 그냥 흘려 넘길까도 생각했지만, 생각을 바꾸었다.

호리키타 스즈네는 고독하게 살아가는 만큼 시야가 압도

적으로 좁았다.

"넌 이기기 위해 견식을 넓히려고 하지만, 아직은 시야가 한참 좁은 것 같군."

"B반과의 협력을 거부한 류엔을 경시한 걸 가지고 그렇게 말하는 거야? 그 애가 그런 연대를 거절했으니, 긍정적인 재료인 건 틀림없다고 생각하는데."

"정말로 그렇게 생각해?"

"……이 다음에 류엔과 이치노세가 화해하고 서로 협력하는 상황도 가능성으로 얼마든지 열려 있어. 이치노세도 류엔을 좋아하지는 않겠지만, 이기기 위해서라면 그런 감정을 죽이고 협력하려 하겠지. 하지만 현 시점에서 기뻐하면 안 되는 거야? 좋은 재료 중 하나로 판단하는 것 정도는 나쁘지 않잖아?"

"그게 바로 시야가 좁다는 거다."

"사람 열 받게 하는 말투네. 그럼 넌 뭐가 보이는데?"

"넌 지금까지 류엔의 뭘 본 거지? 그 녀석은 이기는 것에 대해 생각을 아무렇게나 방기하지 않아. 입으로는 적당히 말해도 이기기 위한 전략을 항상 세우고 치밀하게 행동한다고. 그런데 현 시점에서 갑자기 B반과의 연대를 거절한 건 어째서일까? 정말로 아무 생각도 없이 협력하길 포기했다고 생각해?"

"거절한 이유……? 그럼 이미 B반과 C반이 뒤로는 손을 잡고 있다는?"

그런 식으로 생각해두는 것도 필요하지만, 중요한 건 좀 더 다른 벡터다.

　"지금 생각해둬야 할 것은 B반과의 관계가 아니야. 그 녀석은 이미 이기기 위한 전략을 짰을 가능성이 높다는 거야. 그게 아니라면 회의를 내팽개치는 데 아무 장점도 없어. 거짓말을 해서라도 B반과 논의하는 편이 수확도 있을 테니까."

　"그런 거── 가능성이 낮다고 생각하는데."

　"지진이나 화재가 일어날 가능성이 낮다고 해서, 만일의 사태에 미리 대비할 필요가 없어? 비상시에 미리 대비하는 건 기본적이면서 아주 중요한 일이라는 걸 이해하지 못하나 보네."

　"그건……."

　혹시, 하는 일이 일어나지 않는다면 그보다 더 좋은 일이 없겠지. 하지만 처음부터 그걸 내팽개친다면 여차 하는 순간 대처가 늦어지고 만다.

　"적어도 나는 류엔이 현 시점에서 이기기 위한 책략을 하나 이상 가지고 있다고 생각해."

　"하지만…… 그렇다면 이상해. 체육대회에 대해 이제 막 알았는데. 승리고 뭐고……."

　"그러니까 그 이상함을 이해할 필요가 있겠지. 정공법은 무엇인가, 빠져나갈 구멍으로는 뭐가 있을까. 그리고 『미연에 방지할』 방법은 무엇이 있을까. 그걸 필사적으로 쥐어 짜내보는 게 어때? A반으로 올라가려면 그런 게 필요하잖아?"

이 시점에서 이길 책략을 가지고 있는지 생각하다보면 답은 저절로 좁혀지게 된다.

물론 그건 스도의 싸움 사건에서부터 선상 시험까지, 류엔의 전략과 생각을 파악했을 때 비로소 보이게 되는 것. 지금의 호리키타는 아직 보이지 않는 걸까.

"뭐, 여러 가지로 애써 봐. 실수의 뒤처리만은 가능하도록 준비해둘게."

"멋대로 내가 실수할 거라는 전제를 깔지 말아줄래?"

과연 지금의 호리키타가 어디까지 생각하는 게 가능할지 조금 기대가 된다.

3

그날 수업이 끝난 후에도 나는 혼자 교실에 계속 남았다.

창밖으로 동아리 활동 중인 학생들의 목소리가 들려왔다. 체육대회가 코앞까지 다가왔다고 해도, 각자 해야 할 일이 있고 매일 하는 훈련도 게을리 하지 않는다.

나는 휴대폰에 이어폰을 연결하고 아까 도착한 파일을 열어 상태를 확인했다.

"그렇군……."

이렇게 해서 대략적인 상황 파악이 되었다.

필요하면 앞으로 두, 세 개 정도 장치를 걸어둬야겠다고 생각했는데 안 그래도 될 것 같다.

최상의 결과에 납득한 나는 기숙사에 돌아가기로 했다.

"웬일로 이런 시간까지 남아 있었군. 아야노코지."

정문으로 난 길을 걷다가, 호스를 잡고 물을 뿌리는 차바시라 선생님과 맞닥뜨렸다.

"그럴지도 모르겠네요. 당번이세요?"

"비슷해. 정확하게 말하면 이 주위 일대가 내 담당일 뿐이지만 말이야."

그렇게 말한 차바시라 선생님은 익숙한 솜씨로 계속해서 물을 뿌려나갔다.

"애들과 달리 사회인은 여러 가지로 바쁜 일이 많단다. 특히 체육대회가 다가오는 이런 시기는. 그나저나 오늘 무슨 일 있니? 혼자 방과 후에 어슬렁거리는 모습은 처음 보는데."

"그건 좀 과장 아닌가요?"

"체육대회 준비는 만전을 기하고 있나?"

"그건 지난 홈룸 시간에 대충 파악했을 거라고 생각하는데, 아닌가요?"

히라타와 호리키타, 그리고 스도를 포함한 방침과 작전이 전부 차바시라 선생님의 귀에 들어간 상태였다.

"너라면 뭔가 기발한 아이디어, 작전이라도 짜고 있지 않을까 싶었는데?"

"그런 건 아무것도 없어요."

"아무것도 없다고? 알고 있겠지만——."

그렇게 말하며 그 이야기를 꺼내려던 차바시라 선생님은

내 눈을 보자마자 그만두었다.

　이런 곳에서 쓸데없는 이야기를 해봐야 이득을 보는 사람은 아무도 없다.

　"전에 선생님께 들은 이야기는 잊지 않고 잘 기억하고 있습니다. 하지만 어떻게 할지는 제 자유니까요."

　"하긴 네 말이 맞아. 내가 쓸데없이 간섭할 일이 아니지. 하지만 여유 부릴 때가 아니라는 것도 사실이야. 널 보호할 이유가 사라지면 난 널 외면할 거다. 일개 교사가 압력에 견딜 수 있을 만큼 간단한 일도 아니니까 말이야. 널 감쌀 값어치가 있을 만큼의 성과를 가져오지 않으면 곤란해."

　그렇게 자기 멋대로 하는 기대 따위 내 알 바 아니다. 매일 침식당해가는 일상에 짜증을 느낀 나는 이 자리에서 벗어나기로 결정했다. 이 교사가 쓸데없는 이야기를 전하지 않았더라면 성가신 사태에 휘말리지 않아도 됐을 텐데.

　아니…… 어쩌면 늦든 빠르든 시간문제였을지도 모르지만.

　"저는 가보겠습니다."

　"그래, 조심해서 돌아가라."

　불과 수백 미터에 불과한 귀갓길인데도 그런 걱정을 받으며 나는 기숙사로 돌아갔다.

이름	카네다 사토루
반	1학년 C반
학적번호	S01T004662
동아리	미술부
생일	1월 9일

평가

학력	B
지성	C+
판단력	C
신체능력	D-
협조성	C

면접관 코멘트

성격이 차분한 학생으로 겉으로 드러나는 감정 기복이 적은 것은 단점이지만, 세상을 객관적으로 볼 수 있는 점은 높이 평가한다. 전국 평균보다도 높은 학력 역시 이 학생의 매력으로, 장차 부족한 부분을 채워나가길 기대한다.

담임 메모

반에서 공부를 잘하는 학생인 만큼 다른 학생들도 잘 이끌어줬으면 좋겠다.

○D반의 방침

한 달 후 열릴 체육대회를 향한 본격적인 준비가 시작되었다. 일주일에 한 번 두 시간에 걸쳐 열리는 홈룸을 자유롭게 활용해도 된다는 전달사항이 있어서, 그 시간을 어떻게 쓸지는 온전히 반의 판단에 맡겨졌다.

대회를 맞이해 제일 먼저 정해야 할 것은 두 가지였다. 전원 참가 종목에 나갈 순서를 어떻게 정할 것인가. 그리고 추천 경기에서 누가 어떤 종목에 나갈 것인가였다.

그 두 가지 결정이 승패에 커다란 영향을 미친다는 것은 분명했다.

여기서는 누구보다도 먼저, 반의 리더 같은 존재인 히라타가 솔선해서 움직였다. 교단을 비워주듯 교실 제일 뒤로 이동한 차바시라 선생님은 한 마디도 꺼내지 않았다. 상황을 지켜보려는 생각이겠지.

"이제부터 체육대회 준비를 시작해야 하는데, 연습에 앞서 결정할 게 몇 가지 있다고 생각해. 제일 중요한 건 경기 참가 순서와 추천 경기야. 그걸 어떻게 할지 이제부터 정했으면 좋겠어."

"뭘 어떻게 정하자는 건데?"

스도의 입장에서는 별로 즐겁지 않은 회의가 시작되었다.

"응. 예를 들면 전원 참가의 경우——."

입으로 설명하는 것보다 더 이해하기 쉽게 하려는 생각인
지, 히라타가 분필을 쥐고 칠판에 글을 써내려갔다. 이런 면
은 참 야무진 남자 같다.

'거수', '능력'이라는 두 단어가 칠판에 적혔다. 히라타는
설명하면서 추가로 기록했다.

"대략적이기는 하지만 기본적으로는 이 두 가지라고 생각
해. 경기마다 원하는 순서를 밝히는 거수제. 개인의 능력을
파악해서 효율적으로 배치하는 능력제. 이 둘 중에 하나로
하는 게 좋지 않을까? 각각 장단점이 있을 거야. 거수제의
장점은 당연히 각자 희망하는 순서대로 할 수 있으니까 체
육대회를 즐겁게 임할 수 있다는 거겠지. 그리고 단점은 희
망하는 순서가 겹칠 수 있어서 모두가 원하는 대로 되기가
불가능하고 승패의 결과가 제각각이라는 거겠지."

하고 싶은 대로 순서를 정하는 방식을 취하면 필연적으로
그렇게 되리라.

하지만 심적 부담이 쑥 내려갈 수는 있다.

"다음은 능력제. 이건 굉장히 심플한데, 능력이 뛰어난 사
람이 승리할 수 있는 최선의 배치를 하는 거야. 장점은 거
수제보다 높은 승률이 기대된다는 건데, 강한 사람에게 치
우치니까 다른 사람들의 승률이 내려가고, 각자의 의사가
무시된다는 점이 걱정이라고 할까. 기본적으로는 추천 경
기도 마찬가지라고 생각해. 일단 대충 생각해본 건데 만약
에 이 두 가지 이외에도 아이디어가 있다면 편하게 의견을

내줬으면 좋겠어."

우선 설명을 마친 히라타. 말만으로는 이해하지 못했을 학생들도, 칠판에 자세한 내용을 적으니 각 방식의 장단점을 천천히 파악할 수 있었다. 그리고 아이들 대부분이 히라타가 내놓은 제안 중 어느 한쪽에 자신의 생각을 끼워 맞춘 듯했다. 특별히 새로운 제안은 나오지 않았다.

"아무리 생각해도 능력으로 정하는 게 맞는 것 같은데. 본인이 본인 능력을 제일 잘 알 테고."

스도는 그것 이외의 선택지를 고를 생각이 전혀 없는지 그렇게 단언했다.

"내가 이기면 반이 이길 가능성도 올라가. 그렇게 해서 다 같이 만만세 하는 거지."

말투는 난잡했지만 그게 진리이기는 했다.

스도의 뛰어난 신체 능력을 최대한으로 활용하는 것은 체육대회에서 이기는 데 절대 빼놓을 수 없는 요소였기 때문이다.

"하긴…… 열 받지만 그건 맞는 말 같아."

스도의 말이 전혀 일리 없는 이야기는 아니었기에, 여자애들이 찬성한다는 듯 중얼거렸다.

뒤이어 남자애들도 스도를 추천하는 목소리를 내기 시작했다.

"난 운동을 잘하지 못해. 전원 참가는 그렇다고 쳐도, 추천 경기를 스도가 도맡아준다면 찬성해도 될 것 같아."

유키무라와 같이 학력에 특화된 학생들에게 체육은 취약 분야이기도 하다.

"그럼 결정됐지? 내가 모든 추천 경기에 나간다."

강력하게 공언하는 스도와 그에 찬성하는 학생들. 운동을 못하는 학생 그리고 반이 이기는 것을 최우선으로 여기는 층을 단숨에 흡수한 형태다.

"그럼 모두 동의한다면 추천 경기는 그런 방향으로——."

"기다려."

일찌감치 제안이 가결되려는 순간이었다.

"보충 제안이 있어."

평소 침묵으로 일관하는 호리키타가 이야기에 끼어들었다.

아이들 다수도 의외의 발언자에 주목했다.

"두 제안 중에서 선택한다면 스도가 말한 것처럼 능력제로 가야 한다고 생각해. 거기까지는 이의가 없어. 하지만 그 것만으로는 확실하게 다른 반을 이긴다는 보장이 없지."

"물론 그건 그래."

"그러니까 운동신경이 좋은 애가 우선적으로 원하는 추천 경기에 나가도록 하는 건 물론이고, 전원 참가 경기 역시 이길 수 있는 최선의 조합으로 싸워야 능력을 최대한으로 발휘할 수 있어. 간단히 말해서 빠른 사람은 느린 사람이랑 짜는 거야."

요컨대 다리가 빠른 히라타와 스도로 예를 들면 이 두 사람이 겹치지 않게 조정해야 한다는 이야기이다. 물론 그것도 승리를 위한 선택지 중 하나다.

하지만 그것은 동시에, 약자를 완전히 잘라버리는 비정한 선택이기도 하다.

"잠깐 기다려. 그 작전은 우리가 이길 가능성을 낮추는 거잖아?"

그렇게 처음으로 반론한 사람은 시노하라였다.

반드시 상위를 차지하려면 약한 상대에 강한 사람을 붙일 필요가 있다.

필연적으로 그 반대도 성립하는 만큼 약한 학생이 이길 가능성은 극히 낮아지는 셈이다.

"납득할 수 없는데. 운동을 못한다고 해서 강한 사람과 승부를 겨루게 되면 절대 못 이기잖아. 3위까지 특전이 있으니까 그 가능성을 버리고 싶지는 않아."

"어쩔 수 없어. 그게 반을 위한 길이니까."

"반을 위해서라는 건 알지만…… 프라이빗 포인트도 잃고 싶지 않다고."

"반이 이기면 그만큼 더 돌아오게 되어 있어. 그게 불만이니?"

"입상하면 받게 될 시험 점수도 크고, 포기하는 건 너무 불공평하지 않아?"

"그렇게 생각하고 싶은 마음도 잘 알겠어. 하지만 그것도 이상한 이야기야. 처음부터 그런 특전인 점수에 의존하지 않아도 되게, 평소부터 공부를 착실하게 했으면 되는 거잖

아. 게다가 3위까지 가능성이 있는 거라면 입상 못 해도 상관없잖아? 어차피 네 운동 능력으로 입상할 수 있을 만큼 간단한 경기가 아닐 텐데?"

둘 다 자기주장만 펼치고 한 치의 양보도 없는 모습이었다. 특히 호리키타는 이점을 살리기 위해 강한 공격을 퍼부었다.

"누구나 호리키타처럼 머리가 좋은 건 아니야. 다 너 같다고 생각하지 마."

"공부는 매일 조금씩 해서 쌓아가는 거야. 그걸 변명하지 말았으면 좋겠어."

맞아 맞아, 하고 결코 적지 않은 의견이 호리키타의 등을 밀듯 교실에 울려 퍼졌다.

효율만을 추구한 호리키타의 의견은 스도를 비롯하여 운동신경이 좋은 학생, 또는 A반을 목표로 하는 학생, 그리고 운동에 젬병인 학생들의 호감을 얻었다.

시노하라는 약간 분한 표정을 지으면서도 싸울 의사가 한 풀 꺾였다. 아마도 시노하라처럼 3위까지라면 노릴 수 있을 거라고 여기는 학생도 있으리라. 스도처럼 강한 학생과 한 조에서 만나거나 기마전 혹은 이인삼각에서 몸치와 같은 조가 된다면 표창대가 멀어지는 것도 사실이다.

"적당히 좀 해, 시노하라. 너희 때문에 지면 책임질 거야? 엉?"

"그건…… 윽……."

체육대회는 운동신경이 좋은 학생들의 독무대.

학력 부분에서는 누구보다도 필요 없게 여겨졌던 스도가 강렬한 빛을 내뿜으며 권한을 움켜쥐었다.

호리키타와 스도가 제창한 능력 지상안은 확실해서 쉽사리 무너질 일이 없었다.

이제 시노하라에게 반격할 체력은 남아 있지 않았다. 그렇게 해서 이야기가 급속도로 결론에 이르렀다.

"정말 성가시다니까, 머리 안 돌아가는 애랑 얘기하는 건. ……넌 너대로 지금 상황에 영 흥미가 없나 보구나. 태평하게 휴대폰을 만질 여유가 있으면 이길 방법을 고민하는 게 어때?"

"너나 히라타한테 맡기면 안심인데 뭐."

나는 휴대폰 화면을 끄고 주머니에 넣었다.

회의가 마무리되었다——고 생각한 그때였다.

"아, 잠깐만? 난 반대인데. 시노하라 말처럼 다른 애들이 쓰린 맛을 보는 건 좀. 그렇게 해서 반이 하나로 똘똘 뭉쳐 싸울 수 있겠어?"

그렇게 말한 사람은 카루이자와였다. 시노하라를 옹호하듯 호리키타를 노려보았다.

"하나로 똘똘 뭉친다는 게 바로 그런 거야. 알겠니?"

"아니, 전혀 모르겠는데? 있지, 쿠시다는 어떻게 생각해?"

이 상황을 '웬일로' 잠자코 지켜보고 있던 쿠시다에게 물어보는 카루이자와.

쿠시다는 살짝 놀란 듯했는데, 이내 고민하더니 입을 열었다.

"어려운 문제네. 난 둘 다 이해가 돼. 호리키타랑 마찬가지로 우리 반이 이겼으면 좋겠고, 시노하라의 말대로 모두가 이길 가능성도 남겨두고 싶어."

그리고 계속해서 말했다.

"만약 해결책이 있다면 두 사람의 의견을 모두 고려하는 형태가 이상적이겠지. 1위를 차지한 사람도 꼴찌한 사람도 납득할 수 있는."

그렇게 대답하자 찬성하는 목소리가 여기저기서 들려왔다.

그러한 흐름, 비슷한 발언을 미리 예상해두었던 걸까. 호리키타가 기다렸다는 듯이 되받아쳤다.

"물론 나도 생각한 건 있어. 양쪽이 모두 받아들일 수 있는 방법. 시험 점수가 딱히 필요 없는 학생이 높은 순위를 차지해서 얻은 프라이빗 포인트와 꼴찌를 기록한 애가 잃은 포인트를 상쇄시키는 거야. 포인트의 증감을 반 전원이 부담하는 거지. 이렇게 하면 불만 없겠지?"

이길 가능성을 줄이는 대신에 졌을 때 겪안을 위험을 메우는 계획. 이거라면 반대파도 일정 부분은 받아들일 수 있으리라. 그래도 학년 종합 성적 하위 10명은 타격이 크겠지만.

"그래, 그렇게 하면 되지. 아무리 대충 해도 손해 안 볼 거라니까."

한심한 녀석들이라고 비웃으며 스도가 말했다.

"하지만 그건 포인트만이지. 입상 가능성은 줄어들잖아. 다들 어떻게 생각해?"

카루이자와는 그런 상황에서도 이의를 주장했다.

그리고 카루이자와 그룹에 속하는 여자애들에게 물었다.

"……카루이자와가 반대하면 나도 반대할까 봐."

카루이자와와 어울리는 여자애들이 하나둘 반기를 들기 시작했다.

"너희 정말 바보야? 카루이자와가 반대하니까 반대한다고? 논리라고는 하나도 없네. 이건 시험이니까 효율적으로 이기는 전략을 짜는 게 당연해. 다른 반에는 너희같이 멍청한 애들이 절대 없을 텐데."

"그걸 호리키타 네가 어떻게 알아? 실제로 난 싫거든. 나 말고도 역시 싫다고 생각하는 애들도 있으니까 그런 애들도 좀 생각해줘. 공평하게 정하지 않으면 받아들일 수 없어."

여자아이들을 통괄하는 카루이자와의 발언력이 강해서 호리키타가 제창한, 반의 승리를 최우선으로 한 계획으로의 흐름이 끊기고 말았다.

"둘 다 진정해. 의견이 하나로 통일되지 않으면 다수결로 정할 수밖에 없어."

그런 흐름이 되는 건 필연적이다. 히라타가 교착 상태를 개선하려고 그렇게 말했다.

"지금은 평등하게 투표로 정해서 해결해야 한다고 생각해."

"요스케 군이 그렇게 말하면 나도 찬성."

"……그래. 나 역시 반 내부에서 티격태격 싸울 때가 아니라고 생각하니까. 어쨌든 나는 이의를 제기했어. 너희가 올바른 판단을 내리길 기대할게."

호리키타는 불만 섞인 표정으로 자리에 앉아 나를 노려보았다.

"아야노코지, 저 애 입 좀 다물게 해줄래?"

"내가 무슨 수로."

"요즘 들어 카루이자와랑 자주 접촉했잖아? 그래서 저렇게 기어오르는 거 아니야?"

"아니지, 카루이자와는 원래 저런 녀석인데."

그 점에 관해서는 호리키타도 납득했는지, "하긴" 하는 말을 조용히 흘렸다.

하지만 근거를 제시하지 않는 카루이자와나 감정적으로 의견을 바꾸는 여자애들에 대한 짜증을 감추지 않았다.

"그럼 호리키타의 의견대로 철저한 능력 중시의 지휘, 그리고 카루이자와의 의견도 합해 개인의 주장까지 참작한 지휘. 어느 쪽이 좋은지 거수로 정해도 될까? 둘 다 고르기 힘든 사람이 있으면 무투표도 받으려고 생각해."

반의 승리를 위해 상위진만 우대하자는 호리키타의 제안.

개인도 존중하면서 전체적으로 케어하자는 카루이자와의 제안.

두 의견 중 어느 쪽으로 기울지에 따라 반의 미래 그리고 시험에 대한 영향으로 이어질 것 같다.

무엇보다도 나는 그런 것 따위에 전혀 흥미 없지만……

"그럼 먼저 호리키타의 제안에 찬성하는 사람."

"응. 난 물론 호리키타 쪽에 찬성이야. 이유는 단순히 이기기 위해. 운동신경이 좋은 녀석이 많이 나가서 많이 이기는 거지. 그렇게 하면 되잖아?"

가장 먼저 손을 든 스도. 뒤이어 유키무라와 사쿠라 등 운동에 자신 없는 학생들도 찬성을 표시했다. 한편 상위진의 적수는 못 되지만 나름대로 몸을 잘 움직이는 학생, 그리고 카루이자와 그룹은 손을 들지 않았다.

"16표. 고마워, 손 내려도 돼."

그 수가 더 많은지 적은지는, 무투표가 얼마나 있을지에 따라 결정되겠지.

"잠깐만, 아야노코지. 너 설마 카루이자와의 제안에 찬성하는 거야?"

내가 손을 들지 않은 것을 당연히 알아차린 호리키타로부터 지적이 들어왔다.

"안심해. 난 무사안일주의답게 무투표 파니까."

"……그럼 내 제안에 손을 들어줘도 되지 않아?"

"네 계획이 꼭 정의인 건 아니잖아."

"이해가 안 돼. 확률적으로 반이 이기는 선택을 고르는 편이, 최종적으로 얻는 프라이빗 포인트도 많은데. 세세한 시합 하나하나를 이겨봐야 들어오는 포인트는 얼마 안 돼. 내 제안이 틀렸다면 명확한 이유를 알려줬으면 좋겠어."

"틀렸다고 말한 적 없는데. 단지 답이 그것만 있는 건 아니라는 얘기일 뿐이야."

강적을 물리치기 위해 '버리는 카드'가 될 학생은 포인트도 얻지 못 하고 체육대회를 마치게 된다. 뭐, 호리키타도 그 정도는 알고 있겠지. 어디까지나 위로 올라가기 위해 필요한 희생으로 여기는 것에 불과하다.

"다른 애들도 너처럼 앞만 보고 달리는 게 아니라는 거지."

"그럼 다음으로 카루이자와의 복합안. 이길 때는 이기고, 즐겨야 할 때는 즐기자는 제안이 좋다고 생각하는 사람, 손 들어줘."

카루이자와 그룹 이외에 여기저기서 손이 올라오기 시작했다. 그 수는 몇 명. 카루이자와가 손을 들자 뒤이어 여학생들이 찬동하듯 손을 들었다.

하지만——.

"……다수결의 결과는…… 호리키타의 의견이 16표. 카루이자와의 의견이 13표. 나머지는 무투표로 받아들여도 되겠지?"

이의가 나오지 않아 집계가 종료되었다. 카루이자와 쪽에 모인 표의 대부분은 내용에 대한 한 표라기보다도 지지층으로부터 얻은 것이라고 할 수 있었다. 카루이자와에 대한 신뢰도가 낮아서 진 것이 아니라 단순히 호리키타의 의견이 현실적이면서도 효율적이라는 것을 모두가 알았기 때문이겠지.

D반의 방침은 개인적인 게 아니라 반 전체가 승리하기 위해 움직이는 방향으로 결정되었다.

"…………."

카루이자와도 다수결에 찬성한 이상, 여기서는 불만을 표출하지 않았다.

"결정된 거다? 카루이자와. 그럼 히라타, 나머지를 맡길게."

그녀도 생각을 바꿔서 이 초안을 바탕으로 이기는 선택을 해야만 한다.

물론 나 역시 잘못된 선택지가 채택되었다고는 생각하지 않는다. 애초에 운동신경이 안 좋은 사람은 자기가 나서서 여기도 나가고 싶다 저기도 나가고 싶다 하고 말을 꺼내지 않는다.

필연적으로 추천권은 스도나 히라타 같이 운동 신경이 좋은 녀석들로 좁혀지겠지.

"그럼 추천 경기의 출전 횟수에 대해서인데——."

"난 모든 경기에 나갈 거야. 만약 반론하는 녀석이 있으면 언제든지 직접 대결을 받아주지."

그렇게 강경하게 선언한 스도는 처음부터 일관적인 방침을 입에 담았다.

게다가 불만이 있는 녀석은 몽땅 힘으로 굴복시킬 계획인 듯했다. 너무도 강경한 발언이었지만 효과가 탁월해서 아무도 불평불만을 드러내지 않았다.

물론 우수한 학생들로 구성하니 스도가 필두 후보인 것은 기정사실이었다.

"나도 최대한 많은 경기에 나갈게."

호리키타 역시 나섰다. 카루이자와의 표정이 살짝 굳어졌다. 주변 여자애들이 소곤소곤 귓속말을 했다. 험담이라도 하는 건가.

그 후로 스스로 나서기도 하고 친구를 추천하기도 하며 상위 참가자가 하나둘 정해졌다.

하지만 그리 간단히 모든 경기의 인원이 채워지는 건 아니어서, 전체 경기의 3분의 1 정도밖에 차지 않았다. 스도는 말한 대로 모든 경기에 나가고, 그밖에 다수의 경기에는 호리키타와 히라타를 필두로 쿠시다, 오노데라 등 운동신경이 좋은 학생이 들어갔다. 그리고 나머지는 아직 공석이었다.

"어이, 코엔지. 넌 협력 안 하냐?"

이 회의가 시작된 후로 단 한 마디도 꺼내지 않은 남자를 노려보며 스도가 말했다. 그건 스도 본인도 코엔지가 자신과 비슷하거나 그 이상의 능력치를 가졌다는 것을 인정했기 때문이다.

코엔지가 진지하게 경기에 임한다면 적어도 개인 경기에서 상위 순위가 보장된다.

"아까도 손 안 들었지?"

"난 흥미 없거든. 너희 좋을 대로 해라."

"지금 장난하냐? 이 자식이."

"장난 아닌데. 너한테 강요당할 이유는 없어. 아니, 강요할 권리가 있다고 해도 따라 줄 생각도 없지만."

요컨대 뭐가 어떻게 되든 코엔지는 자신의 행동을 바꿀 생각이 없다는 것이다.

"여기서 모든 걸 결정할 필요는 없다고 생각해, 스도. 코엔지도 잘하는 것과 못하는 게 있을 테고, 억지로 끌어들이는 게 옳다고도 할 수 없어."

코엔지를 감싸면서 한편으로 스도를 진정시키는 히라타.

"적어도 오늘 회의에서 정해야 할 것은 우리 반의 방침과 개인 경기에 나가고 싶은 사람의 의사야. 나머지는 앞으로 차차 정해도 되지 않을까?"

그 발언으로 회의가 막바지에 접어들었다.

그런데 일부 학생은 이 회의에서 이상한 점을 느꼈을지도 모른다.

왜 카루이자와는 호리키타의 제안에 계속해서 반대할까 하고. 그녀는 사실 운동 능력이 막 좋지도 나쁘지도 않다. 기쁨과 아픔을 모두가 나누자, 그래서 승리로 나아가자는 호리키타의 계획은 결코 나쁘지 않았을 것이다. 몇 명이나 느꼈을지는 분명하지 않지만.

1

방과 후가 되자 나는 짬을 내어 작성한 문자를 어떤 인물에게 보낸 다음, 돌아갈 채비를 서두르려는 카루이자와에게 눈짓을 보냈다. 아니, 눈짓이란 옳은 표현이 아니다.

그냥 틈을 살피려고 훔쳐보았을 뿐인데, 우연히 그 시선을 알아차린 모양이었다.

하지만 당연히 내 의도를 파악하지 못했는지, 여자 친구 둘을 데리고 교실을 빠져나갔다. 역시 직후에 연락하지 않으면 알 리 없겠지.

나는 가방을 들고 평소와 다름없이 혼자서 가방을 챙긴 다음, 카루이자와가 나간 지 1분 정도 뒤에 교실을 나섰다.

"잠깐."

계단을 내려가 현관으로 향하려고 하는데 무슨 영문인지 혼자 있던 카루이자와가 나를 불러 세웠다.

"돌아간 거 아니었어?"

"가려고 했는데 네가 할 말이 있는 것 같아서 기다렸어. 아니야?"

그 발언에 놀라지 않을 수 없었다.

"일단은 그렇지."

"뭐, 나도 할 말이 있었고. 간략하게 좀 물어봐도 돼?"

물어봐, 하고 나는 카루이자와의 이야기를 재촉했다.

"나한테 보낸 문자. 그 진짜 의도를 알려줬으면 하는데."

그렇게 말한 카루이자와가 휴대폰 화면을 켜서 문자를 보여주었다. 거기에는 이렇게 적혀 있었다.

'무조건 호리키타의 의견에 반론할 것. 그러면서 쿠시다

에게 의견을 물을 것.'

내가 홈룸 시간 중간에 카루이자와에게 지시한 내용이었다.

"즉흥적이었는데도 잘 이끌어갔네. 그런 상황에서 훌륭하게 반론했어."

"정말 그래. 난 사실 호리키타의 의견에 찬성이었는데. 쿠시다한테 방향을 돌리라는 것도 잘 이해가 안 됐고. 그래서, 그렇게 지시한 이유가 뭐야?"

"내가 하는 일의 의미를 일일이 궁금해하면 한도 끝도 없어. 그리고 물어봐도 꼭 대답할 수 있다고 말하기도 힘들고. 그게 뭘 의미하는지 알아?"

"이유는 묻지 말고 얌전히 지시에 따르라는 거네. 알았어."

"그래, 그런 거야."

분별력 있는 카루이자와는 더 이상 내게 대답을 요구하지 않았다.

"그럼 다른 거 하나만 알려줘. 넌 손을 안 들었는데, 어느쪽이 옳다고 생각해?"

"둘 다 옳다고밖에. 어디에 중점을 두느냐는 본인이 하기에 달렸으니까."

"그건 대답이 아니잖아. 결국 넌 어떻게 생각하는지 대답하지 않았어."

"유감스럽지만 나는 둘 중 어느 쪽, 이런 사고방식을 기본적으로 가지지 않는 주의거든."

"……뭐야, 그게. 잘 모르겠어. 네가 뭘 하고 싶은지. 그냥 반을 혼란스럽게 만드는 게 목적이야? 아니면 정말 진심으로 D반이 A반으로 올라갈 수 있다고 생각해?"

"적어도 호리키타는 그렇게 믿고 있겠지."

그게 아니라, 하고 카루이자와가 한숨을 푹 쉬며 나를 쏘아보았다.

"내가 묻고 있는 건 호리키타의 생각이 아니야. 네가 뭘보고 뭘 노리는지, 이제 그만 알려줬으면 좋겠는데."

"그렇군. 만약 알려줄 게 있다고 한다면 그건 A반에 올라가는 것에는 별 흥미가 없다는 거야. 다만, 우리 반을 A반이 될 수 있는 반으로 만드는 것도 나쁘지 않겠다는 생각이 서서히 들기 시작했어."

"뭐야, 그게. 뭐가 다른지 잘 모르겠는데. 너무 위에서 내려다보는 태도 아니야?"

차바시라 선생님을 앞세워 학교에서 퇴학당하지 않으려면 그러는 편이 낫다.

"지금 말로 해도 넌 믿지 않을 거고 증명할 길도 없어. 그러니까 믿게 하기 위한 몇 가지 예방선을 쳐둘게. 이번 체육대회에서 D반에 배신자가 나올 거야. 그리고 그 녀석은 D반의 내부 정보를 전부 외부에 발설할 거야."

"뭐, 라고? 그거, 진심으로 하는 말이야?!"

"그때가 오면 너도 믿겠지. 내가 보고 있는 것, 내 눈에 보이는 것이 뭔지."

"좀 더 구체적으로 가르쳐줘."

"아직은 안 돼. 하지만 그때가 오면 전부 말해줄게. 지금은 그냥 가. 여기는 남들 눈에 너무 띄는 곳이야."

"말 안 해도 그렇게 할 거거든? 너같이 음침한 애랑 같이 있는 모습을 누가 보기라도 한다면 내 존재 가치가 떨어질 테니까. 하지만…… 만일에 배신자가 나와도 괜찮은 거지?"

"그래. 그걸 위한 포석은 이미 깔아뒀어."

나는 그렇게 말하며 휴대폰을 보여주었다. 과연 카루이자 와도 그게 무슨 일인지는 잘 모르겠지만.

어쨌든 불만스러운 표정을 지으면서도 카루이자와는 계단을 내려갔다. 그 모습을 눈으로 배웅한 나는 한숨을 돌렸다. D반의 방침은 거의 굳어졌다. 그리고 내가 그리는 작전도.

자, 과연 우리와 같은 팀인 A반은 어떤 작전을 생각하고 있을까.

카츠라기의 성격을 봐서는 확실한 전략을 짜낼 것 같은데…….

사카야나기의 존재는 백팀은 물론이고 D반에도 아주 좋은 재료다.

예를 들어 한 사람밖에 구할 수 없는 탈출 장치가 있고, 비장애인과 장애인 두 사람이 궁지에 빠져 있다고 가정해보자. 그런 상황에서 비장애인이 장애인에게, 몸이 불편하니 먼저 가라고 양보할 필요는 없다. 아무리 상대가 저항할 수 없는 장애인이라 할지언정 그 상황에서는 때려서라도 장치를 빼앗아도 된다. 개인으로 태어나 개인으로 살아가는 당연한 권리다. 이는 긴급한 상황이니 위법성이 조각(阻却)된다.

거기에는 공정도 불공정도 없으니까 말이다.

사카야나기가 운동을 할 수 없다고 해서 적당히 봐줄 필요는 전혀 없는 셈이다.

"아무리 그래도……."

카루이자와는 힘든 과거를 가진 만큼 남의 기색과 감정을 읽는 것이 상상 이상으로 뛰어났다.

무엇보다 주위 사람들은 그걸 모른다는 부분도 포인트가 높다.

다시금 예상하지도 못한 수확을 얻었다고 생각한 나는 만족하며 기숙사로 돌아가기로 했다.

2

체육대회 전까지는 경기에 나갈 사람을 결정하는 것 이외에도 할일이 태산이었다.

그 대부분은 체육대회를 원활하게 진행하기 위한 준비였다. 행진이며, 경기 입장부터 퇴장까지 연습을 되풀이했다. 체육 수업은 자유 시간이 많지만 그 시간을 할애해서 각자 연습하고 싶은 것을 할 수 있도록 허락이 떨어졌다.

"빌려왔어."

다음 날 체육 시간. 히라타는 학교에 신청해서 악력 측정기를 입수해왔다.

채택된 호리키타의 제안은 능력 우선 순으로, 운동에 자신 있는 사람을 모으자는 간편한 작전이다. 심플하지만 목적을 달성하기에 충분하리라.

특히 남자가 참가하는 경기에는 순수한 힘을 필요로 하는 경우도 많다.

"차례대로 해나가자. 평소에 잘 쓰는 팔의 악력부터 측정해볼까. 나온 결과를 나한테 말해주면 기록할게. 두 대를 빌려왔으니 효율적으로 측정해서 시간을 아껴야 해."

그렇게 말한 히라타는 자신의 양쪽에 있던 혼도와 유키무라에게 각각 한 대씩 건네려고 했다.

시계 방향, 반시계 방향으로 측정해 나가려는 판단이겠지.

하지만 그에 불만을 품은 스도가 강제로 측정기를 빼앗았다.

"나부터 할 거다, 히라타. 나부터 해야 가장 높은 목표치를 알 수 있잖아."

잘 이해되지 않는 이유였는데, 힘자랑을 하고 싶어 한다는 것만은 알았다.

"으음…… 그럼 나머지 하나는 스도 옆에 있는 소토무라부터 부탁할까."

억지로 바꾸어, 다시 시작 위치를 정했다.

"봐라, 아야노코지. 이게 바로 반을 이끄는 남자의 힘이다."

스도는 자신만만하게 웃으며 강제로 차지한 첫 주자의 실력을 피로했다.

"하아압!"

단단히 기합을 넣은 스도가 어깨를 떨며 오른손으로 측정기를 움켜쥐었다. 디지털 숫자가 쑥쑥 올라갔다. 순식간에 50을 넘고 60, 70까지 상승했다.

그리고 디지털이 최종적으로 가리킨 숫자는 82.4킬로그램. 주변 아이들이 순간 웅성거렸다.

"힘이 어마무시하네!"

"헷. 평소에 단련하고 있으니까. 당연한 결과지. 자, 너도 해봐, 코엔지."

마치 도발하듯 숫자를 들이대며 코엔지에게 측정기를 건네려고 했다.

"흥미 없는데. 난 그냥 없는 사람이라고 쳐."

코엔지가 손톱을 다듬은 다음 끝을 후 하고 불었다.

"나한테 질까 봐 무섭냐? 하긴, 이런 숫자를 보면 그것도 무리가 아니겠지."

그렇게 값싼 도발을 날렸지만 코엔지는 전혀 대꾸할 생각이 없는지 쳐다보지도 않았다.

"쳇…… 자, 아야노코지."

스도의 옆에 있었던 바람에 내가 악력 측정기를 억지로 건네받았다.

"아니, 난 나중에 해도 되는데."

"뭐라고? 너까지 까불지 마. 순서대로 하라고."

억지로 순서를 바꾼 스도한테 그런 말은 듣고 싶지 않은데, 하긴 어쨌든 순서대로 하면 다음 차례는 나다.

설마 두 번째로 측정하게 될 줄이야……. 스도의 기록인 82.4킬로그램이 나름 높다는 건 충분히 알 수 있는데, 고등학교 1학년의 평균이 얼마나 되려나.

예전에 측정기를 쥐어서 몇백 몇천이 나온 적은 있는데 또래의 평균이 얼만지는 들어보지 못했다. 그냥 내 기록만 계속 냈었으니까.

"저기, 스도. 고등학생 평균이 어느 정도 돼?"

"뭐라고? 그걸 내가 어떻게 알아. 60 정도 아닐까?"

"60인가……."

나는 받은 악력 측정기의 화면을 내가 보이도록 잡았다. 악력의 세기는 단순히 팔 두께에 비례하는 게 아니다. 물론 아무 관계가 없는 것도 아니지만, 중요한 것은 아래팔에 있는 완요골근(腕橈骨筋), 요측수근굴근(橈側手根屈筋)이라는 근육 다발이다. 아래팔 근육이 수축해서 힘줄을 잡아당기면 손가락이 휘어지는 구조이기 때문에 이 근육 다발을 단련해 악력을 향상시킬 수 있다. 즉, 어느 정도의 근육량만 있으면 어떻게 단련하느냐에 따라 100킬로를 넘는 것도 가능하다.

물론 그러려면 꾸준한 힘으로 쥐는 오랜 단련이 필요하다.

나는 느릿느릿 손잡이에 힘을 실어 악력기를 쥐었다. 그리고 44를 넘길 때부터 조금씩 조절하기 시작했다. 55가 넘었을 때 더욱 조절했고 60이 조금 넘자 더 힘주는 것을 멈추었다.

"……안 되겠어, 더는 안 움직여."

그렇게 말하며 측정기에서 손을 떼고 옆에 있던 이케에게 건넸다.

그리고 히라타에게 다가갔다.

"60.6 나왔어."

무덤덤하게 그렇게 보고했다.

"우와…… 아야노코지, 힘이 꽤 센데?"

감탄한 히라타가 내 쪽으로 돌아보며 미소 지었다.

"뭐라고? 아니, 하지만 이 정도는 평균 아닌가? 그렇게 높은 수치였어?"

"평균은 훨씬 더 밑일걸? 보통 45, 잘해도 50정도로 알고 있는데?"

"히라타. 나 42.6이야. 조금만 더 쳐서 50으로 해주라!"

이케가 보고하러 왔다. 그건 조금만 더 치는 정도가 아니잖아.

히라타는 씁쓸하게 웃으면서도 정확히 42.6이라고 노트에 써넣었다. 소토무라가 41, 뒤이어 찾아온 미야모토가 48로, 정말 50도 안 되는 결과가 많았다.

"그런가…… 60은 높은 건가……"

아무래도 스도 따위에게 전국 평균을 확인한 내 잘못이었던 것 같다. 그 녀석이 그런 걸 일일이 알 턱도 없는데.

확실하게 중간에 머물러 경기에 안 나가려고 했는데 큰 오산이었다.

이대로라면 일부 추천 경기에도 출전하게 될지도 모른다.

결과적으로 나는 반에서 코엔지를 제외하고 2위라는 자리를 차지하고 말았다. 내 불찰이다. 뒤이어 3위는 히라타로 57.9. 역시 만능남은 여기서도 흔들림 없는 성적을 거두었다.

한편 체육대회에서 전원을 이끌 계획인 스도는 아이들의 한심한 결과를 보고 낙담의 빛을 감추지 않았다.

"의지할 수가 없군, 우리 반은…… 나 말고 전부 형편없잖아. 나 다음 점수가 아야노코지라니 끝난 거나 마찬가지다."

그게 설령 사실이라고 해도 당사자를 바로 옆에 두고 그렇게 말할 수 있는 것이 스도의 대단한 점이다.

남자들이 전부 측정을 마치자 이번에는 여자애들 사이에 측정기가 돌았다. 남자와 마찬가지로 힘이 필요한 공통 경기가 있으니 당연한가.

히라타는 집계한 결과를 바탕으로 추천 경기 칸을 채워, 노트에 정리해나갔다.

"줄다리기, 사방 줄다리기는 단순하게 측정기로 잰 수치 순서로 정하면 될 것 같아. 스도, 아야노코지, 미야케랑 나."

"저기, 궁금해서 그런데. 그 사방 줄다리기라는 게 뭐야? 처음 들어봐."

"나도 몰라서 조사해봤거든. 이름 그대로 사방으로 줄을 잡고 서로 잡아당기는 경기 같아. 네 반에서 선발된 네 사람씩 총 16명이 일제히 줄을 잡아당겨서 승부를 겨루나 봐."

그냥 힘에 맡겨 당기면 되는 줄다리기와 달리, 책략이 중요해 보인다.

히라타가 사방 줄다리기의 참가자를 노트에 기입했다.

"야, 히라타. 우리는 이제 기회가 없냐?"

"그렇지 않아. 예를 들어 운명 달리기 같은 건 운동신경보다도 운이 따라줘야 하니까."

"운이라니, 그럼 그건 어떻게 정하지?"

"심플 이즈 베스트. 가위바위보로 정하는 게 어때?"

성실한 히라타답지 않다고 생각했지만, 의외로 이치에 맞는 제안인지도 모른다.

우리 인생에서도 운이라는 요소는 의외로 크다. 불확정요소지만 운에 의해 그 사람의 인생길이 180도 변할 가능성이 있기 때문이다.

유능한데 평생 일반사원에서 벗어나지 못하는 사람이 있는가 하면, 무능한데 사장 자리까지 오르는 사람도 있다.

그것이 바로 운이라는 요소가 얽혀 있다는 증거이기도 하다.

물론 대체로는 그 이외의 다른 것이 요인이지만.

체육대회의 운명 달리기, 그 주자를 뽑는 정도라면 가위바위보로도 충분하리라.

우리는 몇몇 그룹으로 나누어 참가할 사람을 좁혀나갔다. 물론 나는 불참가 희망자였다. 지기만을 기원하며 1회전에 도전했는데 승리. 그리고 더욱 강하게 지기만을 빌며 도전한 2회전(사실상 결승전)에서도, 훌륭하게 승리를 거머쥐고 말았다. 남자가 3명. 여자가 2명. 가위바위보에서 승리한 다섯 명의 주자가 정해졌다.

"아야노코지, 유키무라, 소토무라, 모리 그리고 마에조노로 총 다섯 명."

거기에 스도까지 더해진 여섯 명이서 운명 달리기에 참가하게 되었다.

"허거걱! 이, 이 몸이 운명 달리기에 간택되고 말았단 말씀이옵니까! 허거덩!"

박사가 입에 게거품을 물며 절망했다.

"어이하여 주먹을 내고 말았단 말이오! 크흑!"

"뭐, 하지만 그건 나도 동의한다……."

이런 경우는 운이 좋다고 해야 하나 안 좋다고 해야 하나. 물론 절대 안 좋은 거겠지…….

"부럽다!"

이케가 이긴 사람들을 부러워했다.

사람에 따라 운을 보는 관점도 달라지니 참 재밌다. 아니, 정말로…….

양보하겠다고 말하고 싶었지만, 그 한 마디가 물의를 빚을지도 몰라 그만두었다.

아마 박사처럼 나가고 싶지 않은 학생들도 불만을 드러낼게 뻔하고.

이렇게 온갖 상념이 뒤섞이면서도 경기 참가자가 차곡차곡 채워져 나갔다.

"다 됐다."

모든 경기, 학생 개개인이 어디에 나갈지 정해지자 히라타가 노트를 돌렸다.

그리고 반 분위기가 안정을 찾는 모습을 보고는 안도의 한숨을 내쉬었다.

다만 이건 어디까지나 잠정적인 결정이고, 앞으로의 연습과 다른 반의 정보에 따라 크게 뒤바뀌는 부분도 나오리라.

"지금 결정된 사항은 아주 중요한 내용이어서 다른 반에게 알려지면 안 되니까 자기 순서랑 같이 할 파트너만 메모하길 부탁해도 될까? 촬영 같은 기록은 남기지 않았으면 해."

만전을 기하는 히라타. 그러한 배려는 적절하다. 안이하게 휴대폰 등으로 노트 내용을 저장하면 언제 어디서 그것이 유출될지 모르니까. 우리는 한 사람씩 노트를 보고 돌렸다.

반의 동향을 살피던 내게 호리키타가 말했다.

"왜 그래, 아야노코지. 상당히 심란한 표정인데."

"본의 아니게 몇몇 추천 참가 경기에 나가게 됐잖아. 마음이 무거워질 수밖에."

"어쩌겠어. 이 반은 운동을 잘하는 애랑 못하는 애의 낙차가 너무 심한걸."

"하긴."

옥신각신한 끝에 추천 참가의 각 비율이 정해졌다. 역시 압도적으로 출전이 많은 것은 남자 중에는 스도. 체력을 걱정하게 되는 전 종목 출전이었다. 여자는 호리키타를 비롯해 여러 학생이 세 종목에 출전하기로 했다. 한편 나도 불운이 겹쳐져 두 종목이나 나가게 되고 말았다.

물론 어디까지나 확정사항이 아니라 잠정적이니까, 만약 본 경기 전까지 적임자가 나타난다면 아마도 교체가 가능하겠지.

그때가 오면 깨끗하게 양보할 생각이다. 아니, 반드시 양보하고야 말겠다.

이름	토츠카 야히코
반	1학년 A반
학적번호	S01T004681
동아리	무소속
생일	5월 12일

평가

학력	C
지성	C
판단력	D
신체능력	D
협조성	B

면접관 코멘트

두드러지게 우수한 성적을 남긴 학생은 아니지만, 훌륭한 지도자에게 사랑받는 경향이 있는 면을 보아 일정한 처세술을 익힌 학생으로 판단된다.

담임 메모

같은 반 카츠라기를 동경하고 카츠라기 역시 그를 높이 평가한다. 현재까지는 특별한 문제 행동도 보이지 않는다.

○각자의 생각

다음 홈룸 시간부터는 본 경기에 대비한 자주적 연습이 결정되었다.

우리는 쉬는 시간에 각자 체육복으로 갈아입고 운동장에 모였다.

"우와, 저것 좀 봐봐."

노골적으로 싫은 표정을 지은 이케가 학교 쪽을 바라보았다. 교실에서 고개를 빼꼼 내민 학생이 보였다.

그것도 혼자가 아니라 여러 명이었다.

"저기는 B반이지? 벌써부터 정탐하는군!"

다른 반의 운동 능력을 파악하는 것은 체육대회 전까지 누구나 할 통과점이다.

"옆에서 A반도 보고 있어."

적군 아군 가리지 않고 전력을 파악해두는 것은 나쁜 일이 아니다. 운동장 같이 눈에 띄는 곳에서 연습하면 감시받는 것이야 당연하다고도 할 수 있다. 하지만 그렇다고 여기에서 실력을 들키지 않으려고 대충 한다면 결국 본 경기에 대비한 연습 기회가 줄어드는 것이나 마찬가지다.

"벌써 시작됐네."

옷을 갈아입고 온 호리키타도 금세 호기심 어린 시선들을 느낀 것 같았다.

하지만 신경 쓰이는 것은 C반이었다. 교실에 인기척은 있는데 아무도 나와 보려고 하지 않았다.

마치 D반의 누가 어느 경기에 나오든 자신들과는 상관없다는 듯이.

"류엔이 신경 쓰여?"

"뭐, 조금은."

"정탐하는 것까지 생각이 못 미쳤다, 라고는 아무래도 생각하기 힘들지만 B반과 협력하는 걸 거절했을 정도니까. 진지하게 전략을 짜는 것 같지가 않아."

그렇게 말한 직후 호리키타는 나도 알아, 하고 내 눈을 보며 말을 계속 이었다.

"라고, 너한테 충고를 듣지 않았다면 난 그렇게 생각했을 거야. 분명 다른 애들도 그렇게 생각하고 있지 않을까?"

호리키타는 열심히 연습 중인 D반 아이들을 보며 말했다.

"네가 예전에 말했던, 류엔이 이미 이기기 위한 전략을 생각해두고 있다는 이야기. 그게 현실성을 띠기 시작했다는 거겠지? 그래서 정탐할 필요도 없다는 거겠지?"

체육관에서 본 호리키타의 낙관적인 표정은 이미 사라졌다. 오히려 곤혹스러워하는 게 너무도 잘 보였다.

"누구나 다른 반의 정보를 입수하고 싶어 해. 누가 운동신경이 좋고, 누가 어떤 경기에 나가는지 알고 싶어서 좀이 쑤실 거야. 그런데 그는 그런 모습을 전혀 보이지 않고 있어."

그렇다. 그게 바로 류엔이 책략을 가지고 있다는 증거다.

"중요한 포인트는 『류엔이 책략을 생각하고 있다』는 걸 안 시점에서 만족하면 안 된다는 거야."

"……그게 무슨 뜻이야?"

"보통 작전이나 비책을 생각할 때, 사람은 최대한 상대방이 깨닫지 못하게 하기 마련이지. 그런데 녀석은 정탐도 안 하고, 그런 부분을 너무 당당하게 안 감추려고 하잖아."

"보란 듯이 군다는 거네."

그리고 그게 의미하는 것까지 생각하면 녀석의 사고 패턴도 동시에 보이게 된다.

지금의 호리키타는 그게 어느 정도까지 보일까?

"네 그 통찰력이랄까 관찰력은 어디서 습득한 건지 묻고 싶어서 참을 수가 없어. 네가 금지했으니까 굳이 묻지는 않겠지만."

상당히 빈정대는, 호리키타다운 말투다. 물론 아무리 꼬집어도 아무 말 안 할 거지만.

"스즈네. 잠깐 괜찮아?"

뒤늦게 온 스도가 생각에 잠긴 호리키타에게 말을 걸었다. 일단 생각을 중단한 호리키타가 조금 짜증 난 투로 스도에게 대답했다. 그것 말고도 걸리는 게 있었던 모양이다.

"몇 번이나 충고하는데, 멋대로 스즈네라고 부르지 말아 줄래?"

"왜? 그렇게 부르면 곤란한 일이라도 있냐?"

"아주 많아. 친하지도 않은 사람한테 친한 척 불리고 싶지 않거든."

호리키타는 스도의 감정 따위 개의치 않고 딱 잘라 말했다.

"불쾌하다고 직접 말했는데도 계속 그렇게 부른다면 이제 슬슬 행동에 나서도록 할게."

실로 등골이 오싹해지는 표현이다. 가능하면 자세한 내용까지는 듣고 싶지 않다.

친근하게 성이 아닌 이름을 부르고 싶은 마음이야 간절하겠지만, 상대방이 싫어한다면 본전도 못 찾을 것이다.

하지만 스도는 무슨 생각인지 이렇게 말했다.

"그럼 말이야, 이번 체육대회, D반에서 내가 제일 많이 활약하면…… 그때는 정식으로 스즈네라고 부르는 걸 허락해주라."

오? 스도 치고는 상당히 겸허한 부탁이다.

다만 호리키타가 순순히 받아들일지 어떨지는 알 수 없다.

"노력하는 건 바람직하지만 어째서 내가 거기에 응해야 하지?"

호리키타는 설마 자신이 스도에게 호감을 얻고 있다는 걸 모르는 모양이었다.

여기에 스도는 과연 어떻게 대답할까.

"……입학한 지 얼마 되지도 않아서 네가 날 구해줬잖아. 그러니까 너랑은 제대로 된 연…… 아니, 일단은 친구가 되고 싶다고 생각해. 그러기 위한 단계인 거지."

"이해가 안 되네. 굳이 선언해서 실행할 것도 아닌데. 하지만 뭐, 좋아. 네가 제일 많이 활약하면 그때는 내 이름을 부르는 걸 허락해줄게. 다만 반에서로 만족하지 마. 학년에서 1등해."

그렇게 말한 호리키타는 스도에게, 가장 높은 기준을 제시했다. 하지만 그건 어떤 의미로 스도의 등을 밀어주는 좋은 재료가 되었을지도 모른다. 그는 몸을 사리는 모습이 전혀 없었다.

"좋았어. 약속한 거다? 학년 1위를 차지하면 그렇게 부를 거니까."

"단, 결과가 나올 때까지는 안 돼. 그리고 학년에서 1위가 안 됐을 경우에는 이름 부르는 건 영원히 금지야. 그렇게 각오해."

"그, 그래."

엄청나게 엄격한 난제를 들이밀었지만 스도는 탄력을 받아 알겠다고 대답했다.

하지만 뭐, 가능성은 결코 낮지 않다. 지금까지 다른 반 학생들을 본 바로 스도의 능력치는 틀림없이 톱클래스다. 개인 종목에서는 거의 문제없으리라고 본다.

유일한 대항마로 보이는 코엔지는 의욕을 보이지 않고 있으니 괜찮으리라.

나머지는 연대가 필요한 경기에서 기록을 얼마나 내느냐에 달렸겠지.

실내에서 간단한 체크 후 본격적인 적성 파악을 위한 연습이 시작되었다. 히라타의 방침도 있어서 강제 참가를 요구하지는 않았지만, 반이 하나로 똘똘 뭉치자는 목표도 있어서 참가율이 90% 정도로 코엔지와 박사 등 일부만 참가하지 않는 선에서 끝났다.

"하아, 헥헥……."

방금 꼴찌로 들어온 여학생이 쓰러질 듯 양 무릎에 손을 얹었다.

"수고했어, 사쿠라. 열심히 달렸구나."

"아, 아야노코지. 헥헥."

평소 운동에 약한 사쿠라는 이런 데에 그다지 적극적으로 참여하는 아이가 아니었다. 하지만 최근에는 성실하게 수업을 들으며 반의 일원이 되려고 노력하고 있었다.

다만 운동신경이 너무 안 좋아 결과는 따라주지 않았지만.

"자! 간다!"

한편 평소에는 불성실하기만 한 스도는 지금 그 존재감이 누구보다도 빛났다. 반에 큰소리를 떵떵 쳐놓았기 때문에 한심한 결과로 끝내기란 불가능했다.

하지만 그건 기우로 끝났다. 주목을 받아 평소보다 더 힘을 발휘했는지, 스도는 압도적인 속도로 골인했다. 반에서 그와 호각을 다툴 수 있는 학생은 없는 것 같다.

"역시 대단해, 스도. 뭘 해도 반에서 1등이라니 정말 굉장하다."

100미터 달리기를 끝낸 스도에게 쿠시다가 제자리에서 통통 튀며 감탄했다.

"헷, 뭐. 그래도 저 녀석이 달리면 어떻게 될지 모르겠지만."

스도가 뒤돌아 노려본 곳에는 수업에 전혀 관심을 보이지 않는 코엔지가 있었다.

"그러고 보니 나, 코엔지가 진지하게 달리는 걸 본 적이 없네!"

이전 수영 수업에서 스도를 상대로 딱 한 번 진지하게 수영했을 때에는 스도보다 앞선 기록을 세웠었다. 그걸 봐서도 코엔지의 능력이 높다는 것만은 판명되었다.

하지만 코엔지는 하지 않겠다고 스스로 결정하면 절대 움직이지 않는 남자다. 이번 체육대회는 기본적으로 스스로 생각하고 자유롭게 해도 된다는 방침이었기 때문에, 코엔지는 정말로 아무것도 하지 않았다.

"아니, 하지만 정말로 굉장해. 이번 체육대회, 리더는 스도야."

"리더? 내가……?"

다시 그런 식의 말을 듣자 스도는 조금 황당하다는 듯 자신을 가리켰다.

"그건 나도 찬성이야. 체육대회는 운동을 잘하는 애들을 위한 장이니까. 스도라면 그럴 자격이 충분히 있다고 생각해. 만약 괜찮다면 우리 모두를 위해서라도 리더 자리를 받아줄 수 없을까?"

쿠시다의 말에 동의하듯, 기록을 재고 있던 히라타도 그렇게 말했다. 체육대회는 강한 리더를 필요로 한다. 히라타도 그럴 자질은 충분했지만, 우리를 훨씬 앞서는 스도가 되면 더 좋겠다고 판단한 걸까.

"하지만 난 리더 같은 건 성질에 안 맞는데……."

기본적으로 혼자 혹은 소수로 행동하는 스도는 살짝 망설였다.

그리고 가까이에 있는 호리키타에게 시선을 던지고 의견을 구했다.

"넌 이론적으로 상대에게 뭘 알려줄 수 있는 타입이 아니야. 지도자로는 히라타가 더 적합하지. 하지만 아까 보여준 달리기나 다른 기록을 보면 알 수 있어. 넌 많은 사람의 주목을 받았을 때 더 빛날 수 있는 사람이야. 반을 이끌려면 아마 강인한 힘도 필요하겠지. 네가 리더가 되는 것에 반대할 생각은 없어."

긍정은 하지 않았지만 부정도 하지 않았다. 즉 스도를 인정했다는 뜻이다. 호리키타는 자신을 위해 막연하게 연습에 참여한 게 아니라 재능이 있는지를 꼼꼼히 파악하고 있었던 모양이다.

"……알았어. 이번 체육대회에서 내가 D반을 승리로 이끌게."

좋아하는 쪽이 약자라고 할까, 스도는 호리키타의 기대에 부응하려고 리더를 받아들이는 자세를 보였다.

"멋대로 우쭐해하지는 않도록 해. 그러다가 나중에 똑같이 당할 수도 있으니까."

왠지 자기 자신에게 들려주듯 스도에게 충고한 호리키타는 다시 연습하기 위해 멀어졌다.

스도는 볼을 붉히며 그녀의 뒷모습을 바라보고는 주먹을 살짝 움켜쥐었다.

2

곧바로 리더로서 활동을 시작한 스도는 다음 날부터 아이들을 모아 지도에 나섰다. 리더 스도의 첫 임무는 줄다리기 비법 전수였다. 나는 그 모습을 약간 멀리서 지켜보았다.

"쓸데없이 힘을 많이 주고 있어. 당기는 힘도 전혀 안 세고. 이래서는 이길 것도 못 이긴다니까."

그렇게 말하고 직접 시범을 보이려는지 짧은 줄을 움켜쥐는 스도. 상대는 이케와 야마우치 두 사람. 2대 1로 겨룰 생각인 모양이었다. 아무리 그래도 이건 이기겠지 하고 생각한 두 사람이었지만, 막상 시합을 시작해보니 스도가 압도적인 힘으로 줄을 끌어당겼다.

두 사람은 스도에게 맥없이 당해 땅에 주저앉았다.

"봐라. 힘이 전혀 들어가지 않았다는 증거야."

"모르겠어……. 야, 스도. 비결 같은 게 있어?"

"힘도 중요하지만 말이야, 이런 건 팔뚝만이 아니라 허리를 써야 해, 허리를."

스도는 거친 말투를 쓰면서도 아이들에게 본격적인 지도를 해주었다.

"저기, 스도. 나중에 여기도 좀 봐줄래? 기마가 잘 안 되서 말이야."

"조금만 기다려. 금방 갈 테니까."

우리 반에 운동을 못하는 학생이 많은 것도 있어서, 스도에게 의견을 구하는 목소리가 적지 않았다.

의외로 여자애들도 많이 물어봐서 솔직히 좀 놀랐다.

"생각보다 성실하게 하는 것 같네."

"처음으로 애들한테 의지가 되고 있으니까. 어쩌면 리더 역할이 의외로 잘 맞는 거 아닐까?"

기본적으로 누군가에게 의지가 된다는 건 아무도 싫어하지 않는 법이다.

그게 스도처럼 고독하게 살아온 학생이라면 더욱 그러하다.

"나도 그것만 아니면 칭찬해줄 수도 있는데…….."

그거? 그렇게 되물었을 때 갑자기 성난 목소리가 들렸다.

"그게 아니라고 몇 번을 말하냐!"

스도가 운동장 흙을 발로 차자, 이케 일행 쪽으로 흙먼지가 날렸다.

"으헉! 켁켁! 그만해!"

호리키타가 그 모습을 보고 한숨을 내쉬었다. 역시 손발부터 나가는 건 문제군.

지도자는 자신과 배우는 상대가 근본적으로 다르다는 사실을 똑바로 인식해야 한다.

한편 원래 리더 히라타는 다정하게 가르쳐주고 있었다. 스도의 지도를 기다리는 여자애들에게 가, 기마전에 대비해 우선 제대로 된 토대를 만들기 위해서 위치와 편한 자세 등을 빠짐없이 확인해주었다.

"응, 아주 좋아. 그런데 조금 비좁은 느낌 안 들어?"

"정말…… 어깨도 좀 아픈 것 같고."

"위치를 살짝만 바꿔볼까? 아마 몇 센티만 움직여도 달라질 거라고 생각해."

"오, 정말 훨씬 편해졌어. 고마워, 히라타."

"여기도 좀 도와줘, 히라타."

다른 기마 그룹에서도 도움을 요청했고 히라타는 미소로 대응했다.

"너도 여자애들을 좀 가르쳐주는 게 어때?"

호리키타의 운동신경은 반에서도 최상위 수준이다. 지도를 맡을 능력은 여러 가지로 충분하다.

"난 누굴 가르칠 생각이 없어. 그리고 애초에 나한테 배우고 싶어 하는 사람도 없을걸?"

그게 뭐 그리 자랑할 일이라고 당당하게 딱 잘라 말하더니, 혼자서 워밍업을 시작했다.

"내가 확실한 성과를 내는 것만으로도 벅차거든. 너도 그렇게 느긋하게 있을 여유가 있어? 누구랑 붙어도 이길 자신이 있다면야 상관없지만."

"전혀 자신 없는데."

"그렇지? 늘 평범한 성적이잖아? 빠르지도 않고 느리지도 않은, 눈에 띄지 않는 성적."

"내 성적을 아는 거야?"

"일단은 반 아이들의 실력을 파악해두려고 하니까."

체육 수업도 유심히 관찰한 모양이다.

"일단 물어보겠는데…… 시험 점수처럼 대충했다거나?"

"내가 그런 쓸데없는 짓을 할 거라고 생각해?"

"반반이랄까. 그래서 대답은?"

"기대의 절반을 배반해서 미안한데, 평소에 나오는 결과가 내 실력이야."

"그러니까 좋지도 나쁘지도 않다는 거네. 좋은 성적은 기대할 수 없겠네."

"그렇지."

"그럼 지금 당장 연습해."

"단기간 연습해서 늘 것 같으면 누가 고생해? 운동은 공부처럼 벼락치기하는 게 무리야."

꾸준히 노력해서 조금씩 쌓아가지 않으면 신체 능력은 향상될 수 없다.

"기술로 보충할 수 있는 경기를 중점적으로 연습하면 충분히 바뀔 수 있다고 보는데? 줄 쥐는 방법, 기마 자세 잡는 법 같은 걸 잘 익혀두기만 해도 충분히 전력이 될 거야."

"……그럴지도 모르지."

멋지게 농땡이치려고 하는 나를 단단히 포위해왔다.

어쩔 수 없군, 그럼 지금은 추천 경기 연습이라도 해야지.

"……저기."

등 떠밀려 자리를 옮기려는 내게 호리키타가 다시 말을 걸었다.

"응?"

"체육대회의 승패를 결정하는 건 각 반의 신체 능력. 그게 맞겠지?"

"체육대회니까. 신체 능력이 승리의 열쇠라는 건 너도 잘 알잖아?"

"그렇지…… 하지만 그 생각은 내가 개인적으로 싸울 때에 한정돼. 나만의 성적을 추구하는 거라면 결과를 남길 자신이 있어. 하지만 요즘 들어서 점점 잘 모르겠어. 개인적인 능력을 높이는 것만으로는 A반에 도달할 수 없지 않을까 하는 생각이 들어."

그녀답지 않은 약한 소리. 지금까지 시험에서 했던 실수가 그만큼 타격을 주었다는 증거이리라.

"그럼 들려줘. 어떻게 하면 체육대회에서 결과를 남길 수 있는데? 어떻게 하면 A반에 올라갈 수 있는데?"

그렇게 되묻자 호리키타는 순간 입을 다물었다.

그걸 모르니까 묻는 거라고 눈이 말하고 있었다.

"즐기는 자가 이긴다고 하잖아? 모처럼 열리는 체육대회야. 시험 같은 거 다 잊고 그냥 즐기는 것도 방법이야."

나는 그렇게 말하며 이야기를 대충 얼버무리려고 했다.

"협력해주겠다고 약속했잖아? A반에 올라가기 위해 돕겠다고."

"하고 있잖아."

나는 나를 좀 보란 듯이 가볍게 두 팔을 벌렸다.

"체육대회에 나가는 것. 그게 내가 하는 협력이야."

"……진심이야?"

"네가 말했잖아. 체육대회의 승패를 결정하는 건 신체 능력이라고. 네 말이 맞아."

"하지만…… 내가 말하고 싶은 건 그 이외의 요소야."

즉 신체 능력 이외에 결과를 좌우하는 무언가.

"그럼 체육대회 당일, C반과 B반 애들을 복통이라도 겪게 해서 경기에 못 나오게 할까? 그럼 승리는 떼어 놓은 당상일 텐데. 압도적인 차이로 이길 거야."

"농담하지 마."

"네가 나한테 바라는 대답이 그런 거 아니야? 이번 체육대회는 정면으로 도전해야 할 과제야. 어설프게 잔재주를 부렸다가는 역효과만 날 뿐. 개개인의 능력을 높여서 경기로 제압해야 해."

학교 측이 보는 것도 확실히 그런 측면이 강하다.

"다만 굳이 네 생각을 보태서 말하자면, 높은 신체 능력만으로는 부족하겠지."

"……그 말은? 그것 말고 또 뭐가 필요해?"

"답은 곧 알게 될 것 같군."

나는 우리 쪽으로 걸어오는 존재를 향해 시선을 던졌다.

"호리키타. 이인삼각 연습, 네가 다음 순서야."

"알았어."

호리키타가 대답했다. 아무래도 오노데라가 호리키타와 같은 팀인 것 같다.

오노데라는 수영부에 소속된 아이인데, 소문에 따르면 달리기 실력도 상당하다고 한다.

체육대회에서 중요한 것. 그건 바로 개개인의 능력, 그리고 또 하나는 반 아이들과의 협력이다.

과연 호리키타는 잘 해나갈 수 있을까.

호리키타와 오노데라가 서로의 발목을 끈으로 묶었고, 그렇게 여학생 다섯 그룹이 실전처럼 출발했다. 종합치만 놓고 보면 호리키타와 오노데라 팀이 최고이리라. 그러나 결과는 아무도 모르는 법. 결코 느리지는 않았지만 그렇다고 빠르지도 않은 결과, 3위로 골인 지점을 통과했다.

참고로 가장 낮은 기록은 사쿠라와 이노가시라로 구성된 몸치 팀이었다. 단독으로 느렸다. 반의 기대를 받았던 호리키타 오노데라 팀은 납득할 수 없는 결과에 두 번 세 번 반복해서 도전했지만 기록은 줄어들 줄 몰랐다.

"생각보다 좀 느리네, 저 두 사람."

주목을 많이 모았던 만큼, 곁눈질로 보고 있던 스도가 의외라는 듯 말을 흘렸다.

"그러게."

달리기를 마치고 돌아온 두 사람은 곧 끈을 풀고 서로 마주 보았다.

"호리키타, 조금만 나한테 맞춰주지 않을래?"

오노데라가 약간 짜증난 투로 말했다.

"정말 리듬이 안 맞긴 해. 하지만 그건 내 잘못이 아니라 네가 느려서야."

"야……."

"빠른 사람의 리듬에 맞추는 게 당연하지 않아? 굳이 시간을 늦춰서 타협하는 건 이상해."

우려하던 전개가 벌써 찾아왔다.

자기 멋대로 최고 속도로 달리려고 하는 호리키타에게 쉽게 맞춰줄 수 있을 리도 없다.

"그럼 우리도 해볼까, 아야노코지."

"알았어."

티격태격하는 호리키타를 돕거나 비웃을 여유는 없다. 나도 이인삼각 따위 처음 해보니까.

"일단 먼저 달려본 다음, 부족한 부분을 고쳐볼까?"

히라타의 지시에 따라 고개를 끄덕인 나는 다리를 묶었

다. 생각했던 것보다 더 갑갑하달까 자유를 빼앗긴 느낌이다. 게다가 남자끼리라고는 하지만 거리가 너무 가까운 것도 좀 민망하다.

여자애들의 주목을 한몸에 받고 있는 히라타가 파트너라서 더욱 그렇다.

"자, 간다. 첫발은 묶인 쪽부터 움직이자."

나는 히라타의 발이 움직이기를 기다렸다가 그에 맞추듯 움직였다.

그리고 같은 리듬으로 이번에는 자유로운 바깥쪽 다리를.

"……굉장한 위화감이다."

"그렇지. 하지만 하다보면 호흡도 차차 맞지 않을까. 조금 속도를 높여보자."

그렇게 말하며 페이스를 조금 올리는 히라타에 맞춰서 나도 달렸다.

뭐, 달린다고 하지만 경보 수준이다.

"응, 그거야, 그거. 느낌 좋은데."

아마 누구라도 맞출 수 있는 속도겠지만, 칭찬을 많이 해주니 하기 쉽다. 그리고 점점 익숙해지자 의외로 간단하다는 것을 깨달았다. 상대의 페이스를 잘 이해하는 것. 그리고 상대 역시 내 페이스를 잡아만 준다면 부드럽게 다음 발을 내디딜 수 있다.

"역시 히라타! 빨라!"

여자들로부터 톤 높은 성원이 날아들었다. 우리는 가볍게 한 바퀴 돌고 돌아와 끈을 풀었다.

"아야노코지랑 하니까 엄청 편해. 몇 번만 더 연습하고 실제 경기에서 힘내자."

으음, 산뜻하다. 게다가 히라타는 연습을 끝낸 직후인데도 쉬지 않고 다른 아이들을 봐주러 갔다. 이게 뭐든지 잘하는 남자, 히라타의 일상이겠지.

3

9월 중순. 체육대회까지 벌써 2주밖에 남지 않았다. 호리키타와 스도 일행은 그날만을 손꼽아 기다리며 하루하루 연습에 매진했다. 공부는 영 꽝인 스도지만 운동만큼은 연습을 게을리하지 않았다. 평소 농구부에서 정신을 단련해왔던 만큼 끈기가 강했다. 학생들 중에는 대충 연습하는 애들도 있었는데, 스도는 실력이 있다고 우쭐해하지 않고 정진해나갔다.

할 수 있는 일은 철저히 하기. 그것이 체육대회에 필요한 최소한의 준비이리라.

특히 기마전과 줄다리기 같은 경기는 상대와의 직접 대결.

진형과 작전 하나에 승패가 크게 달라질 수도 있다.

물론 A반과의 협력 관계도 히라타는 잊지 않았다. 정기적으로 카츠라기와 미팅을 거듭하며 체육대회 때 어떻게 싸울지 의논했다.

지금까지 믿는 도끼에 발등 찍히는 일이 많았던 D반의 입장에서는 과분할 정도였다.

그 사실을 거시적인 관점으로 지켜본 내게는 나머지 두 과제도 아주 잘 보였다.

하나는 앞으로 이 반에 없어서는 안 될 존재가 될 호리키타 스즈네였다.

첫날 이후 호리키타는 몇 명인가 파트너를 바꿔가며 이인 삼각에 도전했는데, 그때마다 상대와 다투고 파트너 교체를 반복했다. 결국 최종적으로는 그나마 기록이 제일 잘 나왔던 아이와 본 경기에 임하기로 결정되었는데, 그 기록도 아직 성에 차지 않았다.

지금은 더 이상 콤비로 연습하지 않고 혼자 묵묵히 시간을 보냈다.

"잠깐 좀 괜찮아?"

"뭔데."

이인삼각으로 쌓이고 쌓인 스트레스 때문인지, 평소보다 가시가 더 많이 돋쳤다.

"너, 양보하는 방법을 좀 더 익히지그래."

요 며칠 연습하는 모습을 줄곧 지켜보았는데, 개선될 기미가 전혀 보이지 않았다. 그 원인은 호리키타의 너무 강한 개성 탓이라는 게 자명했다.

"……그 말은 이미 몇 명한테 들었어."

떠오르는 장면이 몇 가지나 되는지 이마를 누르면서 대답했다.

"난 최고 기록을 세우기 위해 타협을 허락하지 않은 것뿐이야. 그럼 안 돼? 이인삼각은 평범하게 달리는 거랑은 달라. 어느 정도 발이 느린 사람이라도 이론적으로 얼마든지 맞출 수 있어."

"그러니까 양보할 생각은 없다는 거야?"

"응. 느린 사람한테 맞춰줄 생각은 없어."

"하지만 그 결과, 아무도 너랑 연습하려고 하지 않잖아."

이인삼각 연습을 할 때 호리키타는 반 아이들의 무리에서 항상 벗어나 있었다.

이 상태로 실전을 맞이해봐야 기록 향상은 기대하기 어렵다.

"이해가 안 돼. 만약 양보한다고 해도 우선은 상대방이 노력하고 나서야. 처음부터 노력하지 않는 사람한테 맞춰줄 수는 없어."

뭐, 호리키타가 하고 싶은 말이 뭔지도 잘 알겠다. 과연 짝이 된 여자애들은 타이밍이 맞지 않으면 곧바로 파트너 교체를 요구하는 면이 있다. 하지만 그건 근본적인 이유가 있기 때문이다.

"다리 좀 앞으로 내밀어 봐."

"……뭐하려고."

"나랑 이인삼각 한 번 해보게."

"내가 왜 너랑?"

"남녀 이인삼각도 있고, 파트너로서의 소질을 확인해보는 것도 나쁘지 않잖아."

"네 다리로 나한테 맞춰 보겠다는 거야? 걸리적거릴 것 같은데."

"네 이론대로라면 발이 느린 거랑은 상관없을 거 아냐."

"……좋아. 그럼 내가 묶을게."

호리키타가 만지지 말라는 듯 쭈그려 앉아 자신의 발과 내 발을 끈으로 묶었다.

주위는 온통 연습 분위기여서 우리가 이인삼각을 한다고 해도 주목하지 않을 것이다. 이 광경을 목격하면 분명 버럭 화낼 스도는 다른 애들과 모의전 중이어서 그럴 겨를도 없어 보였다.

"그럼 간다──."

처음 몇 걸음은 내가 호리키타의 감각에 맞추어 걸었다.

하지만 속도를 점점 높이면서 호리키타의 페이스가 아니라 내 페이스에 끌어들였다.

"자, 잠깐?"

나는 당황한 호리키타를 아랑곳하지 않고 가차 없이 내 페이스대로 속도를 높였다. 호리키타가 따라오려고 열심히 애를 썼지만, 기초 체력과 근력에서 남자에게 훨씬 못 미치기 때문에 주도권을 쥘 수 없었다.

"네 말대로라면 나한테 맞추는 게 별로 어렵지 않을 텐데?"

"그건…… 나도 알아……!"

이 녀석도 고집이 세니까 말이지. 호리키타는 약한 소리를 내지 않고 필사적으로 따라왔다.

그럼 어디 한 번, 하고 나는 더욱 속도를 높였다.

이인삼각을 해보면 알겠지만, 이 종목은 그냥 속도를 높이는 것만으로는 안 된다.

서로 가장 좋다고 생각하는 템포가 중요하며, 가장 이상적인 보폭을 찾는 데에서 시작한다.

그것을 대수롭지 않게 여기고 속도만을 추구했다가는 달리기가 뒤죽박죽 망가지는 게 필연적이다.

"으악?!"

결국 보폭을 맞출 수 없게 된 호리키타가 넘어질 뻔했다.

나는 그녀의 어깨를 붙잡아 넘어지는 걸 막고 달리기를 멈췄다. 격렬하게 어깨로 숨을 내쉬는 호리키타.

"빠르고 느리고를 논하기 이전에 상대방을 보지 않으니까 이렇게 되는 거야."

나는 주저앉아 아무 말도 못하고 있는 호리키타의 다리에서 끈을 풀었다.

"중요한 건 상대방을 보는 것. 상대에게 주도권을 주는 것 아닐까?"

운동신경이 좋을수록 상대방의 기량을 파악하고 컨트롤해줘야 한다.

"나머지는 스스로 생각해봐."

"나는——."

이걸로 호리키타가 깨닫고 성장할 수 있을지는 모르겠지만 어쨌든 한 가지 가능성을 보여주었다.

나머지는 본인이 하기 나름이다.

그리고 또 하나의 과제, 그것은 쿠시다 키쿄의 존재다.

재야의 고수라고 할까, 히라타와 카루이자와의 존재감에 가려지기 쉽지만 많은 반 아이들과 친밀한 관계라는 점에서는 그 두 사람을 훨씬 뛰어넘는다. 지금도 남녀 할 것 없이 둘러싸여 즐겁게 연습하고 있다.

그런 흔치 않은 소통 능력에 높은 학력과 신체 능력, 축복받은 외모까지 그야말로 무엇 하나 빠지는 데가 없는 여학생이라고 해도 좋으리라.

어떤 의미로 D반에 배정받은 것이 제일 이해되지 않는 학생이기도 하다.

하지만 나는 그녀가 가진 어두운 요소를 조금 알고 있다. 그건 입학하고 얼마 되지 않았을 무렵 인기척이 끊긴 옥상에서 폭언을 내뱉던 모습, 그리고 그걸 목격한 나를 위협했던 그녀의 얼굴이다. 또, 이유는 모르지만 쿠시다가 호리키타를 상당히 싫어한다는 사실도 안다.

하지만 호리키타와 쿠시다, 이 두 사람이 D반의 성장에 빼놓을 수 없는 과제라는 사실은 명백하다.

그리고 그 과제를 해결하려면 두 사람이 서로를 마주하는 것 이외에는 방법이 없으리라.

이름	이시자키 다이치
반	1학년 C반
학적번호	S01T004656
동아리	무소속
생일	4월 14일

평가

학력	E
지성	E
판단력	E
신체능력	C+
협조성	C−

면접관 코멘트

운동 능력은 평균보다 약간 웃도는 수준인데, 중학교에서 다소 유명한 불량학생이었던 것으로 파악된다. 당교에서는 이런 학생에게도 구제 조치를 취해 성장을 도울 필요가 있다고 본다.

담임 메모

성격이 난폭한 면은 있지만 반 아이들의 힘으로 주위에 서서히 마음을 열기 시작했다.

○그렇게 되는 관계에는 이유가 있다

각 반이 정찰에 나서기 시작한 가운데 D반에도 작은 움직임은 있었다.

누구누구는 뭐가 장기라든가 운동을 잘한다든가. 전부 그 정도의 정보였다.

이미 많은 아이들이 알아차렸겠지만 직접적인 정찰에는 그다지 의미가 없었다.

아무리 타인의 운동신경이 어떤지 파악해봐야, 결국 승패의 열쇠를 쥔 것은 경기에서 어떤 상대를 맞닥뜨리는가에 있었다. 단순한 정보에는 별로 큰 가치가 없다.

그 본질인 '출전표'의 내용을 알지 못하면 다른 반의 공략으로 이어질 수 없기 때문이다.

하지만 뒤집어 생각하면 출전표 정보만 알아내도 공략에 큰 도움이 된다.

그리고 '출전표'와 '정보'라는 두 가지를 모두 얻게 된다면 확률은 비약적으로 높아지겠지.

다만 일반적으로 생각했을 때 이 '출전표'가 다른 반에 나돌아다닐 가능성은 몹시 낮다. 출전표가 유출되면 자신들의 목을 조르게 되는 만큼 정보 관리가 철저하게 이루어지고 있을 테니.

다만 한 가지── 내부에 폭탄을 껴안은 D반을 제외하고, 말이지만.

체육대회 일주일 전, 나는 수업이 끝나자마자 즉시 행동을 일으켰다.

옆에서 가방을 챙기는 호리키타에 말을 걸었다.

"지금부터 나랑 잠깐 어디 좀 가자."

"싫다면?"

"물론 그건 네 자유지만, D반이 궁지에 몰려도 난 책임 못 져."

단도직입적이면서도 뜬금없이 협박 같은 말을 듣자 호리키타는 순간 할 말을 잃었다.

"……도저히 그냥 흘려들을 수 없는 이야기네. 좋아, 원하는 게 뭔데?"

"따라 와보면 알아."

그렇게 말한 나는, 답을 요구하는 호리키타의 앞을 그냥 스치고 지나갔다. 그리고 또 다른 타깃에게 말을 걸었다.

"쿠시다, 잠깐 괜찮아?"

같은 반 여자애와 잡담을 나누고 있던 쿠시다에게 다가갔다.

"응? 무슨 일이야? 아야노코지."

살짝 싫은 티를 내면서도 아무 말 없이 따라온 호리키타에게 순간 시선을 보내는 쿠시다.

"혹시 내일 무슨 약속 같은 거 있어?"

내일은 휴일인 토요일. 나는 쿠시다를 어떤 일에 불러내 보기로 했다.

"아직까지는 특별한 일정이 없어. 방 청소라도 할까 생각 하던 중이었어."

"만약 괜찮다면 말인데, 오전 중에만 시간을 좀 비워줄 수 있을까?"

그렇게 말을 꺼냈다. 쿠시다가 싫어하는 표정을 짓는다면 즉시 물러날 생각이다.

"좋아."

하지만 그런 불안을 불식시키듯 쿠시다가 환하게 웃으며 수락해주었다.

"그나저나 웬일이래, 아야노코지가 나를 다 불러내고."

"그런가. 참고로 호리키타도 같이 만날 예정이야."

"잠깐만."

불만을 표출하려는 호리키타를 손으로 막았다.

"응, 그건 전혀 상관없는데…… 오전 중에만이라는 건 무 슨 뜻이야?"

"다른 반 정보에 훤한 쿠시다 너랑 같이 정찰을 좀 했으면 해서. 호리키타가 나한테 제안한 건데 나는 모르는 게 너무 많으니까."

나는 생각했던 것을 쿠시다에게 솔직히 털어놓았다. 호리 키타 부분은 즉흥적으로 꾸며낸 거지만.

동행을 부탁한 이상 진실을 말하지 않으면 성립할 수 없는 얘기였고, 쿠시다도 자신의 역할을 이해할 수 없다. 이야기가 끝나자 쿠시다는 알겠다는 듯 고개를 마구 끄덕였다.

"그건 내가 적임자일 거야. 응, 알겠어. 몇 시가 좋을까? 빠른 편이 좋겠지?"

"그래. 될 수 있으면 10시 정도? 괜찮아?"

"전혀 상관없어. 그럼 내일 아침에 기숙사 로비에서 집합하면 되지?"

"응. 고마워."

쿠시다는 친구와 돌아갈 약속을 했는지, 복도에서 기다리고 있는 여자애에게 손을 흔들며 교실을 빠져나갔다.

뒤이어 돌아가려는 내 등을 호리키타가 붙잡았다.

"무슨 속셈이야? 금시초문인 이야기인데."

"그야 내가 말 안 했으니까. 하지만 정찰은 나쁜 이야기가 아니잖아."

"날 끌어들이는 이유를 모르겠어. 정찰은 너랑 쿠시다 둘이서 충분하지 않아?"

"……진심으로 하는 말이야?"

"뭐야. 난 농담으로 그런 말 안 해."

아무래도 호리키타를 이대로 돌려보내면 안 될 것 같다.

"여기는 보는 눈이 너무 많아. 걸어가면서 얘기하자."

나는 호리키타를 내버려두고 먼저 복도로 나갔다. 호리키타가 얼른 뒤쫓아 와서 내 옆에 섰다.

"배 위에서 치렀던 시험, 너희 팀 결과를 잊은 건 아니겠지?"

"당연하지. D반에 존재하는 우대자의 정체가 만장일치로 들통났잖아. 굴욕적인 결과야."

"그래. 통상적으로는 성립하지 않는 『결과』가 되었어. 거기에는 분명한 이유가 있어."

"나도 그건 알아. 하지만 무엇 때문인지 모르겠어. 아무리 생각해도 답이 나오지 않아. 류엔이 연루되어 있다는 건 추측 가능하지만……."

막다른 길 같은 난문에 부딪히고 말았다는 것도 잘 안다. 아마 호리키타의 마음속에 몇 가지 의문이 생겼다가 사라지고 또 생겼다가 사라지기를 반복하고 있으리라.

"나도 아직 확증은 없지만 거기까지 이르는 한 가지 가설은 이미 완성해놓았어."

그렇게 말하자 호리키타가 진심으로 놀랐는지 나를 쳐다보았다.

"류엔의 책략을 알았다고?"

"응. 하지만 정확하게 말하면 류엔이 아니야. 그 시험 결과에는 또 한 사람이 깊이 연루되어 있어."

현관까지 도착한 우리는 신발장에서 신발을 꺼냈다. 그리고 밖으로 나가 이야기를 재개했다.

"평범하게 생각하면 우대자의 정체는 들킬 일이 없어. 너도 히라타도, 쿠시다가 우대자라는 걸 절대 남에게 말하거나 하지 않을 테니까. 그렇지?"

"당연하지."

"그런데 쿠시다 본인이라면 어떨까? 만약 그 녀석이 의도적으로 정체를 드러냈다면?"

내가 무슨 말을 하는지 순간 호리키타는 이해하지 못했으리라. 원래라면 생각도 하지 않을 이야기일 테니 당연하다. 자기 입으로 우대자임을 밝히는 어리석은 자가 어디 있단 말인가.

"말도 안 되잖아? 그런 거…… 쿠시다한테 아무런 이득도 없는데."

"무조건 이득이 없다고 말할 순 없지. 예를 들면 뒷거래를 해서, 우대자라는 걸 밝히는 대신 다른 반으로부터 프라이빗 포인트를 받는다거나."

"그렇다고 해도…… D반에 불리한 행위잖아. 애초에 누군가 배신자가 나오면 그걸로 끝인데, 너무 위험한 도박이라고."

"그건 타이밍에 따라 다르지. 믿게 만드는 방법은 얼마든지 있어."

"그 애가 일시적인 포인트를 얻기 위해 같은 편을 배신했다는 거야?"

"그럴지도 모르고 아닐지도 모르고. 진짜 이유는 쿠시다밖에 모르겠지."

그래서 나는 그 진실을 확인하기 위해 쿠시다를 불러냈다.

"나랑 쿠시다를 대면시키는 건…… 그 이유를 확인하려고?"

여기까지 와서 드디어 호리키타도 쿠시다가 배신했을 만한 이유를 짐작한 모양이다.

"너랑 쿠시다에게는 심상치 않은 인연 같은 게 있어 보이니까. 프라이빗 포인트보다 더 배신할 만한 가치가 있는 뭔가가 있었다면 그리 이상한 일도 아니지."

어때 하고 눈빛으로 확인하자 호리키타는 죄지은 사람처럼 시선을 회피했다.

"나랑 쿠시다 사이에 인연 따위는 없어."

"그럼 너 때문에 반을 배신한 게 아니라고 100% 단언할 수 있어?"

"그건——."

"뭔가 마음에 걸리는 게 있으면 확인해봐야겠지. 아니, 확인하지 않으면 끝인걸? 너도 충분히 상상이 가지? 어떤 시험이든 같은 편에서 배신자가 나오면 그 반의 승리는 물 건너간다는 것을."

지난 시험, 지지난 시험도 그랬듯 이번에 치를 체육대회 역시 배신 하나에 반이 무너지기가 쉽다는 사실을 잘 알고 있다.

눈 깜짝할 사이에 기숙사 앞까지 도착한 우리는 1층에서 대기하고 있던 엘리베이터에 몸을 실었다.

"내일 오든 안 오든 그건 네 자유지만, 반을 이끌어갈 생각이라면 잘 판단해야 할 거야."

내 방이 있는 4층에서 내린 나는 그렇게 말하고 호리키타에게 안녕을 고했다.

1

토요일 아침.

나는 내 방에 모인 바보 삼인조와 함께 시답잖은 대화를 나누고 있었다.

물론 나는 거의 귀를 기울이기만 하고 이따금 맞장구를 치거나 한 마디 얹을 뿐이었지만.

농구부가 체육관을 쓸 수 없기도 해서 오늘은 스도도 휴일을 마음껏 만끽했다.

기본적으로는 나를 내버려두고 셋이서 열을 올렸다.

우리는 미리 사둔 컵라면을 각각 앞에 두고 뜨거운 물을 부은 후 3분간 기다렸다.

"아야노코지, 네 건 무슨 맛이야?"

"톰양꿍 아주 매운 맛. 뭔지 몰라서 사봤어."

"맛있겠다. 내 젓갈라면이랑 바꿔주라!"

오징어 젓갈 그림이 그려져 있는, 맛이 상당히 안 어울릴 것 같은 컵라면을 들이밀었다.

"……싫어."

굳이 왜 그렇게 맛없어 보이는 컵라면을 샀을까.

"야, 켄. 넌 호리키타한테 고백할 예정 같은 거 없냐?"

"뭐라고? 뭐야, 갑자기."

"아니, 궁금하잖아, 그런 거. 안 그래, 하루키?"

"그, 그렇지."

야마우치는 살짝 민망한 듯 나를 본 후 억지로 미소를 지어 보였다. 여름방학 때 사쿠라에게 목숨 바칠 각오로 고백을 했다가 멋지게 차인 바가 있으니……

"체육대회 결과에 따라 생각해보려고. 공인받고 나면 그때 말할까 싶다."

"오. 드디어 친근하게 이름 부르기 선언?"

오기로라도 학년 1위를 차지할 생각인 스도는 의욕을 보여주듯 팔에 알통을 만들었다.

"솔직히 나보다 운동신경이 좋은 녀석은 없을 테니까, 1학년에서."

"유일한 대항마인 코엔지도 진지하게 할 생각이 없어 보이고 말이지."

스도에게 있어서 코엔지의 의욕 없는 태도는 기쁘기도 하지만 한편으로는 슬프기도 하리라.

"뭐, 내 입장에서는 어느 정도만 성실하게 참가해주면 더는 불만 없어."

그러고 보니, 하고 나는 한 가지 알게 된 사실을 이케 일행에게 말하려고 운을 뗐다.

"A반에 사카야나기라는 애가 있었잖아. 다리가 불편한 애. 기억해?"

"그 미소녀 말이지? 그야 당연히 기억하지."

의기양양하게 인중을 문지르며 이케가 대답했다.

"그 애에 대한 소문 같은 거 못 들었어?"

"소문이라면 남자관계 같은 거? 뭐랄까, 그 애는 존재감이 별로 없다고 할까, 전혀 화제에 오르지 않던데."

듣고 있던 야마우치도 동의하는지, 이케의 말에 보충 설명하듯 이렇게 대답했다.

"일부에서는 그 반의 리더라는 말도 있던데, 얌전한가 봐."

둘 다 같은 의견인 듯 사카야나기에 관해서는 이렇다 할 정보가 하나도 없었다. 그렇게 이야기를 나누고 있는데 내 휴대폰에서 문자 수신음이 들려왔다. 내용을 확인하려던 나는 이케와 야마우치의 수상한 눈빛을 읽었다.

"너 말이야…… 요즘 들어서 문자가 좀 많이 오는데?"

"뭐? 아니, 글쎄. 평소랑 똑같은데?"

그렇게 대답했지만 실제로 늘어난 게 사실이기도 해서 의심의 눈초리가 한층 짙어졌다.

"설마 여자 친구라도 생긴 건 아니겠지?"

"절대 아니니까 안심해. 너희보다 먼저 생길 리가 없잖아. 안 그래?"

"뭐, 그건 그렇지만……."

살짝 부채질하듯 말하자 두 사람은 부드러운 태도로 돌아왔다.

"아야노코지가 인기 없다는 이야기는 아무래도 좋으니까 말이지. 그것보다도 나랑 스즈네의 미래에 대해 이야기를 나눠보자고."

"그러고 보니, 켄. 남녀 혼합 이인삼각, 호리키타랑 하지?"

"응. 그 녀석에게 승리를 선물해 주면서 동시에 친밀도도 단숨에──."

그런 아무래도 좋은 이야기를 전개하려던 스도였는데, 그 때 또 내 휴대폰이 울렸다.

다만 이번에는 문자가 아니라 알람이었다.

"미안하지만 나 지금부터 좀 할 일이 있어."

"뭐야, 이제부터 시작이었는데. 뭐, 됐다. 칸지랑 하루키 한테 실컷 들려주지, 뭐."

"헉~!"

아니, 그게 아니라 내 방에서 좀 나가줬으면 하는데⋯⋯. 그런 소망을 털어놓지도 못한 나는 세 사람을 남겨두고 혼 자 방을 빠져나갔다.

2

약속 시간인 아침 10시 전. 쿠시다는 로비에 먼저 와 있 었다.

"안녕, 아야노코지."

"아, 안녕, 쿠시다."

여름도 이제 막바지라 반팔 차림인 쿠시다를 볼 수 있는 것도 얼마 남지 않았다.

사복을 입은 쿠시다의 모습에 왠지 두근거리며 나는 그녀와 합류했다.

　"어제는 갑자기 이상한 부탁을 해서 미안했어."

　"아니야, 전혀. 오늘은 특별히 할 일도 없었거든. 그리고 좀 옛날 생각이 나서 기뻤어."

　"옛날 생각?"

　"1학기 시험 때 말이야, 아야노코지가 선배들에게 옛날 시험문제를 구하러 다닌 적 있었잖아? 왠지 그때랑 좀 비슷하다는 생각이 들었거든."

　"그……래?"

　"응응."

　나는 특별히 그렇게 생각하지 않았지만 쿠시다가 기쁘다는 듯 고개를 끄덕이니 그걸로 됐다.

　사실은 카루이자와와 사쿠라를 데리고 가는 편이 마음이 훨씬 편하지만, 사람마다 자기 전문 분야가 있는 법이다.

　적재적소를 따지자면 쿠시다에게 부탁하는 것이 확실히 가장 좋다.

　그것보다도 호리키타는 어떻게 된 걸까. 슬슬 10시가 다 되어 가는데도 모습을 드러내지 않았다. 설마 쿠시다와의 대면에서 도망친 걸까? 그런 생각이 들기 시작했을 무렵, 녀석이 등장했다.

　"……많이 기다렸니?"

　"안녕, 호리키타."

변함없는 미소로 호리키타를 맞이하는 쿠시다. 한편 호리키타는 어딘지 심기가 불편해 보였다. 필사적으로 그것을 감추려고 했지만, 내 눈에는 훤히 다 보인다. 쿠시다 역시 알아차렸을 것이다. 그래도 태도가 평소와 똑같은 건 쿠시다의 놀라운 부분이겠지.

셋이서 기숙사를 나와 향한 곳은 학교 운동장이었다.

아침 10시가 지난 운동장은 이미 많은 학생들로 붐볐다.

"오, 벌써 하고 있네."

남학생이 공을 뻥 차는 소리가 들렸다. 공이 커브를 그리며 골대를 향해 날아갔다. 깔끔한 궤도이기는 했지만 너무 알기 쉬웠는지 골키퍼가 민첩하게 몸을 날려 펀칭으로 공을 튕겨냈다.

한창 시합 중인 히라타의 모습도 보였다. 팀은 1학년부터 3학년까지 섞였는지 모르는 학생들도 있었다.

"동아리 활동을 정찰해서 다른 반의 정보를 캐낸다니. 왠지 첩보원 같아서 가슴이 두근거려."

"그렇게 멋지지는 않은데. 얻을 수 있는 정보가 뻔하니까."

"하지만 호리키타는 그렇게 생각 안 한 거지. 안 그래?"

"정보는 모으면 모을수록 좋아. 어떤 열쇠가 될지도 모르는 일이니까."

"그럴지도 모르지. 그나저나 착하네, 아야노코지. 호리키타를 위해 이렇게 나서주다니."

"나중에 시끄러울 거니까 어쩔 수 없이."

"본인을 앞에 두고 잘도 말하는구나."

그 본인의 무서운 한마디는 무시하고 운동장을 주목했다.

코너킥 상황을 맞은 축구부 아이들이 느릿느릿 걸어가, 자신의 포지션에서 몸싸움을 벌이고 있었다. 곧 시합이 재개되고 격렬한 전개가 펼쳐지겠지. 그리고 우리들에게도 시합 재개가 서서히 다가오고 있음을 피부로 느꼈다. 쿠시다는 생글거리면서도 기묘한 우리 셋의 조합에 위화감을 느끼는 것 같았다. 불은 의외로 쿠시다가 먼저 붙었다.

"오늘 날 부르기로 정한 사람, 실은 아야노코지 맞지?"

"왜 그렇게 생각하는데?"

"그야 호리키타가 날 불러낼 것 같지는 않으니까."

여전히 미소 지으며 쿠시다가 호리키타를 살짝 쳐다본 후 다시 내게로 시선을 돌렸다.

"호리키타가 불러낼 것 같지 않다니, 어째서 그렇게 생각했어?"

"오호호. 사람이 좀 짓궂네, 아야노코지. 나랑 호리키타의 사이가 안 좋다는 걸 알잖아?"

이미 내가 그 사실을 알고 있어서인지 쿠시다가 감추지 않고 솔직히 말했다.

그리고 호리키타 역시 부정하지 않고 묵묵히 이야기를 들었다.

"솔직히 아직도 그걸 못 믿겠다고 할까, 반신반의하는 면이 있어."

코너에서 차올려진 공이 골대 근처에서 기다리고 있는 같은 편 선수에게 날아갔다.

공을 멋지게 받아낸 사람은 히라타였다. 하지만 슛을 쏘기에는 마크가 너무 심해서 무리하지 않고 다른 선수에게 패스했다. 그 선수는 나도 아는 B반 학생이었다. 완벽한 타이밍에 찬 공이 멋지게 골망을 흔들었다.

"시바타도 축구부였나 보군."

"응. 히라타가 자주 칭찬해, 자기보다 더 잘한다면서. 사이가 좋은 것 같아."

과연 정보통 쿠시다는 그런 것도 들어서 알고 있는 모양이었다. 경기가 다시 속행되자마자 또 시바타 쪽으로 공이 몰려, 재빠른 움직임으로 상대 진영을 파고들었다.

"발도 굉장히 빠르다."

히라타와 동급…… 아니, 속도만 놓고 보면 그 이상인 것 같았다. 히라타의 말이 겸손이 아닌 듯하다.

"오, 하고 있네. 오늘도 활기가 넘쳐서 최고야!"

동아리 유니폼을 입은 키 큰 남자가 관전 중인 우리의 옆을 스쳐지나갔다. 뭔가 운동을 할 거라고는 생각했는데, 축구였던 건가.

"나구모 선배. 안녕하세요."

옆에 있던 쿠시다가 아는 사이인지 말을 걸었다. 한편 호리키타는 나구모라는 이름에 아주 미세하지만 반응을 보였다. 차기 학생회장 후보이자 호리키타의 오빠와 견줄 만한 실력자라고 하니까.

"오? 넌 이름이 키쿄라고 했었나? 휴일에 남자애랑 데이트 중인 모양이구나."

"오호호, 그런 건 아니고요…… 좀 궁금해서 구경 왔어요."

"느긋하게 있다가 가. 우리 부원들은 대충 하는 법을 몰라서 전력을 파악하기에 딱일 거야."

윙크를 찡긋 날린 나구모는 그대로 운동장으로 나가서 팀과 합류했다.

아무래도 우리의 생각을 다 꿰뚫어본 모양이다.

나구모의 합류로 히라타를 비롯한 축구부의 분위기가 확 바뀌었다.

"우리 학교는 학생회와 축구부 동시 소속이 가능해?"

"금지는 아닌 것 같던데, 동아리는 탈퇴한 모양이더라. 하지만 그만뒀어도 제일 잘하던 사람이니까, 저런 식으로 연습 때 얼굴을 내밀면서 여러 가지로 지도하는 것 같아."

"바로 뛸 수 있겠나? 나구모."

"네! 늦잠 자는 바람에 뛰어와서 몸에 열이 충분히 올라온 상태입니다."

학생 한 명과 나구모가 교대해서 시합이 재개되자마자, 공과 선수들이 전부 나구모에게만 쏠렸다. 그만큼 의지할 수 있는 같은 팀이자 경계 대상 1호인 상대편이겠지. 히라타, 시바타와는 다른 팀에 들어간 모양이다. 상황 변화와 마찬가지로 나구모의 플레이는 눈이 부셨다. 히라타가 공을 빼앗으려고 나구모에게 승부를 걸었다. 그 움직임은 조금 전과 똑같이 능수능란했지만, 나구모는 마치 아이를 데리고 놀듯이 화려하게 몸을 피했다.

그 직후 시바타도 나구모를 거침없이 공격했지만 나구모는 온갖 페인팅을 펼쳐서 현혹시켜 빠져나갔다. 두 사람 모두 상당한 실력자라고 생각하지만 나구모는 차원이 달랐다.

그리고 한 명 더 제친 순간 나구모가 강렬한 중거리 슛을 쏘았다. 무시무시할 정도의 커브를 그린 공이 골키퍼의 예측에서 벗어나 어이없이 골을 결정지었다.

"차기 학생회장이라는 이명은 허풍이 아니었구나."

"……운동신경은 그러네."

아직 정체가 완벽하게 파악되지 않은 나구모를, 호리키타는 순순히 인정할 생각이 없어 보였다.

그런 대화를 나누면서도 나는 시합을 구경하는 쿠시다의 옆얼굴을 훔쳐보며 표정을 살폈다.

평소처럼 생글생글 웃고 있지만 그 속에 감춰진 진짜 얼굴을 조금도 드러내지 않는다.

"그런 눈빛으로 쳐다보면 곤란한데!"

내 생각 따위 전부 읽힌다는 듯이 쿠시다가 눈을 마주치며 웃었다.

"더 이상 묻지 않겠다고 약속할 테니까 딱 하나만 가르쳐 줄래?"

당사자들을 앞에 두고 나는 굳이 들어가서는 안 될 영역

으로 한 발을 내디뎠다.

"너랑 호리키타가 사이 나쁜 원인은 어느 쪽에 있어?"

이렇게 물어보았다.

"치사한 말이네. 더 이상 아무것도 안 물을 테니까 가르쳐 달라니."

심리적인 유도였는데 쿠시다는 그것조차 파악하고 질문을 받아들였다.

"정말 그걸로 끝인 거지?"

"응, 약속할게."

상대를 싫어하는 이상 상대에게 잘못이 있다고 대답할 것이 당연하다. 그런데——.

"나야."

쿠시다는 다시 축구부 시합으로 시선을 돌리면서 그렇게 딱 잘라 대답했다.

내 예상을 완전히 배반하는 대답이었다.

자신의 잘못이라고 말하면서도 호리키타를 싫어한다. 그건 일종의 모순이다.

타인을 관찰하는 것은 비교적 잘하는 편인데도, 역시 쿠시다는 잘 파악이 안 되었다. 게다가 호리키타도 점점 모르겠다. 호리키타는 쿠시다에게 미움을 사고 있다는 사실을 처음부터 알고 있었는데, 그것을 내게 말하려고 하지 않았다. 지금도 그런 행동은 변함없다. 쿠시다의 말투로 봐서는 쿠시다에게 미움을 산 이유를 호리키타가 이미 알고 있는 것 같다. 하지만 물어봐도 쿠시다에 대해 아무 말도 하려고 하지 않는다. 도대체 왜 그럴까.

둘 다 자세한 이야기를 하지 않는 건 기본적으로 남에게 알리고 싶지 않은 일이기 때문인지도 모른다.

"그만둬야겠군. 생각하는 만큼 시간 낭비라는 생각이 들기 시작했어."

"오호호, 맞아. 지금은 정찰해서 정보를 모으는 게 우선이잖아?"

"그렇지……."

"아, 참고로 지금 공을 잡은 사람은 C반의 소노다야. 발이 꽤 빠르네."

역시 축구부에 소속된 학생은 달리기가 빠르다. 우리 반에서 대항 가능할 듯한 사람은 스도와 히라타 정도로, 순수한 승부에서는 불리할 것 같다.

"그나저나 호리키타도 반 생각을 제대로 하고 있네……기쁘다."

"A반으로 올라가기 위해 필요한 일이라면 할 생각이니까, 어쩔 수 없지."

"나도 좀 더 노력해서 모두에게 도움이 되어야겠어."

겸허함이란 조금도 느껴지지 않았다.

얼마간 연습을 구경하고 있으니 시합을 끝마친 선수들이 저마다 휴식에 들어갔다. 그에 맞추어 나구모가 히라타를 불렀다. 그리고 우리가 관전했다는 사실을 알려주었는지,

히라타가 우리 쪽으로 다가왔다.

"다들 안녕. 이런 데 다 오고 웬일이야?"

멀리서 우리가 대화를 나누는 걸 본 시바타도 달려와서 기묘한 5인조가 형성되었다.

"키쿄, 안녕. 그리고── 이름이 아야노코지랑 호리키타였나? 미녀 두 사람에게 둘러싸여서 데이트 하는 거야?"

"아니, 그렇지 않아."

시바타와는 면식이 있었는데 설마 이름까지 제대로 기억해줄 줄은 몰랐다.

살짝 기뻐서 입꼬리가 올라가려는 걸 간신히 참았다.

"오늘은 무슨 일이야? 굉장히 보기 드문 조합인데."

이상한 의심은 하지 않는 히라타에게 감사하면서, 당당히 진실을 말해주기로 했다.

"정찰이야. 다른 반에서 마크해야 할 학생들이 누가 있는지 좀 살피러 왔어."

"오옷. 그렇다면 이 쾌속 시바타 맨을 확실히 마크할 건가?"

곧바로 제자리 뛰기를 하며 빠른 다리를 어필하는 시바타. 자신의 실력을 굳이 감추려고 하지 않는 밝은 성격은 이치노세가 이끄는 B반이어서 그런지, 아니면 원래 타고난 성격인지 잘 모르겠다.

"시바타는 역시 소문대로 다리가 빠르네. 나도 아야노코지도 깜짝 놀랐어."

귀여운 여자애에게 칭찬받자 시바타는 내심 기쁜지 인중

을 검지로 긁었다.

"특히 주의해야 할 인물이야, 시바타는. B반에서 제일 빠르니까. 나도 같은 조에서 달리고 싶지 않아."

"네가 그런 말을 해도 난 방심 안 할 거야, 요스케. 너도 달리기가 빠르잖아. 아야노코지는?"

"귀가부라는 시점에서 알아서 판단해주라."

그것도 그러네, 하고 시바타가 팔짱을 낀 채 웃었다.

축구부 연습을 어느 정도 관찰한 우리는 그 자리를 떠나 다른 동아리 활동을 살펴보기로 했다. 하지만 이건 어디까지나 형식적인 이야기.

정말로 알고 싶은 것, 정말로 알아야 할 것은 다른 데에 있다. 미리 준비는 다 해두었다. 그런 후에 이 두 사람이 어떻게 생각할지 맡기기로 정했다.

"쿠시다. 난 너한테 흥미 없어."

"와, 뜬금없이 무슨 그런 심한 말……."

"하지만 지금은 너한테 한 가지 묻고 싶은 게 있어. 대답해줄 수 있니?"

"오늘은 아야노코지도 너도 질문의 날이구나. 무슨 질문인데?"

"여름방학 때 배에서 치렀던 시험. 혹시 네가 류엔이랑 카츠라기에게 우대자라는 사실을 알렸니?"

어느 정도 직설적으로 물어볼 거라고 생각은 했지만, 정말로 대놓고 물어보는군. 깜짝 놀라 당황하는 쿠시다에게 호리키타가 계속해서 말을 이었다.

"대답 안 해도 괜찮아. 어차피 지나간 일, 다시 파봐야 아무런 의미도 없으니까. 그냥 딱 하나만 물을게. 앞으로 너를 D반과 같은 편이라고 생각해도 되겠니?"

"당연하지. 난 D반 애들 모두와 함께 A반을 목표로 하고 싶어. 같은 편으로 생각해줬으면 좋겠다고 처음에 말했던 그대로야."

그 마음은 전혀 변하지 않았다고 쿠시다가 말했다.

"왜 나한테 그런 말을 하는지 모르겠지만 믿어줬으면 좋겠어."

쿠시다는 호리키타에게 미소를 보내면서도 진지한 눈빛으로 호소했다.

"난 이만 돌아갈게. 나머지 정찰은 너희 두 사람에게 맡긴다."

"뭐? 갑자기 무슨 소리야, 아야노코지."

"이 작전을 생각해낸 사람은 원래 호리키타고, 쿠시다의 넓은 인맥만 있으면 충분하잖아."

그렇게 말한 나는 이 자리에서 벗어나기로 했다.

3

여러 종목 연습을 매일매일 쌓아가는 사이, 어느덧 체육대회가 일주일 앞으로 다가왔다. 오늘 중으로 참가표를 제출하고 각각의 종목에 나갈 사람을 결정해야 한다. 히라타가 교단에 올라가자 쿠시다가 칠판에 분필을 대고 쓸 준비를 마쳤다.

"그럼 지금부터, 전 종목 전 경기의 최종 조합을 정하겠습니다."

반 아이들의 연습 기록이 정리된 노트를 바탕으로 우리는 모두 함께 논의해서 최고의 조합, 필승 법칙 등을 차근차근 정해나갔다.

그리고 저마다 자신이 나가기로 한 경기와 순서를 메모했다. 지금까지 세운 공적으로 판단해서 정해진 결과였기에 이의를 제기하는 학생은 단 한 사람도 없었다. 이렇다 할 다툼 없이 순조롭게 회의가 진행되었다.

"──마지막 1,200미터 릴레이, 마지막 주자는 스도로 결정된 거지?"

"당연한 결과야."

각자의 능력을 배려하고 개개인의 의사를 존중한 조합이라며 감탄했다.

체육대회의 마지막 꽃인 릴레이 선수도 호리키타 등 발 빠른 학생들로 채워졌다.

아마 다른 학생들은 이보다 더 이상적인 조합을 만들어내지 못할 것이다.

하지만 내 옆 자리의 주인은 무슨 영문인지 납득이 가지 않는다는 표정으로 칠판을 계속해서 응시했다.

회의가 순조롭게 마무리된 직후 호리키타가 곧바로 자리에서 일어섰다.

어디로 향하나 했더니 스도의 자리 앞이었다. 신경이 쓰인 나는 귀를 쫑긋 세웠다.

"무슨 일이야?"

"할 얘기가 있어. 나 좀 따라올래?"

"으, 으응."

그런 식으로 말을 걸자 스도가 허둥지둥 자리에서 일어났다.

"그리고 히라타도 잠시 괜찮니?"

그 직후 걸음을 뗀 호리키타는 왜 그러는지 히라타도 교실 한쪽 구석으로 불러냈다.

순간 심장이 두근거렸을 스도는 금세 실망하는 표정이었다.

"방금 정한 참가표에 관해서 한 가지 상의할 게 있어. 체육대회 마지막 순서인 1,200미터 릴레이 말이야. 나한테 마지막 주자를 양보해줬으면 좋겠어."

의외의 주장에 스도도 순간 당황했다.

"아니, 하지만…… . 마지막 주자는 보통 제일 빠른 녀석이 해야 하잖아? 아니면 혹시 내가 마지막 주자여서 불만인 거야?"

남자와 여자는 기본적으로 신체능력에 차이가 난다. 호리키타도 여자 중에서는 빠른 편이지만 남자 그룹과 섞이면 히라타에게도 이길 수 없다. 그런 히라타와 동등하거나 혹은 그 이상인 스도가 마지막 주자를 하는 것이 자연스럽다. 스도도 당연히 자신이 할 거라고 생각했으니 바로 받아들이지는 않으리라.

"아니, 그런 게 아니야. 네 실력은 연습 때부터 봐서 충분히 알고 있어."

"그럼 내가 하면 되잖아. 5번 주자 정도라면……."

"이유가 전혀 없는 건 아니야. 넌 스타트 대시도 잘하잖아, 스도. 그러니까 1번 주자로 달려서 상대방을 처음부터 완전히 따돌리는 것도 전략으로 얼마든지 성립한다고 생각해. 선두로 나서면 안쪽 레인을 유지할 수도 있어서 경기를 유리하게 운영할 수 있어. 개인 달리기라면 스타트 때 핸디캡을 만들어서 레인을 지키게 할 수 있지만, 릴레이는 그게 안 돼. 2번 주자부터는 먼저 도착하는 순서대로 원하는 레인에서 달릴 수 있잖아? 그리고 앞지를 때 2번 주자 이후로는 바깥 레인 쪽으로 달려서 추월해야 한다고 규칙으로 명기되어 있어."

즉 호리키타는 처음부터 거리를 확 벌리는 작전으로 스도를 1번 주자에 세우고 싶다는 이야기였다.

"하지만……."

스도는 도저히 납득이 가지 않는 모양이었다. 이 부분에 관해서는 나 역시 같은 의견이다.

물론 스타트 대시를 잘 끊으면 2번 주자부터 달리기가 한결 수월해진다는 것은 나도 안다. 하지만 선두를 달린다고 해서 반드시 거리가 확 벌어진다고 단언할 수는 없다. 오히려 스도가 뛰고 난 후에 거리가 야금야금 좁혀지는 상태가 된다면 후발주자들에게 큰 부담으로 작용할 것이다.

반대로 스도가 마지막 주자로 뛴다면 최후의 맹공으로 평소보다 더 큰 힘을 발휘해줄 가능성도 있다. 앞에서 누군가 뛰고 있다면 그만큼 기합도 더 들어간다.

"마지막 주자는 팀에서 제일 빠른 녀석이 해야 하는 거잖아."

"여기는 실력지상주의 학교야. 확신이나 선입견만 가지고 결정하는 것은 좋지 않아. 다른 반도 다양한 전략을 고민하고 있을 거야."

양쪽 다 일리 있는 이야기였지만, 이번만큼은 호리키타가 약간 억지를 부리는 기분이 들었다. 정신적인 문제는 있겠지만 기본적으로 순서에는 큰 차이가 없다. 스타트 대시가 극단적으로 형편없거나 배턴을 넘기는 과정이 어설프다는 등 기술적인 면 말고는 경기 결과에 미치는 영향이 미비하리라.

하지만 호리키타도 스도도 그 부분은 확실하게 해낼 인상이다.

그렇다면 호리키타에게 마지막 주자가 되고 싶은 다른 이유가 있다는 뜻이다. 이케와 야마우치라면 단순히 뛰고 싶어서 그렇다고 볼 수도 있겠지만, 호리키타의 경우는 그렇게 생각하기 어렵다. 그럼——.

"반드시 연습보다 훨씬 나은 성과를 낼 테니까."

끝에 가서 호리키타는 아무 근거 없는 근성론 같은 것을 들이밀며 부탁해왔다.

"정말 이해가 안 돼. 너답지 않아, 호리키타."

그렇게 스도가 꼬집을 정도로 이번 제안은 불가사의했다.

"저기…… 잠깐 괜찮아?"

이야기가 신경 쓰였는지, 쿠시다가 조심조심 끼어들었다.

"아, 미안해. 이야기가 들리는 바람에. 그래서 내가 생각해봤는데, 호리키타한테 마지막 주자가 되고 싶은 어떤 이유라도 있는 게 아닌가 싶어서."

"그건──."

"만약 그렇다면 말해주지 않을래? 나도 스도도 무의미하게 부정한다고 생각하지 않아. 하지만 반 애들이랑 다 함께 정한 순서를 바꾸려면 제대로 된 이유가 필요해."

"히라타의 말에 나도 동의한다. 이유를 제대로 가르쳐주라."

호리키타는 어렵다는 표정을 지었다. 하지만 진실을 말하는 게 마지막 주자를 얻을 유일한 방법이라고 생각했는지, 그 이유를 드디어 털어놓았다.

"우리 오빠가…… 마지막 주자일 것 같아서……."

"오빠, 라니…… 역시 학생회장이……."

"응. 우리 오빠야."

모두가 학생회장을 알고 있었는데, 호리키타라는 성에도 두 사람을 연결 짓지 않았다.

어렴풋이 의심은 했지만 굳이 캐묻지 않았던 이유는 호리키타가 결코 희귀한 성도 아니고, 호리키타가 말하지 않은 데다가 외견상으로도 별로 닮지 않아서였다.

세 사람 모두 놀란 토끼눈으로 서로를 마주 보았다.

"그러니까 오빠랑 같이 마지막 주자로 뛰고 싶다, 그 말이야?"

이유를 들은 쿠시다는 그것만으로는 아무래도 이해가 안 되는 모양이었다.

하지만 호리키타는 더 이상 자신의 속사정을 자세히 밝히려고 하지 않았다.

나는 살짝 도움의 손길을 내밀기로 했다.

"여러 가지 일이 있어서 싸운 모양인가 봐. 화해할 계기가 필요한 거겠지."

이해하기 쉽게, 진실도 거짓도 아니고 내가 생각해도 절묘한 선에서 한마디 갖다 붙였다. 이야기를 엿들은 나를 호리키타가 순간 노려보았지만, 금세 스도 일행을 향해 몸을 돌렸다.

"갑자기 왜 그러나 했는데, 그런 일이 있었군……. 나야 마지막 주자로서 제대로 뛰고 싶은 마음이 여전히 굴뚝같지만, 그런 사정이라면 양보해도 상관없어."

"나도 괜찮다고 생각해. 반 애들도 모두 스도가 받아들인다면 괜찮다고 생각하지 않을까?"

"그래. 알았어, 그럼 호리키타랑 스도의 순서를 바꿔서 제출할게. 그럼 되겠지?"

"고마워……."

하긴 이런 기회가 없다면 호리키타와 오빠가 가까운 거리에서 나란히 설 일은 없겠지.

스스로 접촉할 용기는 없어도 경기라면 무리해서라도 가까이 갈 수 있다.

하지만 이런 호리키타의 결단이 반드시 보답 받을 수 있다고 할 수는 없다.

그 고지식한 오빠에게 가까이 다가간다고 해서 뭔가가 일어날 거라고는 생각하지 않기 때문이다.

이름	시바타 소우
반	1학년 B반
학적번호	S01T004666
동아리	축구부
생일	11월 11일

평가	
학력	C
지성	D
판단력	B
신체능력	B+
협조성	B-

면접관 코멘트

초등학교, 중학교 시절부터 축구를 중심으로 동아리에서 활약했다. 학력도 평균을 유지하고 있는 뛰어난 학생이라고 판단된다. 친구를 배려하는 마음이 깊기 때문에 교사와 급우들에게 신뢰를 얻고 있으며 평판이 높다. 당교에서 더욱 성장하는 모습을 지켜보고 싶다.

담임 메모

이치노세의 남자 버전 같은 아이로 모두에게 사랑받고 있어요. 운동, 소통 능력 모두 뛰어나서 미래가 기대되는 학생입니다.

○개막

드디어 그날이 왔다. 기나긴 하루가 될 체육대회의 개막. 체육복을 입은 전교생 일동이 미리 연습한 대로 행진해서 운동장으로 들어왔다. 행진이라고 말했지만 대부분의 학생은 평소처럼 걷고 있을 뿐이었다. 규율을 어기지 않는 선에서 성실함을 어필하는 것이다.

"멋진 모습을 보여서 키쿄한테 완전 어필 해야지!"

제일 끝에서 걷던 이케가 흥분하며 각오를 다졌다. 특별히 운동신경이 좋은 편도 아닌데 어떻게 어필하겠다는 걸까. 틀림없이 비책 따위는 없고 기합만 잔뜩 들어간 허풍일 것이다.

개회식에서는 3학년 A반의 후지마키가 개회 선언을 했다. 참고로 운동장 주변에는 많지는 않지만 구경하러 온 사람들의 모습도 간간히 보였다. 아마도 부지 내에서 일하는 직원들이겠지. 그런 부분에서는 학교 측도 별다른 규제를 세워두지 않은 모양이다. 이따금 미소를 짓거나 손을 흔드는 모습도 보였다.

한편 학교 교사들은 웃음기 하나 없이 학생들의 모습을 지켜보았고, 의료 관계자로 보이는 사람들도 있었다. 또 20명 정도 들어갈 수 있는 오두막에는 에어컨, 정수기 등이 구비되어 있었다. 무인도와 마찬가지로 만전의 태세를 갖춘

것이리라. 참고로 서로 경쟁하게 될 홍팀과 백팀은 트랙을 사이에 두고 서로 마주 보도록 텐트가 쳐져 있었다. 그래서 경기할 때 이외에는 서로 접촉할 수 없는 구조였다.

"그나저나 용의주도하네. 결과 판독용 카메라까지 있어."

첫 100미터 달리기에 대비한 것인지 골인 지점으로 보이는 곳에 카메라가 설치되어 있었다.

"오판이나 모호한 결론을 반드시 막겠다는 거겠지."

경마처럼 코 하나 차이, 목 하나 차이로 승패를 가릴 셈이리라. 그래서 응원전 등 채점하기 어려운 경기는 이번 체육 대회에 일절 포함되지 않았다.

1

"100미터 달리기, 넌 몇 조였지?"

"7조야."

나는 간단한 프로그램표(경기 순서와 시간이 적힌 종이)를 보며 대답했다.

"강력한 상대가 안 나오면 좋겠네. 반을 위해 조금이나마 응원해줄게."

"꼴찌는 면하도록 힘내볼게."

너무 낮은 목표를 말한 나는 1학년 남자 경기가 곧 시작되기 때문에 운동장으로 나갔다.

100미터 달리기 등의 경기는 전부 1학년부터 순서대로 진행된다. 1학년 남자부터 3학년 여자까지 달리고 나면 한 종목이 끝난다. 그리고 잠시 휴식을 취한 후 1학년 여자부터 시작해 3학년 남자로 끝나는 패턴으로 순서가 바뀐다. 각 반이 사전에 제출한 프린트를 바탕으로 조가 정해져 경기가 시작되려고 하고 있었다. 체육대회 당일이 되어서야 비로소 다른 반에 누가 어떤 순서로 달리는지 알 수 있었다. 각 반에서 2명씩 선출된 총 8명이 출발선에 나란히 섰다. 내 순서는 조금 전에 호리키타에게 말했듯 7조. 1학년 남자는 총 10조까지 있었다.

1조에서 달리는 스도의 차례가 왔다. D반 학생 일동이 마른침을 삼키며 지켜보았다.

체육대회 결과는 스도의 존재가 큰 영향을 미친다. 첫 종목에서 스도가 처음 출전해 상대의 콧대를 꺾고, 그 기세에 모두 편승해서 그대로 밀어붙이는 계획이다. 여기서 스도가 한심한 결과로 끝나버리면 이어지는 경기에도 영향을 줄 가능성이 있다.

"그냥 봐서는 별로 경계할 만한 녀석이 없어 보이는데. 뚱땡이랑 뼈만 앙상한 녀석들이 많고. 1위는 스도로 확정이지!"

다른 세 반에는 학년에서 유명한 학생이 보이지 않았다. 이케의 말대로 1위 확정이리라.

"생각하기에 따라서는 오히려 손해라고 볼 수도 있지만."

이상적으로는 스도의 신체 능력이면 어느 정도 달리기가 빠른 녀석이 나오는 편이 더 낫다.

"하지만 어쩔 수 없지, 이건 운이니까."

출발선에서 몸을 숙이고 크라우치 스타트 자세를 취하는 스도의 옆얼굴에서 절대적인 자신감이 비쳤다. 만약 레이스 도중에 넘어지더라도 역전할 수 있다, 그만큼의 여유를 사방에 마구 풍겼다.

그리고 신호와 동시에 완벽한 동작으로 몸을 일으킨 스도가 앞으로 튀어나갔다. 처음부터 몸 하나가 앞선 스도가 그대로 모든 선수를 뿌리치듯 뒤로 하고 앞으로 쭉쭉 달려 나갔다.

아무도 따라오지 못하는 압도적인 차이로 골인. 그 이상 할 수 있는 말은 아무것도 없었다.

전교생이 지켜보는 가운데 첫 경기, 첫 주자로 뛴 스도는 역시 기대를 저버리지 않고 1위를 차지했다.

함께 뽑힌 박사도 상상했던 대로 꼴찌를 차지했지만…….

하지만 여운에 잠길 새도 없이 다음 조 스타트 신호. 신호는 20초 간격으로 울렸다.

1학년 남자가 모두 달리기를 마칠 때까지 필요한 시간은 4분 남짓. 그것을 1학년부터 3학년까지 남녀가 모두 치르기 때문에 30분 정도면 100미터 달리기가 끝난다는 계산이다.

"역시 스도네."

나와 같은 조인 히라타가 감탄했다.

"응. 다른 반도 깜짝 놀란 것 같아."

단순히 1위를 차지한 게 아니라 강렬한 임팩트를 준 것이 분명하다.

7조인 우리는 스도와 박사처럼 역할이 분명히 나뉘어져 있었다. 축구부로 발이 빠른 히라에는 높은 순위를. 그리고 나는 하나라도 더 높은 순위를 차지하는 것, 말하자면 져도 어쩔 수 없는 쪽. 그리고 눈에 띄는 쪽과 눈에 띄지 않는 쪽이다.

주목할 만한 다른 반 학생이 몇 명 있었지만 내가 아는 사람 중에 존재감이 강한 류엔과 카츠라기, 운동신경이 좋은 칸자키와 시바타는 과연 몇 조일까. 3조가 슬슬 출발선에 섰다.

"오, 대머리……가 아니라 카츠라기가 1번 레인이잖아?"

이케가 머리를 손가락으로 가리켰다. 햇살을 받은 스킨헤드가 눈부시게 빛났다.

카츠라기의 옆에는 아는 얼굴이 냉정한 표정으로 골인 지점을 응시하고 있었다. B반 칸자키였다.

카츠라기와 칸자키가 경쟁하게 된 건가.

한편 어떤 의미로 주목의 필두에 있는 남자, D반의 코엔지 역시 3조에 속했는데……

5번 레인을 배정받은 코엔지의 모습이 보이지 않았다. 그런데 학교 측은 그런 코엔지를 찾으려고도 하지 않고 결장으로 간주하고는 곧바로 시합을 시작해버렸다.

혼전을 벌일 줄 알았던 3조였는데, 달리기 실력은 칸자키가 가장 뛰어났다. 카츠라기도 느리지는 않았지만 그에 조금 못 미치는 형태여서, 크게 분위기가 험악해지는 일 없이 레이스가 종료되었다. 칸자키가 1위, 카츠라기는 3위라는 결과였다. 경기가 차근차근 진행되는 가운데 히라타가 어떤 사실을 깨달았다.

"아야노코지, 저기."

히라타가 눈치 챈 것은 오두막 방향. 시선을 돌리니 안에서 머리카락을 만지작거리고 있는 코엔지가 보였다.

이미 달리기를 마친 것은 아니리라. 그렇다고 생각하기에는 지나치게 빨리 돌아왔다.

"아예 안 달린 것 같은데."

개회식 때까지는 순순히 따르는 것처럼 보였지만, 결국 경기에 나가지 않으려는 모양이었다.

코엔지는 아마도 다리가 아프다거나 몸 상태가 안 좋다는 핑계를 들어 빠져나갔을 것이다. 만약 모든 경기에 나가지 않게 되면 최하위라도 받을 수 있는 점수조차 들어오지 않기 때문에 D반 및 홍팀의 입장에서 무거운 부담으로 작용하게 된다. A반은 정당한 이유라고는 하나 마찬가지로 전 종목에서 빠지는 사카야나기를 껴안고 있다. C반과 B반에 결석자가 없다면 홍팀은 단순히 두 사람분의 구멍을 메워야만 한다. 상당한 핸디캡이다.

경기는 순조롭게 진행되어 갔다.

한 조 한 조 끝나고 순식간에 우리 7조가 달릴 차례가 되었다.

4번 레인에 선 나와 그 옆 5번 레인인 히라타. 다른 멤버로는 A반의 야히코가 있었고 그 밖에 나머지는 잘 모르는 남자애들이었다. 인생 첫 체육대회. 나의 스타트는 빠르지도 느리지도 않은 스타트 대시로 시작되었다. 옆에서 달리던 히라타가 조금씩 나를 치고 나오더니 상위진에 파고들었다. 한편 나는 네 사람의 등을 보며 달리는 5등.

달리기 실력에 극단적인 차이가 없어서인지, 선수들끼리 무리 지어 질주했다. 그리고 나는 순위변동 없이 5위로 마감했다. 반면 히라타는 근소한 차이로 1위에 빛났다.

"후우. 수고했어."

한 발 먼저 골인 지점에 도착한 히라타가 가볍게 숨을 내쉬며 격려의 말을 보냈다.

"미안하다. 내가 발목을 잡았네."

"그렇지 않아. 다들 빨랐으니까. 멋진 승부였어."

히라타는 한심한 결과를 남긴 나를 비난하지도 않고 미소로 맞아주었다. 우리는 서둘러 코스에서 벗어나 텐트로 돌아왔다. 뒤에 남은 조들이 바로 경기를 시작해서 방해가 되기 때문이었다.

1학년 남자 100미터 달리기가 끝나고 진영으로 돌아온 남자들은 파고들듯 여자들의 달리기에 주목했다.

시합 결과도 결과지만, 여자애들이 달리는 모습을 보고 싶어서 안달 났겠지.

"스도는?"

자리에 와 있어야 할 스도의 모습이 보이지 않았다.

"글쎄. 화장실이라도 간 것 아니야? 그것보다도 출렁거리는 가슴이나 보자고, 가슴."

이케는 낙관적이었지만, 나는 스도가 보이지 않자 금세 불길한 예감이 들었다. 그 녀석이라면 호리키타를 응원할 법도 한데, 모습이 안 보이는 게 영 수상하다.

"……설마."

나는 오두막 쪽을 쳐다보았다. 불길한 예감이 적중해, 코엔지에게 다가가는 스도의 모습이 보였다.

"안 좋은 전개야. 빨리 가서 말려야 해."

"그러게."

거의 동시에 알아차린 히라타와 나는 허둥지둥 오두막으로 향했다.

그곳의 분위기는 달아오른 상태로, 스도가 주먹을 불끈 쥐고 코엔지와 마주 보고 서 있었다.

"너 이 자식, 참가 안 한다니 까불지 말라고!"

문을 열자마자 스도의 고함소리가 들려왔다. 금방이라도 주먹이 닿을 것 같은 위치까지 거리를 좁힌 스도였는데 코엔지는 마치 그를 못 본 것처럼 굴었다.

창문 유리에 비치는 자신의 모습을 정신없이 바라보는 강심장 같은 행동을 취했다.

그런 태도가 스도의 화에 기름을 부었다.

"한 대 맞아봐야 정신을 차릴 것 같군, 코엔지."

"안 돼, 스도. 선생님이 알기라도 하면———."

당연히 히라타가 말렸지만 그 정도로 멈출 남자가 아니다.

"시끄러워. 이건 우리 반 내부의 문제잖아. 때려도 상관없다고. 이 녀석이 울면서 담임한테 일러바치지만 않으면."

"너는 여전히 구질구질한 남자군. 나는 혼자 조용히 있고 싶어서 여기 왔는데 말이지. 보다시피 오늘은 몸이 안 좋아. 그래서 모두에게 피해를 안 끼치려고 물러났을 뿐이야."

"거짓말 하지 마! 연습만이면 몰라도 실전까지 땡땡이치려고 하다니!"

그렇게 화내고 싶은 것도 무리는 아니다. 아무리 뜯어봐도 코엔지는 건강함 그 자체다.

"하면 안 돼, 스도!"

거리가 조금 멀었던 히라타가 당황하며 끼어들기 전에 스도가 참지 못하고 주먹을 높이 쳐들었다.

한 방 먹여서 코엔지가 정신을 번쩍 차리게 해주려고 한 거겠지.

하지만 예상 밖이자 규격 밖인 남자 코엔지는 자신을 향해 날아오는 강력한 주먹을 손바닥으로 막았다.

퍽 하는 건조한 소리가 오두막에 울려 퍼졌다.

코엔지는 스도를 쳐다보지도 않고 말을 내뱉었다.

"그만두는 게 좋아. 넌 날 못 이기니까."

그래도 같은 반이라고 스도가 힘을 대충 준 것처럼 보이지는 않았다. 전력을 다해 휘두른 주먹.

그것이 어이없게 막히자 스도는 다시금 코엔지의 높은 능력치를 피부로 느끼지 않았을까. 하지만 스도는 겁먹기는커녕 더욱 활활 불타올랐다.

"그럼 덤벼보라고. 그 잘난 콧대를 확 꺾어줄 테니."

"정말이지. 너도 그렇고 그녀도 그렇고, 나한테 기대지 않으면 안 되는 모양이군."

"그녀라니? 누굴 말하는 거야?"

"네가 그렇게 열을 올리고 있는 쿨 걸 말이야. 오늘까지도 계속 나한테 확인을 받았다고. 체육대회에 성실하게 참가하라고."

"호리키타가……?"

아무래도 호리키타는 코엔지가 빠질 가능성을 처음부터 예상한 모양이다.

하긴, 무인도에서 일찌감치 기권한 것을 알고 있는 이상 그런 걱정은 자연스러운 흐름인가.

그나저나 내가 모르는 곳에서 코엔지에게 공작을 펼친 줄은 몰랐다.

"아무튼 그만 나가는 게 어때. 내가 지금 기분이 별로라서."

"이 자식이——!"

두 번은 용납 못 한다는 식으로, 히라타가 스도와 코엔지의 사이에 끼어들어 중재에 나섰다.

"좀 진정해. 코엔지의 태도에도 문제가 있지만, 몸이 안좋다고 말하는 이상 쉴 권리는 있어. 그리고 누굴 상대로 하

155

든 폭력은 안 돼."

"그거야 거짓말인 게 뻔하잖아. 무인도 때도 그렇게 둘러 댔는데."

"근거 없는 생트집이군. 난 몸이 안 좋아도 겉으로 티가 잘 안 난다고."

"그래서 나머지 경기도 전부 빠질 셈이냐? 엉?"

"물론 몸이 회복되면 참가하지. 몸이 회복되면, 말이야."

분노를 주체하지 못하는 스도였지만 언제까지고 계속 코엔지만 붙잡고 있을 수 없는 노릇이었다.

"이제 곧 다음 경기가 시작될 거야, 스도. 리더인 네가 없으면 사기가 떨어질 게 분명해."

히라타는 다른 시점으로 스도를 설득하기로 마음을 바꿔먹은 듯했다.

"······알았어. 돌아가면 되잖아, 돌아가면."

"고맙다."

히라타가 스도를 따라 오두막에서 나갔다. 나도 그들의 뒤를 따랐다.

D반 진영 텐트로 돌아오자 스도는 짜증을 내면서 파이프 의자에 걸터앉았다.

"제기랄! 그 자식, 다음에는 진짜 날려버릴 거다! 빌어먹을 놈이!"

분노는 쉽사리 가라앉을 줄 모르고, 점점 더 끓어오르는 감정을 마구 발산했다.

군자는 자고로 위험한 곳 근처도 가지 않는다는 말처럼, 아이들이 점점 스도에게서 거리를 두었다.

스도는 근처에 있는 모든 것을 물어뜯을 기세로 분노를 터트렸다.

하지만 여자들 경기에만 정신이 팔렸던 이케는 스도가 그렇게 화나 있는 줄 꿈에도 모르고 밝게 다가갔다. 어느새 여자 100미터 달리기도 막바지에 접어들었는지, 마지막 조가 출발선에 서려고 하고 있었다.

"뭐 한다고 이제 왔냐, 켄. 네가 좋아할 시합이 이제 곧 시작된다고."

이케가 스도의 등을 탁 쳤다. 그 순간 스도가 이케의 손을 붙잡고, 있는 힘껏 헤드락을 걸었다.

"으악! 뭐하는 짓이야!"

"스트레스 해소다."

"아파, 아프다고! 항복! 항복!"

지금만큼은 불운, 불쌍하다고밖에 할 말이 없군.

어쨌든 이케에게 화풀이를 했고 호리키타의 경기가 이제 곧 시작되기도 해서 스도는 조금이나마 냉정을 되찾은 모습이었다. 1학년 여자 마지막 100미터 달리기를 앞두고 호리키타가 레인에 섰다.

"스즈네라도 보면서 힐링할까……."

저 애를 봐서 힐링이 된다면 그렇게 해라.

그런 스도를 구경하는 내 옆으로 사쿠라가 숨을 헐떡이며 돌아왔다.

"하아, 하아…… 괴, 괴로워……."

자기 나름대로 있는 힘을 다해 뛰고 왔는지, 몹시 숨 막히는 듯 거친 호흡을 반복했다.

"나, 나 봤어? 아야노코지?"

그렇게 물으며, 안경 너머 반짝거리는 눈으로 나를 올려다보았다.

안타깝게도 스도를 쫓아 오두막에 들어간 사이에 사쿠라의 경기가 끝난 모양이라, 결과를 알지 못했다. 그렇다고 여기서 못 봤다고 말해버리면 사쿠라가 몹시 실망하겠지.

"잘했어."

그렇게 짧지만 감정을 실어 말해주었다. 지금 알 수 있는 확실한 사실은 사쿠라가 나름대로 열심히 달리기에 임했다는 것뿐이다.

"고, 고마워! 나 처음으로 꼴찌를 면했어!"

사쿠라가 환하게 웃으며 그렇게 말했다. 수업에서도 연습에서도 단독으로 느렸던 사쿠라인데, 보아하니 누군가를 이긴 모양이다. 게다가 지금 이 태도를 보면 상대가 넘어져서라는 둥 실수로 인한 결과도 아닌 것 같다.

"그래도 너무 무리는 하지 마. 너무 들떴다가 넘어지면 다치니까."

"으, 으응!"

여전히 가쁜 숨으로 미소를 지은 사쿠라는 내 옆에서 다

음 여자 경기로 시선을 옮겼다.

나 역시 호리키타와 같이 달릴 다른 여자애들에게 주목했다.

3번 레인에 선 C반 학생은 이부키 미오다. 호리키타를 라이벌로 여기는 이부키와 같은 조라니. 기묘한 우연이다. 호리키타는 시선도 주지 않았지만 이부키 쪽은 눈에서 불꽃이 마구 튀었다. 호리키타에게만은 절대 지지 않겠다는 의지가 멀리서도 읽혔다.

"이부키는 운동신경이 좋은가?"

"난들 아냐. 호리키타가 이길 거라는 사실만은 틀림없지만."

다른 남자들은 알 리 없겠지만 이부키는 운동신경이 뛰어난 편이다. 이부키에 대한 정보는 아주 적어도, 둘 중 누가 이길지 단언할 수 없었다.

출발 신호와 동시에 달려 나가는 일곱 명의 여자들. 주목하는 두 사람 중 스타트가 더 빨랐던 건 이부키였다. 호리키타는 아주 살짝 반응이 늦어 이부키의 뒤로 밀려났다.

하지만 곧 속도가 붙어 아름다운 폼으로 달리며 이부키의 뒤를 바싹 쫓았다. 한편 이부키는 먼저 앞서는 데 성공했지만 바로 뒤에 있는 호리키타가 신경 쓰이는지 자꾸 뒤를 의식하는 모습이었다. 그 덕분에 거리가 좁혀졌고 중반부터는 두 사람이 딱 달라붙어 어중간한 위치를 유지했다.

그리고 종반이 되자 이부키의 표정이 딱딱하게 굳어진 것을 알았다. 옆으로 나란히 달리다가 근소한 차이로 호리키타가 앞으로 치고 나온 것이다. 자신감을 보였던 호리키타인 만큼 아슬아슬하게 1위를 빼앗는 결과가 되었다.

"위험한가……?"

그렇게 중얼거린 스도의 예감은 적중했다. 리드하고 있는 호리키타와 이부키의 거리가 아주 조금씩 좁혀지기 시작한 것이다. 달아나려는 호리키타와 쫓아가는 이부키.

먼저 골인 테이프를 끊은 사람은 호리키타였다. 비디오 판독을 해도 이상하지 않을 만큼 초접전이긴 했지만 주변 아이들이 와 하고 마구 흥분했다.

숨을 헐떡이는 호리키타의 옆에서 분한 듯 땅을 박차는 이부키. 하지만 호리키타를 너무 심하게 의식하지 않았더라면 순위는 바뀌었을 거란 생각도 든다. 의식의 근소한 차이가 승패의 원인이었던 것 같다.

"그나저나 두 사람이 월등했던 경기네."

달리기를 마친 호리키타를 응시하던 스도와 나도 같은 생각이다. 이부키와는 호각을 다투는 승부를 펼쳤는데, D반을 제외한 나머지 여학생 네 명의 실력은 솔직히 형편없었다.

1학년 100미터 달리기가 끝나자 서로 결과를 보고했다.

스도와 호리키타, 히라타 등 운동신경이 좋은 사람들은 확실하게 1위를 가져왔다. 하지만 반대로 승리를 기대했던 중간층이 부진한 순위를 거둬 썩 좋지 못한 시작임을 알 수 있었다.

"정신 똑바로 차려, 너희. 특히 너는 달리기만 잘하면서."

"그, 그래도 말이지. 시바타 놈이 너무 잘하는걸."

"무리도 아니야. 시바타는 나보다도 빠르니까."

실제로 시바타는 동아리 연습 중, 히라타보다도 더 빨리 달리는 장면을 많이 연출했으니까 말이지.

이곳에는 노트도 휴대폰도 없다. 어느 정도 경기 결과를 구두로 전한다고 해도, 전부 파악하기란 어려울 것이다. 다른 반 상황도 자세히는 모른다.

나는 돌아온 호리키타에게 다가가 말을 걸었다.

"아슬아슬했네."

"⋯⋯그러게. 이부키가 생각보다 더 빨라서 놀랐어."

바싹 뒤쫓아 오는 이부키를 제대로 의식했는지 호리키타가 안도의 한숨을 내쉬었다.

"코엔지한테 부탁했다며?"

"누가 그걸⋯⋯? 무엇보다도, 의미 없는 일이었던 것 같지만."

호리키타는 오두막에서 우아한 시간을 보내고 있을 코엔지 쪽으로 짧게 시선을 던졌다.

"저 애가 농땡이 부릴 가능성을 우려했는데, 결국 그렇게 되고 말았네."

"저 녀석은 어떤 의미로 누구보다도 A반에 흥미가 없는 것 같고 말이지."

퇴학만 당하지 않고 남은 학교생활을 편하게 보내기. 그렇게 결정한 이상 몸을 움직이려고 하지 않았다.

그런데 호리키타는 왠지 석연치 않은 감정을 느끼기 시작하는 듯 보였다.

"내가 쿠시다처럼 반 아이들에게 호감인 사람이었다면 저 애가 움직였을까?"

"글쎄. 쿠시다나 히라타의 설득에 넘어갈 타입도 아니라고 생각하는데."

그리고 두 사람은 코엔지를 억지로 설득하려고 하지 않았다. 자칭이라지만 몸이 안 좋다고 호소하는 상대에게 거짓말하지 말라며 다가가는 아이들이 아니었기 때문이다.

"네 입에서 쿠시다처럼, 이라는 말이 나올 줄이야."

"난 원래 그 애를 싫어하지 않아."

그렇게 자연스러운 흐름으로 말한 후 호리키타는 살짝 말실수를 했다는 듯 입술을 굳게 닫았다.

"방금 그 말은 못 들은 걸로 해."

그렇게 말하고는 이야기를 끝내버렸다. 그리고 곧 시작될 3학년 경기로 시선을 던졌다.

이 녀석에게는 D반 일도 걱정거리지만 오빠의 존재 역시 마찬가지겠지.

무엇보다도 학생회장인 오빠는 여동생의 마음 따위에 전혀 영향을 받지 않는다.

2조에서 스타트를 끊은 호리키타의 오빠는 당연하다는 듯 1위로 골인했다.

"역시 이미지대로 빠르네."

"오빠는 완벽하니까. 뭘 하든 1등인걸."

자랑, 이라기보다는 정말로 당연하다는 듯 말했다.

모든 학년이 100미터 달리기를 마치자 집계에 들어갔다.

다음 경기가 시작되기 전에 홍팀과 백팀의 첫 점수가 발표되었다.

홍팀 2,011점, 백팀 1,891점.

경기는 이제 막 시작되었을 뿐이지만 홍팀이 약간 우세했다.

2

두 번째 종목은 허들. 100미터 달리기와 마찬가지로 기본적으로는 달리기 실력이 순수하게 반영되기 쉬운 종목이다. 그렇지만 그것이 전부는 아니다. 너무 서두르다가 허들을 제대로 못 넘으면 뼈아픈 실수로 이어진다. 이 경기에는 두 가지 규칙이 있는데 '허들을 넘어뜨리거나' '허들에 몸이 닿으면' 타임 페널티가 주어진다. 허들을 넘어뜨렸을 경우는 0.5초. 허들에 몸이 닿았을 경우는 0.3초가 최종 기록에 가산되고 만다.

그래서 단순히 허들을 빨리 뛰어넘기만 해서는 이길 수 없다. 확실하게 넘어야만 한다.

또 그렇다고 허들을 천천히 넘으면 당연히 이길 수 없으니, 충분한 연습량을 통해 감각을 익히는 것이 중요하다. 10

미터 간격으로 놓인 허들은 총 10개. 가령 전부 넘어뜨리면 그것만으로도 5초가 더해진다. 거의 절망적인 순위가 될 것이다.

이 종목에서 스도는 마지막 조에서 뛰게 되어 있었다.

"어이, 너희 꼴찌 하면 나한테 귀싸대기 언어맞을 줄 알아."

팔짱을 끼고 지켜보는 스도가 보내는 강한 압박에 몸치들이 벌벌 떨었다.

"이게 무슨 공포정치야!"

"음, 소토무라 학생, 없습니까? 없으면 실격으로 처리합니다."

스타트 지점에 있던 심판이 그렇게 말했다.

"소, 소인은 배가 아프오…… 빠지면 안 되겠소?"

연습 때도 허들을 거의 넘지 않았던 박사가 겁에 질려 도망치려고 했다.

"뭐라고? 허들 다 넘어뜨려도 되니까 오기로라도 완주하라고!"

"으헉?! 여, 여기, 여기 있사옵니다!"

서로의 얼굴이 닿을락 말락 한 위치에서 스도가 노려보자 박사가 자기 레인으로 향했다. 꼴찌와 실격은 천양지차다. 실격이 되면 1점도 들어오지 않는 이상 참가는 필수다.

"진짜 못 써먹겠네. 맨날 저렇게 요령 부리니까 살이 뒤룩 뒤룩 찌지."

박사는 예상대로 허들을 뛰어넘지 못해, 결국 손으로 밀면서 꼴찌로 완주했다.

"그나저나 시바타 녀석 좀 하잖아."

점점 각 반의 전력을 알게 되면서 스도가 경계하듯 말했다.

아직 두 번째 종목이기는 하지만 시바타는 허들 경기도 무리 없이 1위를 차지했다. 현재까지 스도의 라이벌인가. 게다가 시바타는 이치노세처럼 주위를 의기투합하게 만드는 리더십까지 갖추었다.

"대면하게 되면 내가 철저히 이겨줘야지."

이대로 진행된다면 그만큼 스도의 목표인 학년 1위가 물 건너갈지도 모른다.

"그럼 다음으로 4조, 준비해주세요."

심판이 부르자 나는 조금 전과 같은 레인에 섰다. 2번 레인에는 칸자키가 있었다.

"벌써 만났네."

"……살살 부탁할게."

"너, 상당히 빠르다고 이치노세한테 들었어."

이치노세가 뭘 보고 그런 생각을 했을까…… 기억을 되짚어 보니 딱 하나 짐작이 가는 게 있었다. 사쿠라가 사건에 휘말렸을 때 내가 달리는 모습을 본 건가. 전속력으로 달린 건 아닌데, 폼 같은 것을 보고 운동 능력을 추측했다고는 충분히 생각할 수 있었다.

세나가 수영장에서 놀았을 때도 이치노세가 나를 꽤 주시했었으니까. 지금까지의 시험과 사건으로 마크당하는 건 어쩔 수 없는 일인가.

"그건 잘못된 정보야. 아까 내 100미터 달리기 순위 봤어? 5위라고."

"결과는 그렇지만, 진심을 다해서 달린 것처럼 안 보이던데."

"이 체육대회에서 힘을 아껴서 무슨 이득이 있겠어. 손해만 볼 뿐이지."

"확률은 낮지만 전략이라고 생각하면 전혀 의미가 없는 것도 아니지."

아무래도 이치노세를 비롯한 B반은 우리를 꼼꼼히 관찰하고 추측에 들어간 모양이다.

나 같은 존재 하나에도 순위만이 아니라 거기에 이르는 과정까지 파악하고 있다.

"그리고 넌 우리 학년 중에서도 상당히 냉정한 애야. 그런 사람이 무서운 법이니까."

"뭐, 마음대로 생각해."

그때 우리 사이에 C반 남자애가 들어와서 이야기가 중단되었다. 4조는 칸자키 이외에 썩 주목할 인물이 없어 보였다. 순위가 다소 올라가더라도 오차 범위에 있겠지.

시작과 동시에 나는 조금 전과 비슷한 감각으로 달렸다. 역시 칸자키가 가장 먼저 앞서 나갔고 나보다 빨리 달리는 학생은 한 명뿐이어서, 결과적으로 3위라는 좋은 성적을 거두게 되었다. 조 편성도 그렇고 좋든 나쁘든 무난한 위치에서 해나갈 수 있겠군.

"……하아, 진짜…… 운이 안 따라주네."

경기를 마치고 진영으로 돌아온 유키무라가 고개를 푹 숙이고 중얼거렸다. 그 모습으로 볼 때 끝낸 두 경기 모두 결과가 기대 이하인 모양이었다.

"생각대로 잘 안 됐어?"

"아야노코지……? 조 편성을 원망하고 싶어진다. 둘 다 7위라고…… ."

꼴찌상을 연속으로 탔다는 건가. 상당히 힘든 상황에 놓였군.

"생각하기 나름이야. 유키무라 너라면 설령 하위여도 시험에는 문제없을 거잖아."

"낙제점을 받을 일은 없겠지. 하지만 어쨌든 내 성적이 떨어지게 되는 건 맞잖아. 그리고 이 결과가 우리 반이랑 팀에도 부담을 줄 거고…… ."

남들보다 배로 A반을 원하는 남자는 남들보다 배로 책임감을 짊어지게 되는 모양이다. 평소에 강한 어조로 스도를 비롯해 공부 못하는 아이들을 비난했기 때문에 더욱 약점을 드러내고 싶지 않은 마음도 이해는 간다.

더 이상 무슨 말을 해주는 것도 멋없어 보여 살짝 거리를 두기로 했다.

나는 여자들의 경기를 주시했다. 첫 시작은 호리키타와 사쿠라로 내가 잘 아는 두 사람이다. 승리가 기대되는 호리키타는 부담을 느끼는 모습도 없이 출발선에 섰다. 한편 이렇게 말해서 미안하지만, 기대도가 0인 사쿠라는 잔뜩 긴장한 것 같았다.

"조 편성이 좀 별로네, 호리키타."

"그래?"

다른 반을 잘 아는 히라타가 구성원을 살피며 말했다. 그 직후 경기가 시작되었다.

"C반에서 제일 빠르다는 육상부 야지마랑 키노시타가 있거든."

"그렇구나……."

첫 100미터 달리기부터 이부키와의 격전을 벌인 호리키타였는데 시련의 연속이군.

"정말 이기는 건 힘들겠는데."

덤벼들 듯한 기세로 달려서 도약하는 호리키타였지만, C반의 두 사람이 그녀를 앞섰다. 그리고 결국 호리키타에게 기회가 찾아오지 않은 채 3위로 경기가 종료되었다.

히라타는 그 결과를 본 후 나를 쳐다보았다. 호리키타가 졌다는 뜻의 눈빛 교환이 아니었다. 기묘한 위화감을 느낀 조합의 레이스였다는 것을 알아차렸기 때문이다.

3

다음 종목은 '장대 눕히기'. 방식은 간단하지만 거친 면이 있어 약간 위험한 단체전 경기였다.

"너희, 반드시 이겨야 된다. 코엔지 놈이 없는 몫까지 더 기합을 넣으라고!"

스도가 소리치며 앞에 모인 D반과 A반 남학생들을 고무했다.

한편 스도 일행과 맞선 것은 칸자키, 시바타가 이끄는 B반과 류엔이 이끄는 C반 남자들이었다. 특히 C반 쪽에는 아직 드러나진 않았지만 강하게 생겨서 주목을 끄는 학생이 있었다. 예전에 스도와 싸움 소동을 일으켰던 사카자키와 코미야를 비롯하여, 야마다라는 이름에 덩치가 큰 흑인 혼혈도 있었다. 이따금 학교에서 본 적은 있는데, 과연 실력이 어느 정도나 될까.

반마다 학생 수가 많든 적든 현재 상황의 전력으로 생각하고 싸울 수밖에 없다.

경기 규칙은 장대 2개를 먼저 눕히는 팀의 승리. 카츠라기와 히라타는 사전 회의를 통해 반별로 번갈아가며 공격과 수비를 하기로 정해두었다. 개별적으로 공수를 나누는 것은 너무 위험하다고 판단했기 때문이리라. 그러는 편이 이해하기도 쉽고 연대하기도 수월하다.

처음에는 D반이 먼저 공격에 나서고 A반이 장대를 지키는 역할을 맡기로 했다. 만약 이렇게 해서 선제점을 따는 데 성공하면 흐름을 우선하여 공수를 바꾸지 않을 예정이었다.

"뭐, 걱정하지 마. 나 혼자서라도 상대방을 눕혀버릴 테니까."

"사람 말고 장대를 눕혀줄래……?"

역시 조금 걱정이 되어서 일단 말해두었다.

"보장은 못 하겠다. 코엔지 일로 좀 열 받은 상태라서 말이지. 으흐흐."

닥치는 대로 덤빌 작정인지 있는 그대로 적의를 드러냈다. 상대 진영에 가운뎃손가락을 들어 보이는 스도.

"거리를 좀 둬야겠군……."

그런 스도에게 휘말릴 위험을 느낀 이케 일행이 느릿느릿 스도에게서 멀어졌다. 현명한 처사다.

시합 개시를 알리는 휘슬이 울리기만을 기다리며 몸을 앞으로 기울이고 기다리는 공격진(주로 스도).

한편 카츠라기를 비롯한 방어조는 몇 번이고 포메이션을 확인하면서 튼튼한 수비를 구축했다.

때리고 발로 차는 등 노골적인 폭력은 당연히 금지지만, 어느 정도의 몸싸움은 학교 측도 용인하리라. 서로 붙잡고 미는 것도 다수 예상된다.

"윽, 왠지 무서워졌어. 나 장대 눕히기 같은 거 처음 해보는데……."

"중학교 체육대회나 운동회에서 안 해봤어?"

"위험한 경기라고 해서 안 했지. 아야노코지, 너희 학교는 했어?"

"아니…… 나도 이번이 처음인데."

"뭐야, 자기도 처음이면서."

맥 빠지는 대화 도중에 시합 시작을 알리는 신호가 들렸다. 그리고 내가 먼저, 하고 스도가 앞으로 돌진했다.

그를 뒤따르듯 적극적인 멤버들이 달려 나갔다.

"으악, 간다, 아야노코지! 농땡이 부렸다가 스도 손에 죽는 것만은 피하고 싶다고!"

적극적인 무리 뒤를 이케와 나, 유키무라 등 싸움을 썩 좋아하지 않는 아이들이 느릿느릿 따랐다.

상대 팀인 BC연합도 우리와 마찬가지로 반이 공격과 수비로 깔끔하게 나뉘어져 있었다.

AD연합보다 더 연대에 어려움이 있을 테니, 당연한 생각인지도 모른다.

1세트에서 본진의 장대를 지키는 것은 B반인 모양이었다. 우리의 눈앞에 B반 아이들이 기다리고 있었다.

참고로 공격진끼리 충돌하는 것은 금지다.

어디까지나 공격진은 수비진을 공격해야 한다는 규칙이었다.

"죽고 싶은 놈들부터 덤벼라!"

엄청난 말을 입에 담으며 스도가 상대 방어진을 파고들었다. 큰 키와 고등학교 1학년이라고는 도저히 믿기 힘든 힘을 앞세우자 장대 가까이에 달라붙어 있던 아이들이 떨어져 나갔다.

"막아! 스도를 막으라고!"

그런 B반의 외침에 맞추어 수비 일부가 스도를 에워쌌다.

"어이, 너희 빨리 따라붙어! 내가 길을 열어줄 테니까!"

바로 뒤에 온 적극적인 무리를 향해 소리치는 스도. 하지만 말처럼 그리 쉽지는 않았다.

전쟁터처럼 점점 한 데 뒤엉키는 상황이 펼쳐지며 사방에 모래바람이 일었다.

나는 딱히 도움도 방해도 안 되는 선에서, B반 애들을 의지하며 그 자리를 버텼다.

"제기랄, 몇 명이 달려드는 거야?!"

남학생 3, 4명이 동시에 덤비자 천하의 스도라도 막혔다.

한편 적극적인 무리 역시 돌파까지는 하지 못하고 아슬아슬한 갈림길에서 발이 묶였다.

D반의 문제점은 스도라는 뛰어난 공격력을 가지고 있지만 그 말고는 힘을 자랑할 만한 사람이 거의 없다는 사실이었다. 반면 B반은 평균을 살짝 웃도는 힘을 지닌 학생이 많았다. 특히 시합에 소극적인 나나 박사는 전력이 되지 못하니 공격력 면에서 빠지는 점은 필연이랄까.

"위험해, 켄! A반이! 야마다인가 뭔가 하는 혼혈아가 엄청나게 들쑤시고 있어!"

"뭐라고?!"

그 목소리에 뒤돌아보니 A반이 지키는 홍팀의 장대가 조금씩 기울고 있었다.

C반은 스도처럼 폭력적…… 아니, 무투파 같은 학생이 많은지 방어를 너무도 쉽게 돌파하고 있는 것 같았다. 맞붙게

했다면 유리한 쪽과 불리한 쪽이 명백히 드러났을까. 게다가 류엔이 공격하라고 명령한다면 죽기 살기로 나오기도 하겠지.

어떻게든 손을 써야 하는데, 가장 중요한 스도마저 4, 5명에게 막혀 어쩌지 못하고 있었다. 발이 완전히 묶여버렸다. 물론 그만큼의 인원을 상대하는 것도 충분히 대단하지만.

스도가 필사적으로 장대를 노리는 가운데, 무정하게도 휘슬이 울리고 말았다.

결국 백팀은 수월하게 1세트를 가져갔다.

"아, 빌어먹을! 도대체 뭐하는 거야, 너희! 죽을 각오로 하란 말이야!"

무참하게 넘어간 장대를 노려보며, 제대로 공격하지 못한 D반에 분노를 터트리는 스도.

"하지만…… 쟤들이 엄청 강하단 말이야. 아야야…… 살 까졌어."

"조금 긁힌 것 가지고! 물어뜯거나 무릎을 발로 차도 좋으니까 저항하란 말이야, 이 쓸모라고는 없는 놈들아!"

마음은 알겠지만 그건 전부 반칙이어서 한 방에 퇴장이다.

"이미 하나 빼앗긴 걸 뭐 어쩌겠어. 이번에는 우리가 확실하게 지키자."

다정하게 스도의 등을 토닥여 분노를 진정시킨 히라타가 넘어간 장대를 다시 일으켜 세웠다.

"쳇…… 반드시 지켜야 한다. 너희 다 알겠냐?!"

"아, 알았어. 할 수 있는 한 해본다니까!"

"할 수 있는 만큼만 해서는 안 돼! 반드시 사수하는 거다. 1시간이든 2시간이든!"

D반 학생들이 그밖에 약한 부분이 있다면 그것은 연대와 의욕. 이 두 가지인가.

나까지 포함해서지만 일부 학생을 제외하고는 패기 같은 것이 전혀 느껴지지 않았다.

그 점에서 조금 전 수비를 맡았던 B반은 연대와 의욕 모두 높은 상당한 강적이었다.

"아야노코지, 죽는 한이 있더라도 장대가 넘어가게 하지 마! 그래도 네가 우리 반에서 2위니까!"

일단은 스도의 뒤를 잇는 근력을 가진 것처럼 된 바람에 함께 장대를 지키게 되었다.

꼼짝 못하게 나오는 스도에게 찍혔으니 함부로 대충할 수도 없다.

"이대로 간단히 연승이라니 웃기지 말라고 해. 난 류엔 놈을 날려버릴 거야."

그러고 보니 조금 전 1세트에서 공격진이었던 류엔은 거의 관전만 하고 있을 뿐이었다.

자신이 낄 것도 없이 우세했기 때문일 텐데, 스도는 그것이 마음에 들지 않았으리라.

"C가 공격해라, C가 공격해라."

그 말을 되풀이하는 스도였는데, 솔직히 힘 센 C반이 무리지어서 덤벼들면 버티기 힘들다.

B반이 공격해오는 편이 지키기에 수월하지 않을까.

서로 어느 정도 태세를 정비한 후 2세트 시작 시간이 다가왔다. 과연——.

"왔다 왔다, 왔다고!"

아무래도 내 기대를 저버리고, 스도가 원하던 전개가 되어버린 듯하다.

기세등등한 C반 학생들이 공격을 개시하려고 노려보고 있었다.

그리고 그 반을 이끄는 리더, 류엔도 뒤에서 기분 나쁘게 웃었다.

마치 전장을 좌지우지하는 전략가처럼, 시합 개시를 알리는 신호와 동시에 호령을 붙이고 돌격을 명령했다.

아마도 지시는 심플했을 것이다.

'넘겨'라는 두 글자를 바탕으로, 공포정치에 잔뜩 겁먹은 병사들이 덤벼들었다.

스도와 비슷한 체격, 운동부에 속한 학생으로 구성된 거한들이 선두에 섰다.

서두르지 않겠다는 듯 점점 밀려오는 벽처럼 장대를 향해 다가왔다.

여기저기에서 D반 아이들의 비명이 들렸다. 외벽을 지키는 학생들이 점점 줄어들었다.

"일어나! 다리를 붙잡아서 넘어트리라고!"

무지막지한 격려를 날리는 스도의 목소리는 상대방의 노호에 파묻혔다.

C반은 아슬아슬하게 반칙이 아니게, 팔꿈치로 찔러가며 순식간에 중심까지 파고들었다. A반의 카츠라기 일행도 장대에 닿을락 말락 한 위치까지 진군했는데 과연 늦지 않게 해낼 수 있을까.

"으헉?!"

내 대각선 앞에서 장대를 받치고 있던 스도가 고통스러운 신음을 내질렀다. 스도 바로 앞까지 밀고 들어온 사람은 혼혈아 야마다였다. 체격은 스도 이상. 지켜야 할 장대가 조금씩 기울었다.

"누구야, 내 배 때린 놈!"

아무래도 혼전을 틈타 누군가가 스도를 직접 공격한 모양이었다.

게다가 한두 번이 아닌지 계속해서 고통스러운 신음과 분노의 목소리가 뒤섞였다.

하지만 장대를 양손으로 밀고 있어야 하는 스도는 어떻게 조치를 취할 방법도 없었다.

그저 거북이처럼 몸을 움츠리면서 열심히 견디는 수밖에 없었다.

"아악, 아악, 이놈이!"

말로 싸우려고 해도 C반의 움직임에 의심할 만한 구석이 보이지 않았다.

아파서 땅에 무릎을 꿇고 만 스도. 그래도 장대를 지키려는 투지만큼은 칭찬해주고 싶다.

그런 스도의 등을 어떤 남자가 맨발로 거칠게 밀었다.

그리고 자신이 왕이라고 나서듯 스도의 등을 힘껏 짓밟았다.

"크헉?!"

정신없는 시합 도중, 사각지대에서 일어난 악질 공격.

그 짓을 저지른 사람은 말할 것도 없이, 류엔이었다.

"너, 이 자식이! 으헉!"

류엔은 다시 한번, 마치 등뼈를 부러트리기라도 하려는 듯 망설임 없이 등을 짓밟았다.

그 일격에 스도가 무너짐과 동시에 수비가 무너지면서, 모래먼지를 흩날리며 단숨에 장대가 넘어갔다. 순식간에 승패가 결정되었다.

스도는 땅에 쓰러진 상태로, 자신을 짓밟은 류엔을 노려보았다.

"하, 하아, 너 이 자식…… 이거 반칙이잖아!"

"뭐야, 거기 있었어? 몰랐지."

류엔은 그렇게 말하며 기죽지도 않고 물러갔다. 스도가 그를 뒤쫓아가려고 했지만, 등이 너무 아파 일어서는 것조차 제대로 하지 못했다. AD연합은 크게 패하고 말았다.

"등, 괜찮아?"

고통보다도 부당한 반칙을 받은 분노를 참을 수 없는 모양이었다.

"저 잘난 척하는 놈, 다음에 내 눈에 띄면 줘 패버리겠어……!"

"그럼 또 소동이 벌어질 거야. 그때 일을 되풀이할 셈이야?"

스도와 C반의 싸움 소동으로 처분이 내려질 뻔한 것을 가리킨 말이었다.

심지어 스도가 먼저 싸움을 걸게 되면 이번에야말로 진짜 처벌을 받게 될 것이다.

"저 녀석은 되고 난 안 되냐?! 여기 등에 난 상처 좀 보라고!"

"네 심정은 이해하지만, 경기 중에 일어난 자연스러운 행위라고 간주할걸."

류엔과 스도, 서로에게 하려는 행동은 같지만 기술적인 면에서 압도적인 차이가 있었다.

이번에는 모래먼지가 일고 학생들이 한 데 뒤섞인 가운데 벌어진 행위. 어쨌든 저 녀석은 싸움을 거는 타이밍과 방식이 정말 절묘하다.

"아, 열 받아! 다 이길 계획이었는데!"

스도는 류엔에 대한 분노를, 한심한 D반과 A반을 향한 노골적인 비난으로 돌렸다.

A반 아이들 귀에도 그 말이 들어가서 일부 학생들이 그를 쏘아보았다. 말로 되갚아주려는 아이도 있었지만 카츠라기가 말려서 그렇게까지 번지지는 않았다.

"도움이 안 되어서 미안해……."

"나야말로. 우리도 제대로 못 지켜냈잖아. 다음에 서로 힘내자."

　카츠라기와 히라타만이 냉정하게 결과를 받아들였고, 일단 해산해서 자기 진영에 돌아가기로 했다.

4

　쉬고 얼마 지나지 않아 다음 경기인 줄다리기 준비에 들어간 1학년 남자들. 그 사이에도 1학년 여자들의 콩주머니 던지기가 착착 진행되었다. 체력을 요하는 단체전 경기가 줄줄이 이어졌다. 처음에는 별로 몰랐는데, 상당히 힘든 순서다.

　"지금 어느 정도로 차이가 벌어진 것 같아……?"

　"글쎄. 아직 초반이기도 하고 생각해봐야 별 소용없잖아."

　"그건 그렇지만……. 지고 있는 건 사실이지. 저 녀석들이 한 발 앞서고 있어."

　지고 있다는 게 참을 수 없는지 다리를 덜덜 떨며 여자들의 경기를 지켜보는 스도.

　"적어도 여자애들이 이겨주면 좋겠는데……."

　멀리서 보기에는 콩주머니 던지기의 승패를 파악하기 힘들어서 확실히 알 수 없었다.

　그만큼 접전인 것 같은데 상당히 아슬아슬해 보인다.

　잠시 후 시합이 끝나고 담당 교사가 바구니에 든 콩주머니를 던지며 하나씩 점수를 세어나갔다.

"총 54개로 홍팀의 승리입니다."

이렇게 해서 한심한 남자들의 장대 눕히기 결과는 여자들 덕분에 상쇄되었다.

결과 발표 방송에 가슴을 쓸어내린 것도 잠시, 심판의 줄다리기 설명이 시작되었다.

"자, 가자……!"

"등은 좀 괜찮아, 켄?"

"난 남들보다 훨씬 튼튼하니까. 그리고 아픈 게 해결될 문제도 아니고."

걱정 속에서도 스도는 씩씩하게 일어섰다.

줄다리기의 규칙은 장대 눕히기와 마찬가지로 지극히 단순했다. 먼저 2승을 하는 쪽의 승리다.

"줄다리기에서 반격하면 단체전은 역전할 수 있어. 그리고 줄다리기라면 서로 충돌할 일도 없으니까 상대도 순수하게 힘으로 승부를 겨룰 수밖에 없지. 무지막지한 싸움이 되지는 않을 거야."

늘 주변과 스도에게 마음을 쓰는 히라타가 그렇게 말을 걸었다. 그에게 대답하듯 스도가 고개를 끄덕였다.

"뭐, 그렇지……. 그러니까 더 질 수 없어."

순수한 힘과 힘, 지혜와 지혜. 과연 어느 쪽이 우위를 점하게 될까.

운동장 한복판에 모인 네 반이 두 팀으로 갈라져서, 각각 좌우 진영으로 향했다. 카츠라기가 히라타에게 다가와 살짝 귓속말을 했다.

"미리 짜놓은 전략으로 한 방에 해치우는 거야. 알겠지?"

"응. 알았어. 다들 자기 위치에 서줘."

AD연합은 두 리더의 주도 아래 장대 눕히기처럼 작전을 생각하고 있었다. 히라타가 지시를 내림과 동시에 우리 D반은 뿔뿔이 흩어져 각자의 위치로 향했다.

작전은 간단한데, '키 차이에 따라 줄 서기'가 전부였다. 그렇게 하면 빈틈없이 줄에 힘을 가할 수 있다. 상대 팀에도 그 작전이 알려졌지만, BC연합이 아무리 흉내를 내려고 해봐야 단시간에 확실히 키 순서대로 줄을 서기란 불가능하다.

그런데 그러기에 앞서 AD연합에 문제가 발생했다. 바꿔 서려고 하는 D반과 달리 A반 남자의 절반이 그 자리에서 움직이지 않았던 것이다.

"카츠라기. 언제까지고 뭐라도 되는 듯이 나서지 말아줬으면 좋겠는데!"

그런 목소리가 어디선가 들려왔다.

"……그게 무슨 뜻이야, 하시모토."

하시모토라고 불린 학생이 한 걸음 앞으로 나왔다. 약간 긴 머리카락을 뒤로 묶은, 키가 크고 표표한 느낌의 남자였다. 부드러워 보이는 표정이지만 어딘가 상대를 무시하는 듯한 눈빛이었다.

"말 그대로의 의미야. 너 때문에 A반이 지금 지고 있잖아. 정말 이 작전으로 이길 수 있다고 단언할 수 있어?"

리더인 카츠라기에게 직접 이의를 제기하는 학생이 등장했다. 카츠라기도 경계심을 높이는 모습을 보아, 이 하시모토라는 학생은 단순한 일개 병졸이 아닌 것 같았다. 그런데——타이밍이 좀 묘하다.

같은 팀 아이들의 시선이 카츠라기와 하시모토에게 모이는 가운데, 나는 뒤돌아 진영에서 사카야나기를 찾았다. 처음부터 관전만 하고 있는 사카야나기는 우리를 보며 즐거운 듯 엷은 미소를 띠고 있었다. 멀리서 봐도 남자들이 옥신각신하고 있다는 것은 알 터. 그런데도 웃고 있다면 생각할 수 있는 건 하나. 이 상황을 만든 사람이 하시모토가 아니라 사카야나기라는 것이다. 뭔가 손을 쓸 거라고는 생각했는데, 다른 반도 아니고 자기 반에 그럴 줄이야. 어디까지나 대립하는 카츠라기를 무너뜨리려는 속셈일까. 하지만 그건 너무도 비효율적이다. 류엔과는 다른 의미로 섬뜩한 행동이다.

"어떠냐고, 카츠라기. 정말 이 작전으로 이길 수 있어?"

같은 편의 배신에도 카츠라기는 평정을 잃지 않고 대답했다.

"이러면 D반 애들도 동요하잖아. 지금은 냉정하게 경기에 임해야 해."

"그건 대답이 아니지!"

분위기를 진정시키려고 한 카츠라기였지만, 하시모토 이하 과반수의 학생들이 순순히 따라주지 않았다.

"카츠라기가 하라고 하잖아, 빨리 하라고! 꼴사나운 모습

183

좀 보이지 말고!"

그런 가운데 카츠라기 파인 야히코가 거친 목소리로 사카야나기 파 남자애를 강제로 줄 옆에 세웠다.

"내 지시를 의심하는 마음은 나도 부정할 생각이 없어. 하지만 지금 아무 의미 없이 서로 충돌했다가 진다면, 연대나 기량을 논하기 이전에 사카야나기의 책임이 발생하는데 그래도 상관없어?"

"아무것도 안 보이나 보구나, 카츠라기는."

하시모토가 피식 웃었다. 심판을 맡은 교사가 우리 쪽의 움직임이 느린 것에 주의를 주려고 가까이 다가오자, 하시모토는 정해진 위치로 가서 줄을 잡았다.

"자, 그럼 할까. 상대 팀에게 연대감이 부족한 모습을 보이는 것도 기분 나쁘니까."

일단 A반의 내분이 어느 정도 가라앉은 것 같아서 우리도 각자 위치에 섰다.

"꽤나 살벌한데, A반 애들."

"심하게 불안하다. 역시 그냥 공부벌레 집단일지도."

그냥 봤을 뿐인 스도의 눈에도 A반의 이상한 대립이 부각되었다.

어쨌든 두 반이 뒤섞여 키 순서대로 줄을 섰다. 가장 뒤에 선 사람은 파워 면에서 절대적 자신감이 있는 스도였다. 반면 BC연합은 연대하지 않았기 때문에 반 단위로 깔끔하게 나뉘어져 있었다. 앞쪽을 담당한 것은 B반이었는데, 선두부터 키가 큰 순으로 서는, AD연합과는 정반대의 작전을 취했다. 하지만 C반은 적당히 아무렇게나 서서 중간부터는 제각각이었다. 제일 마지막에는 나름대로 체격이 좋은 학생이 줄을 쥐고 서 있었지만…… . 뒤죽박죽이라는 느낌을 지울 수 없었다.

"헷, 덩치 큰 놈들을 앞에 세우다니, B반이 뭘 모르는군."

"아니, 꼭 그렇다고 할 수도 없어. 줄을 끌어당기는 위치가 높은 쪽이 유리하니까."

두 반 사이의 연대가 불가능한 이상, B반은 줄의 위치만이라도 우위에 설 목적이었다.

"그렇다고 해도 우리가 유리하다는 사실은 변함없지. 자, 가자, 얘들아!"

스도가 소리쳤고, 시합 개시를 알리는 신호와 함께 서로 줄을 힘껏 잡아당겼다.

"영차 영차!"

정석이라고 할 수 있는 구호 소리에 맞추어 기본적인 연대를 취한 AD연합이 있는 힘껏 줄을 잡아당겼다.

처음에는 균형이 유지되는 듯 보였지만, 몇 초 후부터 단숨에 우리 쪽으로 흐름이 기울었다.

"하아아아압! 이 정도쯤 여유지, 여유!"

잠시 후 신호가 울리며 AD연합의 승리를 알렸다.

"예스! 똑똑히 봤냐?! 꼴 좋~다!"

다시 한 번 소리치는 스도. 승패의 결과에 B반은 노골적으로 불만스러운 표정을 C반에 보냈다.

"야, 서로 힘을 합치지 않으면 위험하다고. 상대가 저렇게 강한데."

반을 대표해서 시바타가 류엔에게 말했지만 류엔은 전혀 상대해주지 않았다.

"좋았어, 배치를 바꾼다. 꼬맹이부터 앞에 서."

류엔은 제각각인 C반 아이들에게 명령을 내려 앞에 키가 제일 작은 학생, 그리고 점점 키가 큰 순서로 위치를 조정했다. 꼭 활처럼 기울어진 형태다.

B반의 의견 따위는 묻지도 않고 어디까지나 자기들 좋을 대로 하려는 것 같았다. 시바타는 고개를 절레절레 흔들며 어이없어 한 후 B반 아이들을 격려하고 다시 줄을 잡았다.

"잘됐다. 저런 배치로는 우릴 못 이겨."

"꼭 그렇게 단언할 수도 없어. 다들 방심하지 마. 이번에는 아까처럼 되지 않을 테니까."

카츠라기가 스도를 포함한 아이들에게 당부했다.

"어째서? 낙승이었잖아? 우리처럼 키 작은 순으로 줄을 세운 것도 아니고."

실실 웃으며 여유롭게 줄을 거머쥐는 이케.

카츠라기는 아직 할 말이 남아 있어 보였는데, 인터벌이 끝나고 시합 개시 준비가 시작되었다.

그리고 시작되는 2회전.

"영차! 영차!"

1회전과 마찬가지로 줄을 잡아당기는 AD연합. 하지만 분명히 조금 전과는 다른 느낌에, 조금씩 당황했다. 당기고 또 당겨도 위치는 변함이 없고 불안감만이 밀려왔다.

"야, 딱 달라붙어, 너희. 간단히 지면 사형인 줄 알아!"

그런 류엔의 태평한 경고와 동시에 강렬한 힘이 줄에 가해지더니 우리 쪽이 서서히 끌려가기 시작했다.

단 한 번의 호령만으로 힘이 갑자기 세진 것은 아니리라.

류엔이 재조정한 활 모양 배치를 통해 힘이 전달되는 방법이 달라졌다는 뜻이다.

"으헤엑! 아파 아파!"

뒤에서 줄을 쥔 이케 일행이 비명을 질렀다.

나도 대충 할 수 없어 줄을 끌고 있었는데, 역시 조금 전과는 조금 다른 느낌이다.

거의 호각을 다투는 줄다리기 경기. 승패의 결착을 불러오는 것은 의식의 차이일까.

서서히 끌려간 AD연합은 패배를 맛보고 말았다. 1회전을 제압했던 만큼, 2회전에서 패배한 원인이 자신들에게 있다고 생각한 학생들이 마구 화를 냈다.

"어째서 아까랑 다른 거야! 누가 힘 살살 준 거 아니야?!"

같은 편에서 범인을 색출해내려고 했다. 그 상황을 본 카츠라기가 곧 감싸기에 들어갔다.

"진정해. 저쪽이 바른 진형 중 하나를 찾아낸 게 패배의 원인이겠지. 물론 2회전도 이길 거라고 방심한 애가 우리 쪽에 있었던 건 사실이겠지만. 이렇게 해서 잘 알았을 거야. 상대는 팀워크는 별로지만 싸울 힘을 가지고 있다고. 다들 마음을 다잡고 다시 한 번 자기 위치를 확인해줘. 그리고 줄을 잡아당길 때에는 대각선 위를 향하게 하는 게 좋아.”

카츠라기는 적확한 충고와 질타를 보낸 후 모두를 다시 정렬시켰다. 얼마 없는 시간 안에 할 수 있는 최선의 방법이었다. 한편 상대 팀은 두 반 사이의 연대는 없지만 반 단위로는 단합이 잘 되었다. 확실히 줄다리기에 집중하는 B반 그리고 그 뒤에서 대기하는 C반은 류엔이 호령으로 분명하게 아이들을 고무시켰다.

“좋아, 너희들 치고 잘했다. 방금 한 것과 똑같이 한 번만 더 하면 돼. 이길 거라고 생각하는 쓰레기들에게 똑똑히 알려줘라.”

구체적인 테크닉 따위는 일절 알려주지 않았는데도 불구하고 결과적으로 반을 잘 꾸려나가는 점은 역시 대단하다고 할까.

양쪽이 준비를 마치자 최종 결전인 3회전이 시작되었다. 세 번째 구호가 울려 퍼졌다.

“영차! 영차!! 힘껏 당겨라!”

2회전과 마찬가지로 금세 결착이 나지 않았다. 백기가 중심선에서 움직이지 않고 흔들리기만 했다.

“끝까지 버텨라! 이번 판은 반드시 이겨야 한다고!”

제일 뒤에서 소리치는 스도의 말에 호응하듯 모두가 힘을 합쳐 줄을 끌어당겼다.

"영차! 영차!"

상대가 아무리 강해도, 줄다리기에서 승패는 단순히 힘만으로는 결정되지 않으리라. 근소하게 AD연합 쪽으로 백기가 움직이기 시작했다.

"방심하지 마! 한 번 더 당겨! 당겨어어어어!"

스도의 기합이 들어간 최후의 힘. 그것은 생각지도 못한 형태로 막을 내리게 되었다.

분명히 팽팽한 싸움을 벌이고 있었는데, 지금까지와는 말도 안 될 정도로 느낌이 갑자기 가벼워지더니, 모두의 몸이 뒤로 확 쓰러졌다. 기세를 멈추지 못하고 장기짝 넘어지듯 우루루 넘어가며 시합이 끝났다.

무슨 일이 일어났는지 이해하지 못하고, 스도를 비롯하여 대부분의 학생이 넘어진 상태로 분노를 드러냈다. 결과로 봤을 때 명백히 상대 팀이 줄을 확 놔버린 상황이었다.

"무슨 짓이야, 지금 장난하냐?!"

이 상황은 B반 측도 예상하지 못했었는지, 일부 학생은 넘어져 있었다.

이윽고 화살은 한 사람도 넘어지지 않은 반…… 류엔 쪽을 향했다.

"못 이길 것 같아서 그냥 놓아버렸지."

마지막 고비에 류엔을 비롯한 C반이 일제히 줄을 놓아버린 모양이었다.

"좋겠다, 너희. 쓰레기 같은 승리를 주워가서. 발라당 넘어진 모습을 봐서 즐거웠어."

졌는데도 누구보다 시합을 즐긴 표정으로 류엔이 웃었다.

"이 자식이!"

지금 상황만 놓고 보면 누가 승리자인지 모르겠다.

제일 뒤에 있던 스도가 일어나더니, 조금 전 장대 눕히기때 쌓인 울분까지 더해져 당장 달려들려고 했다. 하지만 바로 앞에 있던 카츠라기가 허둥지둥 그의 팔을 잡아 말렸다.

"그만둬, 스도. 저것도 류엔의 작전이야. 우리의 화를 돋워서 체력을 소모시킬 셈이라고. 게다가 폭력 사태를 일으켜서 반칙승을 가져가려고 하는 건지도 몰라."

"하지만!"

"물론 쟤들이 한 짓은 스포츠 정신에 어긋나지만, 규칙위반은 아니잖아."

카츠라기는 폭주하려는 스도를 훌륭히 컨트롤해주었다. 괜히 A반이 아니군. 더 이상 도발해봐야 성과가 없겠다고 판단했는지 류엔이 등을 돌렸다.

"좋아, 철수하자."

C반이 재빨리 물러갔다. B반도 푸념하고 싶으리라.

"우리가 운이 좋은 것 같다. C반이랑 같은 팀이 안 됐으니까."

카츠라기는 왠지 안도한 듯 그렇게 말하고 스도의 어깨를 두드렸다.

"이겼는데도 왠지 찜찜하잖아, 젠장."

투덜거리고 싶은 스도의 마음도 충분히 이해된다. 모처럼 가져온 단체전 승리인데, 류엔이 멋지게 찬물을 끼얹어 버렸다. 이 기세를 이어가야 할 시점인데 개운하지 않은 감정이 꿈틀거린다. 지더라도 그냥 쓰러지지는 않겠다는 뜻인가.

줄다리기가 끝나고 우리는 텐트로 돌아왔다.

도중에 카츠라기가 히라타에게 걸어와 조용히 사과했다.

"아까는 미안했어. 반을 제대로 이끌지 못한 내 실수야."

"아니야, 신경 쓰지 마. 우리도 2회전 때 방심했는걸. 안 그래?"

히라타가 동의를 구하자 나는 고개를 끄덕였다.

"A반도 의외로 힘들겠어."

"……그렇지."

별로 속사정을 말하고 싶지 않은지, 카츠라기는 부정은 하지 않으면서도 자세히 대답하려고도 하지 않았다. 괴로운 입장을 강요받고 있다는 것만은 확실해 보이는데.

한편 스도 일행은 다음 경기로 생각을 옮겼다.

"다음은 장애물 달리기니까. 한심한 성적을 남기는 녀석들은 전부 깔아뭉개버리겠어."

"으헉. 우리가 왜 깔려야 하는데?"

"내가 리더니까. 내 밑에 있는 녀석들을 격려해줘야 한다고. 힘들어."

그런 리더는 아무도 안 바랄 것 같은데 스도에게는 강하게 반발할 수 없었다.

"일단 참고삼아 묻겠는데 말이지…… 그 한심한 성적이라는 건 몇 위까지를 말하는 거야?"

"당연한 걸 뭘 묻냐? 입상 말고는 쳐주지 않아."

"헉!!"

5

"헉, 헉…… 죽을힘을 다했는데도 6위야! 케, 켄은 아직 경기 전인가? 후우."

무릎을 꿇으며 숨을 헐떡이는 이케. 스도가 돌아오는 게 겁나겠지.

"그 녀석, 4위라도 될 순 없는 거냐……."

그렇게 바라고 싶은 마음도 모르는 바는 아니다. 만약 스도가 입상하지 않는다면 아무래도 제재를 가하기 힘들 테니까. 결과가 궁금해지는 스도가 나간 경기는 장애물 달리기였다.

"넌 몇 위 했어? 아야노코지. 사형 확정인가?"

"아슬아슬하게 3위였어."

"으헥. 진짜야? 대진운이 좋았나 보군!"

일일이 스도의 시중…… 아니, 제재를 받는 건 성가시니까 말이지. 살짝 힘 좀 써봤다.

"스도는 시바타랑 걸린 모양이네."

"응, 그러네."

스도와 그리 멀지 않은 곳에서 시바타가 가볍게 준비 체조를 하며 대기하고 있었다. 강적의 등장이로군.

"뭐야아앗! 켄 녀석, 또 노무라 하고 스즈키잖아! 치사하게!"

하지만 스도의 대전 상대를 본 이케는 시바타 이외의 인물을 확인하고 그 행운의 조합에 진심으로 분통을 터트렸다.

하긴 C반에서도 특히 운동신경이 안 좋아 보이는 두 사람과 연속으로 붙은 것은 행운이다. 그 이외에 A반은 딱히 잘하지도 못하지도 않는 아이가 나왔으니, 이래서는 스도의 입상이 거의 확정이려나.

한탄하고 싶은 마음도 알겠지만 시바타만은 예외다. B반에서 가장 빠르다는 소문이 있는 시바타이니, 아마 틀림없이 1위 쟁탈전이 벌어지겠지. 지금까지 치른 두 경기 모두 1위를 차지했다.

"누가 이길 것 같아?"

시바타를 잘 아는 히라타에게 의견을 구해보았다.

"글쎄. 시바타가 빠른 건 잘 알고 있어서 간단히 지진 않을 거라고 생각해. 순수한 직선 승부라면 시바타가 이길 것 같기도 한데…… 스도는 연습 때도 장애물을 쉽게 통과했으니까. 아주 멋진 승부가 벌어질 것 같아."

둘 다 잘 아는 히라타의 입장에서도 누가 이길지 확실히 말할 수 없는 모양이었다.

당사자인 스도는 진다는 생각을 전혀 하지 않고 있다. 그

자만심이 약점으로 작용하지 않으면 좋으련만. 내 걱정과는 상관없이, 당사자는 여유로운 표정으로 출발 신호를 기다렸다. 앞 주자들이 달리기를 마쳐, 최종 레이스가 막을 열었다.

스도와 시바타가 거의 동시에 훌륭하게 스타트를 끊고 제일 첫 장애물인 평균대로 향했다. 스도는 키도 크고 덩치도 산만 했지만 얇은 평균대를 누구보다도 빨리 지나가는 데 성공했다. 뛰어난 균형 감각이 돋보이는 움직임이다. 2등은 시바타. 근소하게 늦었지만 안정감 있게 평균대를 통과했다. 그 직후 단거리를 달린 다음 운동장에 깔려 있는 망을 기어서 지났다. 앞만 보고 맹수처럼 나아가는 스도를 즐기듯이 뒤쫓는 시바타. 마지막 장애물은 두타대(頭陀袋), 그러니까 요새 식으로 말하면 스님이 메는 자루에 양발을 넣고 뜀뛰기를 하는 것이었다. 여기서도 체격에 어울리지 않게 훌륭히 통과하는 스도였는데, 뒤에서 쫓아오는 시바타가 거리를 좁혔다.

"지금까지 봤던 것 중 최고의 열전이군."

동률 포인트로 보이는 두 사람 중 한쪽에 승기가 올라가려 하고 있었다. 여기까지 거리를 좁히지도 떨어지지도 않고 따라온 시바타. 그 존재를 알아차린 스도가 처음으로 초조함을 내비쳤다. 아마도 등 뒤로 뜀박질하는 소리도 들려왔겠지. 하지만 초반에 리드한 덕분에 1미터 정도의 차이를 남기고 1위로 테이프를 끊었다. 전력을 다해 싸운 영향도 있었는지 멀리서 봐도 스도가 몹시 숨 가빠하고 있다는 것을 알았다.

스도와 시바타의 달리기 실력은 거의 비등했다. 아니, 순수하게 달리기 실력만 놓고 본다면 히라타의 말대로 시바타가 앞섰을지도 모른다. 경기 종류와 타이밍에 따라서는 스도도 꼭 무적이라고 말할 수는 없나.

여하튼 스도는 이렇게 해서 당당하게 3연속 1위. 틀림없는 학년 톱이다.

당당하게 돌아온 스도가 잔뜩 위축된 이케에게 강하게 나왔다.

"어이, 다 봤다, 칸지. 너 6위 했지?!"

"너, 너도 방금 겨우 1위 했으면서! 그러니까 비긴 거지!"

전혀 비긴 게 아니다. 쓸데없는 소리를 하는 바람에 이케는 뒤에서 양팔을 꽉 붙들렸다.

"어쨌든 1위 했잖아? 뭐, 시바타 놈도 꽤 빨랐지만 말이지. 나한텐 졌다고."

2연속 1위였던 시바타를 2위로 내린 것은 학년 톱을 노리는 스도에게 무척 좋은 전개였다.

6

우리는 느긋하게 쉴 여유도 없이 바로 이인삼각 준비에 들어갔다.

한편 여자 장애물 달리기는 1조부터 파란의 막이 열렸다.

조금 전 결과를 만회하려고 나선 호리키타는 시작하자마자 C반의 두 사람에게 밀리고 말았다.

"아까도 본 전개네."

"또 야지마, 키노시타랑 같은 조가 되다니."

호리키타는 운동뿐 아니라 공부 등 다양한 분야에서 뛰어난 능력을 가지고 있지만, 그래도 어떤 것에 특화된 인물에게 이기기란 쉽지 않았다. 스타트와 동시에 키노시타가 무섭게 치고 나갔다. 제일 먼저 평균대에 올라, 뒤따라오는 아이들과 성큼성큼 거리를 벌렸다. 2등은 야지마. 그리고 그녀의 뒤를 쫓는 것이 호리키타인 형태가 되었다. 그래도 순수한 달리기 실력과 체력을 보는 100미터 달리기나 허들 경기와 달리, 다양한 불확정 요소가 포함된 장애물 덕분인지 차이는 생각보다 벌어지지 않았다. 평균대를 통과했을 무렵에는 거의 나란한 상태까지 거리가 좁혀졌다.

"기회가 있을 것 같은데, 이번에는."

가까운 곳에서 스도도 호리키타를 응원하고 있는지, 손에 힘을 꽉 주고 상황을 지켜보았다. 망을 기어 나왔을 때에는 마침내 호리키타가 한 걸음 앞으로 치고 나왔다. 하지만 키노시타도 빨랐다. 장애물 사이에 있는 단거리에서 다시 거리를 좁혔다. 그리고 2위로 재도약했다.

1위인 야지마의 순위는 흔들리지 않으리라. 호리키타는 2위를 빼앗기 위해 힘껏 달렸다. 마지막 두타대에 도달하기 직전, 살짝 균형이 무너진 키노시타와 가까워진 호리키타. 그리고 앞지르자 전력질주해서 두타대를 벗어던졌다. 그 차이는 불과 1, 2초 정도일까.

마지막 50미터를 호리키타가 전속력으로 달렸다. 하지만 뒤쫓아 오는 키노시타가 신경 쓰이는지 몇 번이나 뒤를 힐끔거렸다. 그것이 실책으로 이어졌는지 다시 키노시타와 나란히 달리게 된 호리키타. 다음 순간, 앞지르려고 달리는 호리키타와 역전하려는 키노시타가 서로 얽혀 넘어지고 말았다.

"우옷! 엄청난 일이 벌어졌는데?!"

누가 부딪친 것인지는 모르겠지만, 경합 과정에서 일어난 문제로 보였다. 두 사람이 일어나는 사이에 다른 아이들이 하나둘 앞질러, 순식간에 하위로 밀렸다. 곧바로 일어설 수 없었는지, 서로 흙먼지 속에서 필사적으로 일어나려고 노력했다. 겨우 경기를 속행할 수는 있었지만, 그 해프닝은 마지막까지 영향을 미쳐서 호리키타는 설마 했던 7위로 경기를 마감했다. 넘어진 또 한 사람 키노시타는 다리가 많이 아픈지 경기를 속행하지 못하고 최하위가 되었다. 1위 기대주였으니 돌아가면 불평을 들을 것이다. 이렇게 해서 1위, 3위, 7위인가. 이번 시합에 한해서는 운이 나빴다고 결론내릴 수밖에 없지만…….

"…………."

"왜 그래, 아야노코지."

"다음에도 똑같은 『우연』이 일어난다면 더는 『우연』이라고 부를 수 없을지도 모르겠어."

아까 히라타에게 하지 못했던 말을 언급했다.

"역시 너도 그렇게 생각해? 아마 다른 애들도 조금씩 느끼기 시작할 시점이지 싶어. 하지만 이렇게 되었다는 건 ── 상황이 안 좋은 방향으로 움직이고 있다는 거겠지."

안타깝게도 그의 견해가 맞았다.

"만약 알아차린 애가 나오면 그때는 케어를 맡겨도 될까?"

"물론이지. 그게 내 역할이기도 하니까. 하지만 무슨 방법이 없을까……."

"있으면 좋겠는데 말이지."

싫은 표정 하나 짓지 않고 받아들이는 히라타를 보며 안심한 나는 불만스러워 하는 소녀에게로 다가갔다.

장애물 달리기를 마치고 돌아온 호리키타의 표정이 어두웠다.

분명히 위화감이 느껴지는 걸음걸이와 동작을 보니 상황이 일목요연했다.

"아파?"

"……조금. 하지만 경기에 영향을 줄 정도는 아니야. 쉬면 괜찮아질 거야."

그렇게 강한 척했지만 앉는 것조차 힘들어 보였다.

나는 문노를 살 것을 각오하고, 다친 곳으로 보이는 부위를 살짝 건드려 보았다.

"으윽?!"

"이게 경기에 영향을 줄 정도가 아니라고?"

"함부로 만지지 마. 그리고 날 좀 그냥 내버려둬. 참으면 되니까."

승리가 의무인 사람의 입장은 이럴 때 괴롭군. 게다가 호리키타처럼 결과를 낼 수 있다고 자부하는 사람은 더욱 그렇다.

"기권하면 점수 자체가 없으니까. 힘을 내고 싶은 마음은 이해해."

고통을 유발한 나를 노려볼 줄 알았는데, 호리키타는 전혀 다른 이야기를 했다.

"그것보다도 그 여자애가 마음에 걸려. 악의가 담긴 접촉 같았어."

"……그 말은?"

"내 뒤에서 달리던 애가 자꾸 내 이름을 불렀어."

그래서 경기 중에 계속 뒤돌아보았던 것인가.

"아무래도 이상하다고 생각했어. 그런데 뒤돌아본 직후에 몸이 충돌해서 이 꼴이 된 거야. 항의하고 싶은 마음도 있는데, 보통 의도적으로 부딪칠 거면 이름 따위 안 부르지 않을까?"

하긴 기습적으로 부딪쳐야 상대가 넘어질 가능성이 높다.

"진짜 운이 안 따라주네…… 벌써 중반인데……."

학년 전체로 봤을 때 내가 아는 한 호리키타는 세 번째 부상자가 아닐까.

2학년에서 한 사람이 달리기 중간에 넘어져 다리를 심하게 다치는 바람에 기권했는데, 그 선배의 경우는 단독 사고여서 특별히 문제시되는 점은 없어 보였다.

"내 걱정 말고 넌 네 걱정이나 해. 나보다 성적이 낮잖아?"

1위와 3위, 그리고 충돌 사고로 7위를 기록한 호리키타는 30점. 나는 27점. 근소한 차라면 근소한 차지만 어쨌든 내가 뒤처진 건 사실이다.

"최선을 다하고 있어. 하지만 너도 너무 무리하지 마."

"난 기어서라도 경기에 나갈 생각이니까."

그 말을 남기고 호리키타에게 내쫓기다시피 해서, 나는 다음 경기인 이인삼각 준비에 나섰다.

"호리키타는 상태가 좀 어떤 것 같아?"

멀리서 지켜보던 히라타가 걱정스럽게 물었다.

"꽤 심각해 보여. 남은 경기에도 영향을 줄 것 같아."

"괴로운 전개네."

다리를 끈으로 묶으며 소곤소곤 대화를 나눴다.

잠시 후 1학년 남자 이인삼각 경기가 시작되었다. 팀들이 속속 출발했다.

이 체육대회는 학교의 철저한 관리 아래 경기가 시간 지연 없이 착착 진행되고 있었다. 프로그램표의 예정 시각과 거의 차이가 없는 훌륭한 진행이다.

이인삼각은 필연적으로 두 사람이 한 조가 되기 때문에,

한 번에 달리는 인원은 네 개의 조로 적었다.

우리보다 하나 앞서 출발하는 스도 팀이 분노로 열기를 가득 채워 출발했다.

스도의 파트너는 이케. 언뜻 봐서는 실력이 들쑥날쑥해서 위태로울 것 같았지만, 어떤 방법을 써서 승리가 유력한 팀으로 전환했다.

"으아아아아악!"

경기 도중에 이케가 비명을 내질렀다. 아무래도 첫 걸음부터 스도의 기술이 작렬한 모양이다. 어떤 의미로 궁극의 이인삼각 필승법. 스도는 이케를 반쯤 들어 올린 상태로 힘으로 밀어붙여 폭주했다. 일종의 반칙에 가깝지만, 일단 겉으로는 아슬아슬하게 이인삼각을 유지했다. 넘어지지 않게 이케를 강제로 받치고 1위를 거머쥐는 데 성공했다.

"상황이 힘든 만큼 스도가 굉장히 믿음직스럽다."

파트너로 선택된 이케는 불쌍하지만, 그래도 1위를 차지했으니 만족하겠지.

"물론 든든하지. 하지만 이기기 위한 퍼즐조각은 스도만으로는 모자라."

컨트롤하지 못한다면 녀석은 스스로 상처 내는 양날의 검 그 자체이다.

"우리도 스도를 뒤따르자."

그 말과 함께 히라타와 나는 발을 내딛었다. 다행히 같이 달리는 다른 상대들 중 실력이 두드러지는 녀석은 없었다.

우리 콤비는 팀워크가 좋아 스도와 마찬가지로 1위라는 최고의 성적을 내며 경기를 마쳤다.

이제 아무도 뭐라고 하지 않겠지.

"꺄악! 히라타, 멋져!"

하지만 히라타를 향한 여자들의 함성이 귀 따갑다…….

그 후 여자 이인삼각이 시작되어, 2조인 호리키타 쿠시다 조가 준비에 나섰다.

조금이나마 양보를 배운 호리키타 그리고 늘 양보할 마음가짐인 쿠시다 조. 서로 사이는 최악이지만, 이해관계는 승리로 일치하기 때문에 별문제 없으리라.

이번에야말로 연습한 성과를 발휘할 때다.

두 사람은 서로 대화도 나누지 않고 담담하게 준비에 나서는 것 같았다.

속사정을 아는 내가 보기에는 실로 기묘한 한 쌍이지만, 지켜보고 있는 D반 아이들은 안심할 수 있는 실력자 콤비로만 보이겠지.

출발은 2위로 호조. 나쁘지 않은 스타트에 환호성이 터졌다.

"가라, 스즈네!"

1위를 차지한 스도가 우쭐해져서 약속을 어기고 큰 목소리로 이름을 불렀지만, 호리키타의 귀에 들릴 리 없으니 세이프이리라. 하지만 곧 실수를 범하며 순위가 밀려났다.

어느새 1위로 달리는 것은 A반 여학생들. 어딘지 호리키타와 비슷한 분위기를 풍기는 미녀가 견인하는 팀이었다.

그 뒤를 야지마를 포함한 C반 팀이 추격했다.

"상태가 좀 이상한데."

"응? 뭐가?"

응원하던 스도는 나를 쳐다보지도 않고 내 혼잣말에 반응했다.

"아니…… 호리키타의 움직임이 좀 딱딱한 것 같아서."

"……듣고 보니, 정말 그렇군."

연습 때에는 늘 상대를 억지로 끌고 가던 호리키타였는데, 실전에서는 쿠시다에게 이끌려가는 것처럼 보였다. 역시 아픈 다리가 크게 영향을 주는 듯하다.

쿠시다가 짝이어서라는 이유도 생각할 수 있지만, 장애물 달리기에서 넘어졌을 때 다친 다리의 부상이 상당한 것 같았다.

열심히 페이스를 올리려고 해도 몸이 따라주지 않는 느낌이다.

1, 2위와의 차이가 좁혀들기는커녕 점점 더 벌어졌고 뒤로는 최하위인 B반이 바싹 따라붙었다.

두 사람은 지지 않기 위해 거리를 벌릴 수 있는 코스로 작전 변경을 결심한 모양이었다. B반의 앞쪽에 위치를 잡아 진로를 방해할 속셈인가.

B반도 지지 않겠다는 듯 추월하려고 시도했는데, 달리기 실력이 엇비슷해서 생각처럼 잘 안 되는 모습이었다.

격렬한 3위 싸움에 구경꾼들의 함성 소리가 커졌다. 진로를 막는 데 정신이 팔린 호리키타와 쿠시다는 순간 틈이 생겨 B반에 역전을 허용하고 말았다.

"으아악, 아깝다!"

있는 힘을 다해 달렸지만, 결과는 꼴찌. 기대했던 승리와 또 멀어졌다.

7

10분간 휴식시간이 주어져, 학생들은 각자 화장실에 가거나 수분을 보충했다. 호리키타는 보건실에서 찜질을 받고 오겠다는 말을 남기고 교내로 향했다. 언 발에 오줌 누기라도 그냥 있는 것보다야 낫겠지.

나는 그대로 진영에 남아 다른 반의 상황을 엿보기로 했다. 집단은 멀리서 관찰하는 것만으로도 다양한 정보를 얻을 수 있다. 그것이 여실히 드러난 곳은 역시 A반.

카츠라기와 사카야나기의 어긋난 관계가 수면 위로 드러났다. 누가 봐도 명백한 두 파벌이 육안으로 파악되었다. 양쪽은 서로 친하게 지낼 생각이 없는지 접촉하려는 기색도 거의 보이지 않았다.

한 반에 리더가 두 명 존재하는 것 자체는 결코 이상한 일이 아니다. 우리 반만 해도 히라타를 필두로 히메시도 카루이자와와 쿠시다가 있고, 지금은 스도가 리더로 반을 이끌고 있다.

상황에 따라 리더가 바뀌지만, 그래도 어느 정도 반이 하나로 잘 통합된다. 우리끼리 서로 으르렁댈 만큼 분열되지는 않는다.

그러나 A반은 노골적으로 서로를 적대시하는 게 보였다. 지금까지 치른 시험에서는 보이지 않았던, 포인트 증감만으로는 판단할 수 없었던 사실.

"잘도 이렇게나 사이가 틀어졌군."

역시 사카야나기 파 쪽이 많다.

잠시 후 손을 씻고 돌아온 히라타가 옆에 와서, 그에게 물어보기로 했다.

"히라타. 사카야나기는 어떤 애야?"

"아야노코지도 역시 그 애가 신경 쓰이는가 보구나?"

"적어도 카츠라기와 대등하거나 혹은 그 이상의 리더라는 소리를 들으니까 좀 궁금해서."

내가 알고 싶은 것은 사카야나기라는 소녀의 생각, 그 사고방식이었다. 이번 체육대회에서는 아무런 주문도 하지 않고 그저 침묵으로 일관하면서, 카츠라기에게 방해 공작 같은 짓만 하고 있다. 다른 반과의 싸움이 아니라 A반의 내부 싸움으로, 카츠라기를 무너트리기 위해서라면 포인트를 잃어도 상관없는 것처럼 느껴질 정도다.

반을 지배하기 위해 적대시하는 것도 물론 가능성이 있어 보인다. 하지만 평범하게 생각하면 적의 적은 곧 아군. 일단은 다른 반에게 지지 않도록 연대하는 게 상식 아닌가?

"사카야나기는 말투도 정중하고, 인상도 좋고 얌전해. 그래서 난 특별히 이상하게 생각하지 않았어. 아마 다른 반 애들도 그렇지 않을까? 하지만 A반에서는 좀 다른 것 같아. 공격적이고 냉혹하다는 이야기를 들은 적 있어."

우리가 모르는 일면이야 당연히 있겠지만, 적대하는 사람의 말을 있는 그대로 받아들일 수도 없는 노릇이다. 아직 대화를 나눠본 적이 없으니까.

게다가 이번 체육대회는 그녀가 관여할 수 없는 시험인 게 틀림없다. 운동을 허락하지 않는 몸인 이상, 노골적으로 행동할 생각이 없는 건지도 모른다.

"이번에는 A반을 너무 경계할 필요가 없지 않을까? 한 팀이기도 하고."

"그렇겠지."

서로 발목을 잡아서 좋을 일은 없다. 적어도 D반을 향한 방해 공작 따위는 일으키지 않을 것이고, D반 역시 그렇다고 단언할 수 있다. 한편 방해 공작을 해도 전혀 이상하지 않은 C반은 어떨까? 나는 그쪽 진영으로 시선을 옮겼다. 그곳에는 류엔을 중심으로, 마치 왕에게 복종하듯 남학생들이 무리지어 있었다. 현재까지 가장 이질적인 전략으로 싸우는 남자.

이번 체육대회에서도 다른 반을 정신적으로 괴롭게 하는 싸움을 해서 타격을 주고 있다. 특히 스도는 그 영향을 심하게 받고 있으니까 말이지. 그 이외에도 몇 가지인가 전략

같은 것이 보일 듯 말 듯 하다.

그리고 마지막으로 강적인 A반과는 적대 관계이고, 배신할 가능성이 있는 C반과 한 팀이 된 B반의 상황은 어떨까. 늘 밝고 긍정적이며 정정당당하게 싸우는 이치노세와 그 친구들. 언뜻 보기에는 그 체제에 이상이 있는 것 같지는 않았다. B반 아이들에게서 미소와 손짓발짓이 끊이지 않는 것이, 진심으로 체육대회를 즐기는 것처럼 보였기 때문이다.

8

얼마 후 휴식시간이 끝나자 경기 순서가 일시적으로 뒤바뀌어, 여자 기마전이 먼저 막을 열었다. 1학년 여학생 전원이 운동장 중앙에 모였다. 당연히 여기서도 AD연합과 BC연합의 대결이었다.

기마전의 규칙은 남녀가 똑같이 시간제한이 있는 방식. 3분 동안 쓰러트린 적의 기마와 남은 아군의 기마를 세어서 그 수에 따라 점수를 가져가는 구조다. 기마는 4인 1조. 각각의 반에서 4개의 기마가 선출되어 8대 8의 형태로 싸우게 된다 (그래서 일부 남은 학생은 보결, 예비 선수 취급이다). 기마 하나당 50점, 반마다 한 기마에만 대장이 존재하고 대장은 100점을 가지고 있다. 이는 살아남아도 얻는 점수이고, 상대 대장의 머리띠를 빼앗아도 같은 점수를 얻을 수 있다. 만약 일기당천의 힘이 있다면 한번에 400점 내지 500점을 따는 것도 불가능이 아니다. 참고로 D반에서 기수를 맡을 사람 중 하나는 호리키타. 그 아래를 이시자키와 코미야, 콘도가 받쳐주는 구조였다. 기동력으로서는 나쁘지 않았다. 다른 기수로는 카루이자와, 쿠시다, 모리가 선출되었다.

문제는 운동에 약한 학생들로 구성된 모리의 기마겠지. 표적이 되면 제일 먼저 질 가능성이 높다. 그래서 일부러 약한 기마를 대장으로 정해 싸움에 나서게 하지 않고, 나머지 세 기마가 그 기마를 지키는 형태로 작전을 전개하려는 모양이었다. 그렇게 해서 공격해오는 상대를 되받아칠 목적인가.

경기 시작 신호와 함께 C반과 B반의 기마가 조용히 거리를 좁혀오기 시작했다.

그중에서도 의욕이 충만한 사람은 역시 C반의 이부키. 기수를 맡은 이부키는 망설임 없이 지시를 던지며 호리키타 쪽을 향했다. 아니, 이부키뿐만이 아니다.

"어, 어이, 뭐야, 저게?!"

지켜보던 이케가 그렇게 소리쳤고, 옆에서 스도가 이를 악무는 모습이 보였다.

C반은 또 다른 적인 A반을 전혀 상대하지 않고, D반의 대장과 다른 기마에도 눈길조차 주지 않은 채 오로지 호리키타의 기마만을 에워쌌다. 지나치게 노골적인 노림수.

네 개의 기마가 전부 호리키타를 표적으로 삼았다. 상대의 전략은 각개격파이거나 아니면 호리키타만 쓰러트리면 된다는 생각일까. 류엔이 지휘하는 만큼 둘 다 가능성이 있는 이야기였다.

다수 대 소수의 상황에서 기대할 수 있는 건 A반의 지원 사격이었지만, 어부지리를 노릴 셈인지 A반은 견제만 할 뿐 그 싸움에 끼어들려고 하지 않았다.

"노골적으로 호리키타를 노리는 거잖아, 저건."

"제기랄…… 류엔이 지시했겠지. 썩을 놈이!"

"어쩔 수 없지. 호리키타를 D반을 이끄는 인물로 알고 있을 테니."

적의 머리를 치는 것의 중요성은 전쟁이든 경기든 마찬가지다. 류엔의 수법은 결코 나쁘지 않다.

그 상황을 보고 도움의 손길을 뻗기 위해 가장 먼저 움직인 것은 카루이자와가 이끄는 기마였다. 중앙에서 카루이자와를 받치고 있는 시노하라가 달렸다. 하지만 B반의 대장 기마인 이치노세가 저지하고 나섰다. A반과 달리 B반은 독단으로 행동하는 C반을 확실하게 커버해주었다. 서로 충돌하는 카루이자와와 이치노세. 먼저 공격한 것은 카루이자와 쪽이었다.

그것도 필연인가, 표적이 된 호리키타를 보호하려면 한시라도 빨리 정리해야만 했다.

카루이자와를 받치고 있는 세 여자애들은 운동신경이 썩 뛰어나지 않았다. 어디까지나 친한 친구끼리 구성된 연계 플레이를 주체로 한 기마. 반면 B반에서도 손꼽히는 실력자들을 기마로 내세운 이치노세. 카루이자와의 공격에도 겁내지 않고, 그것을 능가하는 경쾌한 움직임으로 공격을 피했다.

하지만 한편으로, 직접 공격이 가능한 이치노세의 움직임은 생각보다 예리하지 않았다. 그 공격을 카루이자와는 어떻게든 잘 받아 넘겨 응수했다. 결속력 VS 기동력의 승부는 생각보다 장기전으로 이어지는 양상을 띠었다.

"굉장한 승부다!"

경기가 점점 열기를 띠는 가운데, 경직된 두 기마 이외의 상황에 변화가 생기기 시작했다.

함성이 들끓었다. 내가 카루이자와 쪽을 보고 있는 사이에 한 기마가 머리띠를 빼앗긴 것이다. 그건 역시 호리키타였다. 네 기마가 동시에 공격해서, 그 집요한 공격을 피하지 못하고 격침당하고 말았다. 땅에 꽤 심하게 떨어졌는지 분한 표정으로 상반신을 일으키려 하고 있었다. 하지만 지금 같은 상황이면 스도였다고 해도 이기지 못했으리라. 패인은 곧바로 도움에 나서주지 않은 A반에 있다.

어쨌든 이미 지나간 일은 어쩔 수 없다. 호리키타의 패배를 기점으로 혼전이 벌어졌다. 기마가 하나 빠진 D반은 B반에도 추격을 당한 결과 순식간에 연대가 무너져, 낙마하거나 머리띠를 빼앗기는 등 카루이자와 이외의 두 기마는 힘도 제대로 못 써보고 탈락해버렸다.

이치노세와 팽팽한 대결을 벌이던 카루이자와는 한순간

이라고는 해도 8대 1이라는 상황이 되자, 최후의 최후, 떨어지기 직전에 자폭할 각오로 B반의 다른 기마에게서 머리띠를 빼앗아 물귀신 작전에 성공했다. 기마 하나를 잃긴 했지만 C반과 B반은 남은 A반을 덮쳤고 A반은 전멸했다. 반대로 상대 팀은 기마 둘을 잃은 것으로 끝나, 우리가 대패하고 말았다.

분노를 삭이며 진영으로 돌아온 호리키타. 스도가 곧바로 말을 걸었다.

"너무 마음에 담지 마. 방금 건 도저히 무리였으니까. 아니, 다른 녀석들이 제대로 지원해주지 않은 게 잘못이라고."

"……어쨌든 진 건 똑같아. 나도 저쪽의 기세에 눌리고 말았어."

하긴 오기로라도 호리키타의 기마를 쓰러트리겠다는 기백이 C반에게서 느껴진 건 사실이다.

아까도 생각했지만, 그런 식이면 어떤 기마라도 못 이기리라.

"나한테 맡겨. 네 몫까지 멋지게 갚아주고 돌아올 테니."

스도가 그렇게 말하며 폼을 잡았다. 평소에는 하지 못할 말도, 지금 약해진 호리키타에게는 조금이나마 전해진 모양이었다.

"기대하고 있을게."

그렇게, 짧지만 스도에게 대답해주었던 것이다.

"자, 가자! 얘들아!"

그렇게 외치는 스도. 이제 남자들이 기마전에 나설 차례였다. 나는 기마 역할로 오른쪽을 맡았다. 스도는 한중간에서 떡하니 버텼고, 왼쪽에는 미야케가 있었다. 기수는 히라타로, 반의 최강 기마가 편성되었다.

설령 같은 편 기마가 당한다고 해도 이길 가능성이 충분한 일기당천형이다.

"야, 히라타. 넌 머리띠를 빼앗기지 않는 거, 그리고 떨어지지 않는 거에만 집중해."

"……그 작전을 쓰자는 거지?"

"장대 눕히기에서 엄청 당했으니까 말이지. 봐주지 말고 무조건 이기러 간다."

표정은 보이지 않았지만, 스도가 히죽 웃었다는 걸 알았다. 수업 중에 몇 번이고 연습했던 그 방법을 써서 섬멸을 노리려는 생각이겠지.

"그런데 나도 제안 하나 해도 될까? 아까 여자애들 시합을 보면서 이기기 위한 방법을 하나 생각해냈어. 카츠라기한테도 이미 말했고. 각개격파 당하면 아무래도 힘드니까."

시합 개시 신호가 울리자, 히라타의 지시 아래 D반의 기마가 전부 A반의 기마와 합류했다. A반과 뒤섞임으로써 강제로 하나의 큰 덩어리를 만들었다. 여자들의 경기에서는 공격을 당한 D반을 보고도 못 본 척했지만, 이대로 지는 건 A반도 원하지 않으리라.

그 모습을 본 C반의 대장 류엔이 기분 나쁘게 웃었다.

세세하게 연대가 안 되면 대략적인 명령으로 억지로 보조를 맞추게 한다. 카츠라기의 호령과 함께 8개의 AD연합 기마가 상대 팀을 향해 돌격했다.

 "목표는 오로지 빌어먹을 류엔의 머리! 하아압! 날려버리겠어!"

 눈 깜짝할 사이에 운동장 전체에서 전투가 시작된 가운데, 히라타의 기마인 스도가 전력 질주했다. 반쯤 폭주라고도 볼 수 있는 행동을 B반 기마가 가로막았다. 하지만…….

 "걸리적거리게 하지 마라!"

 스도는 멈추지도 않고 적 기마에 있는 힘껏 몸을 부딪쳐 균형을 무너뜨렸다.

 "으헉?!"

 스도에게 체격이 밀리는 상대는 어떻게 손 쓸 방법도 없이 기수까지 함께 쓰러졌다.

 "어떠냐, 이놈들아!"

 스도는 마치 야수처럼 내려다본 후 다음 먹잇감을 향해 이동했다. 몸을 부딪치는 행위는 반칙으로 볼 수도 있지만, 이 학교에서는 규칙상 문제가 없다는 사실을 학교에 이미 확인을 마친 상태다.

 개막의 강렬한 인상으로 상대 팀이 덜컥 겁을 먹었다. 체격과 성격이 동반되지 않으면 실현시킬 수 없는 아이디어.

 하지만 이 강공책에도 단점은 있다. 기수를 떨어트리면 머리띠를 빼앗은 게 아니라 자멸한 것으로 간주하기 때문이다. 즉, 원래 가져가야 할 50점이 날아가 버리는 셈이다. 그래도 머리띠를 빼앗으려면 그에 상응하는 위험도 부담해야 한다. 스도다운 작전으로, 효과가 있긴 할 것이다. 다만 아직은 방심해서는 안 된다. B반에는 칸자키와 시바타를 배치해 기동력을 활용한 대장기, C반에는 류엔을 기수로 두고 그 아래에 완력을 자랑하는 아이들이 뭉친 강력한 대장기가 남아 있다. 이 두 기마를 넘어뜨리지 않는 한 AD연합에 승산은 없다. 류엔의 생각도 읽기 어려워 어쩐지 마음이 찜찜했다.

"스도, 일단은 가까이 있는 기마부터 해결하자. 류엔은 제일 마지막에."

"뭐라고? 그런 굼뜬 소리 하지 말라고! 내가 노리는 건 대장의 머리라고!"

그렇게 소리치는 스도의 말도 모르는 바가 아니지만, 류엔 앞을 막아선 벽이 너무 두껍다.

"여기서 감정에 휩쓸리면 쟤 의도대로 되는 거야. 마지막에 이기기 위해 필요한 것부터 하자."

"쳇──!"

C반의 두 기마가 우리의 앞을 막아섰다.

등을 짓밟힌 원한도 있어서 류엔에게 바로 공격하고 싶어하는 스도가 간신히 참았다.

"알았어, 일단 이놈들부터 해치우면 되잖아!"

쓰러트리려면 신경을 집중할 필요가 있는 상대다. 히라타가 잘 컨트롤해주었다.

장대 눕히기에서는 압도적인 힘 앞에 패배하고 말았지만, 지금은 다른 전개가 펼쳐졌다. 스도가 B반과 C반을 합해 총 세 기마를 무너뜨리며 압도적인 힘의 차이를 보여주었다. 그 기세를 업고 카츠라기를 비롯한 A반은 세 기마를 잃으면서도 시바타와 칸자키 기마를 물리치는 데 성공했다.

이제 남은 적은 대장 기마 류엔뿐. 한편 이쪽은 히라타, 카츠라기 두 기마가 생존했고 D반은 거기에다 기마 하나를 더 남긴 절호의 상황을 만들어냈다.

"자, 봐라! 3대 1이 됐지?! 이번에 승리는 우리가 가져간다!"

눈빛을 교환하는 카츠라기와 히라타, 두 기마가 류엔을 포위했다. 나머지 한 기마도 조금 떨어져서 류엔을 타깃으로 삼았다. 머리띠 하나를 빼앗았으니 류엔 기마의 힘은 어느 정도 추측 가능했지만, 그래도 다수를 상대하지는 못 하리라.

하지만 류엔은 당황하지 않았다. 움직이지도 않았다. 오히려 이 절체절명의 위기를 즐기고 있는 것 같았다.

방심하지도 지지도 않겠다. 그러한 공기의 흐름. 히라타와 카츠라기, 동시에 달려들면 최악의 경우 한 기마가 당하더라도 둘 중 하나가 류엔의 머리띠를 빼앗을 수 있다. 그러면 승리는 확정이리라.

그런 상황이었기 때문에 류엔은 상대의 마음속 빈틈을 파고들었다.

"이름은 기억했다, 스도. 아까 나한테 밟혀서 꽤 아파 보이던데?"

"마음껏 지껄여 보시지. 지금부터 널 쓰러트려 줄 테니까."

"고작 기마의 다리 주제에 잘난 척은. 말을 위에서 내려다보는 것도 기분이 꽤 괜찮군."

"헷. 말 위에 타고 있는 쪽이 더 잘났다고 말할 순 없어."

"호오…… 그거야 맞장 뜨지 않으면 모르는 거지."

"뭐라고?"

"아니, 네가 2대 1이 아니면 나한테 못 이긴다고 말한다면 어쩔 수 없고. 하지만 『승리』라는 건 기본적으로 1대 1로 맞장을 떠서 이겨야 의미가 있는 거야. 협공으로 이기고 거드름 피울 셈인가?"

"지금 말 다 했냐……?!"

"안 돼, 스도. 쟤 도발에 걸려드는 건 현명한 방법이 아니야. 카츠라기랑 협력하자."

"……나도 안다고."

"알긴 뭘 알아, 스도. 전에 이 녀석들을 좀 손봐준 모양이던데, 그때도 상당히 비겁한 방법을 썼었지? 신뢰하는 내 동료들이 정면으로 당할 리는 없으니까."

류엔의 몸을 떠받치고 있는 기마의 일부는 스도와 문제를 일으켰던 농구부 아이들이었다.

"웃기시네. 싸움도 못하는 멍청이들인데, 그놈들은."

"증거도 없으면서 세게 나오네, 어이. 만약 그게 아니라면 정정당당하게 맞장 뜨러 와라. 그래서 날 쓰러트리면 내가 무릎을 꿇든 뭐든 다 하지."

"……약속했다. 방금 한 말 잊지 마라, 류엔! 들었지? 카츠라기. 절대로 나서지 마!"

"무슨 말을 하는 거야, 이 기회를 놓치는 건 너무 어리석은 행동이야! 확실하게 협공으로 쓰러트려야 해."

"만약에 나서면 네 기마도 쓰러트려 버릴 테다."

아무래도 류엔의 값싼 도발에 걸려든 모양이다. 이제 맞장 말고는 머릿속에 아무 생각도 없는 것 같았다.

싸움을 쉽게 일으키는, 성미 급한 스도의 성격을 잘 파악하고 있다.

"꼭 1대 1로 싸워야겠다는 거지, 스도. ……이왕 할 거면 이겨."

스도의 성격과 행동은 히라타도 이미 잘 알고 있었다. 한번 스위치가 켜지면 웬만해서는 쉽게 꺼지지 않는다. 여기서 경솔하게 계속 설득해봐야 좋을 게 없다고 판단했는지 스도의 생각을 받아들였다.

"당연하지. 반드시 저놈의 머리띠를 가져올게, 히라타!"

스도의 우격다짐 같은 신호에 따라 기마가 앞으로 움직였다. 카츠라기는 못마땅한 표정을 지으면서도 전국을 지켜보기로 정했다. 간섭했다가는 같은 편이라도 스도가 공격해오리라고 판단했기 때문이었다.

스도가 무섭게 돌격해 있는 힘껏 몸을 부딪쳤다. 하지만 상대 기마도 움직이지 않고 버텼다. 서로의 힘이 호각을 다투었다.

류엔을 지키는 기마의 중심에는 소문의 혼혈아 야마다가 있었다. 그의 힘도 대단했다. 소문대로 엄청난 파워다.

스도가 혀를 찼다. 상대가 밀리지 않아 짜증이 나서였을까. 히라타를 받치고 있는 양 날개인 나와 미야케만으로는 스도와 비슷한 힘을 내기가 당연히 불가능하다. 스도의 마력을 10이라고 한다면 우리 둘이 합해도 5. 반면 류엔의 기마는 혼혈아 야마다가 9 혹은 10. 나머지가 7, 8 정도로 강적이다.

"재미없네. 빨리 와보라고. 우리 알베르트한테 힘으로 밀리냐?"

히라타를 도발한 류엔은 먼저 공격하지도 않고 손을 까딱거렸다.

류엔은 지금까지의 시합에서 대진운이 좋아 개인 경기는 전부 1위를 차지했다. 운동신경도 나쁘지 않았다.

류엔은 히라타가 뻗은 손을 날렵하게 피하며 상황을 살폈다.

히라타를 아래에서 받치면서 류엔과의 공방을 지켜본 바로 실력은 거의 비슷. 누가 이겨도 이상하지 않았다. 다만 말투는 공격적이어도 류엔은 경솔하게 덤비지 않았다. 히라타가 3번 공격할 때 1번 공격하는 식으로, 힘을 비축하고 있었다. 요컨대 이 배틀은 통과점이고, 나중에 만나게 될 카츠라기에 대비해 힘을 아끼고 있다는 증거다. 질 거라는 생각이 전혀 없는 모양이다. 그렇다면 그 틈을 파고들 필요가 있다. 계속 공격을 퍼붓다 보면 히라타에게도 기회가 찾아올 것이다.

"아직 멀었냐, 히라타?!"

혼자 상대 기마의 공격을 거의 다 받아내는 스도로부터 힘들어 하는 목소리가 날아들었다.

"조금만 더——!"

페인트를 섞으며 뻗는 팔. 그 팔이 드디어 류엔의 머리띠를 잡았다. 다만 쥔 부분이 불과 몇 센티도 되지 않았다. 히라타는 있는 힘껏 자신 쪽으로 팔을 당겼다.

"앗?!"

분명히 머리띠를 쥐었었는데, 완전히 빼내기가 무리였는지 손 사이로 머리띠가 쏙 빠졌다.

"뭐하는 거야, 히라타! 잡으라고! 나 체력 너무 많이 썼다고!"

"미안…… 손이 미끄러져서!"

숨을 헐떡이면서도 다시 한번 공격을 시도하는 스도. 그 모습을 기분 나쁜 표정으로 쳐다보며 기다리는 류엔.

아직 공격다운 공격을 하지 않은 류엔과 달리, 계속 공격만 한 히라타의 숨이 점점 가팔라지기 시작했다.

"왜 그러는 거야?"

"윽……! 미안, 스도, 일단 뒤로 물러나 줘!"

히라타가 소리치자 스도는 거리를 조금 벌렸다. 격하게 움직인 우리와 제자리에서 거의 움직이지 않은 류엔의 기마는 체력 소모가 차원이 다르다. 류엔은 우리를 쓰러트린 후 카츠라기전까지 내다보고 있겠지.

무릎이 떨리기 시작한 스도는 끊어질 듯 숨을 헐떡이며 태세를 재정비했다.

"다음이…… 마지막이야, 히라타. 이번에는 반드시 빼앗아!"

"……알았어. 해볼게."

히라타도 다시 호흡을 가다듬은 후 류엔의 머리띠를 빼앗는 것만 집중했다.

"받아라아아아아앗!"

최후의 힘을 쥐어짜내 몸을 부딪쳤지만 상대의 기마는 넘어가지 않았다. 또다시 기수 싸움에 돌입했다. 하지만 히라타는 공격해오지 않으면 먼저 덤비겠다는 식으로 무방비하게 손을 뻗었다.

그 위험을 감수한 가치가 있었다.

"잡았다!"

직선으로 쭉 뻗은 팔. 히라타가 다시 류엔의 머리띠를 붙잡는 데 성공했다. 하지만 또 손에서 머리띠가 쑤욱 빠져나가고 말았다.

"어──?!"

그 동요를 놓치지 않은 류엔의 손이 무방비 상태인 히라타의 머리띠를 움켜쥐었다. 역공격의 형태로 움켜쥔 그 손의 위치가 머리띠의 깊숙한 부분에 가 있었다. 힘도 무척 셌다. 확 잡아당기니 머리띠가 어이없을 정도로 쉽게 머리에서 빠졌다. 진 것을 알자마자 스도가 무릎부터 무너져 내렸고, 그 바람에 히라타는 기마에서 떨어지고 말았다.

높이 들려 올라간 히라타의 머리띠. 곧바로 퇴장하라는 심판의 경고가 떨어졌다.

"젠장!"

스도가 거칠게 일어서며 류엔을 노려보았다.

하지만 계속 그 자리에 있으면 어떤 주의를 받을지 알 수 없다. 나는 스도의 등을 밀며 밖으로 나갔다.

"아까워라."

류엔이 비웃듯이 그 말을 남겼다.

하지만 아직 패배를 받아들이기에는 이르다. 남아 있는 A반의 카츠라기, 대장 기마가 류엔에게 과감하게 도전했다. 기마의 머리를 맡은 카츠라기는 기수인 야히코에게 지시를 날려 철저한 항전을 보여주었다. 스도가 빠지고 D반의 남은 기마 하나가 더해져 2대 1 상황이 펼쳐졌다.

하지만 히라타와 마찬가지로, 머리띠를 잡나 싶었는데 잡지 못하는, 비슷한 전개가 거듭된 끝에 야히코 그리고 D반 기마도 머리띠를 빼앗기고 말았다.

최소한으로 움직이면서도 압도적인 힘을 과시한 류엔이 끝까지 살아남았다.

시합 종료 휘슬이 울림과 동시에 류엔은 자신의 머리띠를 벗어들어 흔들며 승리를 어필했다. 저런 식으로 철저하게 도발 행위를 계속한 것도 전략이었겠지.

"저 녀석한테만은 지고 싶지 않았는데! 똑바로 좀 하라고, 히라타!"

류엔에게 지고 싶지 않았던 만큼 스도의 욕구불만이 정점을 찍었다.

마구 날뛰며 주위를 엉망진창으로 만들어도 이상하지 않은 상황이 되어갔다.

"미안해, 스도. 머리띠가 이상하게 젖어 있어서 잘 잡아당길 수 없었어. 땀인 줄로만 알았는데, 좀 이상한 느낌이 들어……."

히라타가 그렇게 말하며 손을 보여 주었다. 손가락으로 히라타의 손을 만져보니 살짝 끈적끈적한 투명 액체가 묻어 있었다.

"땀이 아닌데."

"그럼 저놈이……!"

자신도 손가락을 뻗어 확인해본 스도는 당연히 류엔에게 덤벼들었다.

"야, 너 반칙했지! 머리띠에 뭘 묻혀놓은 거야!?"

마구 소리 지르는 스도와 대조적으로 류엔은 주눅 들지 않고 당당히 말했다.

"뭐? 무슨 소리인지? 만약 그렇다면 그건 머리 왁스겠지. 패배한 주제에 시끄럽군."

머리띠를 하면서 머리카락에서 묻었을 거라고 딱 잘라 말했다.

승리하자마자 휘둘러서 그런지 아니면 땅에 닦아버렸는지, 류엔이 가지고 있던 머리띠는 별로 젖지 않고 더럽기만 할 뿐이었다. 증거가 사라져버린 것이다.

"스도, 여기서 이러면 일이 너무 커져. 일단 텐트로 돌아가는 게 좋을 것 같아."

심판이 노골적으로 우리를 노려보고 있다는 것을 알았다. 소동이 일어나도 류엔이 무슨 짓을 했다는 증거는 나오지 않을 테고, 실제로 머리에 왁스를 바르기도 했을 거라고 생각한다. 그렇지 않다면 리스크가 있는 반칙을 계속 했을 리 없겠지.

"알겠다고! 그리고 아야노코지 너도 공범이거든! 좀 더 똑바로 받치란 말이야!"

텐트로 돌아간 후에도 스도는 냉정을 되찾을 기미가 보이지 않았다.

일단 혼자 둬서 진정시키는 게 좋을 것 같아 거리를 두었다.

기마전을 마치고 돌아온 나와 히라타에게 카루이자와가 말을 걸었다.

"키요타카. 좀 위험한 거 아니야?"

"뭐가? 아니 그런데 왜 날 그렇게 부르는 거야?"

"왜냐니…… 히라타도 요스케 군이라고 편하게 부르게 되었으니까, 너도 일단 그런 거지."

그런데 왜 히라타와 달리 내 이름은 막 부르는 걸까. 단순히 히라타보다 아래로 보고 있는 것일까.

깊이 생각할 것도 없다…… 그게 정답일 테니까.

"그것보다도 호리키타가 아까부터 상당히 고전하고 있지 않아? 이번에 한 기마전에서도 망가질 대로 망가졌고. 감싸주려고 해도 저래서는 엉망진창인데."

"그렇지."

호리키타는 경기에서 고전을 면치 못했는데, 단체전뿐만이 아니라 전체적으로도 순위가 크게 떨어져 있었다. 그 이유는 명백했다. 장애물 달리기에서 입은 오른발 부상 때문이다. 원래라면 기권해야 할 테지만, 그렇게 되면 D반은 또다시 뒤로 확 밀려나게 되겠지.

"뭐, 비난하려는 건 아니지만. 상대가 너무 나빴어."

카루이자와의 말처럼 호리키타가 잘못한 게 아니다. 전부힘든 상대를 만난 탓이다. 경기마다 동아리에서 손꼽히는 아이들과 맞닥뜨려서는 아무래도 승리하기 어렵다.

그런데 이를 우연으로 정리하기에는 지나치게 한쪽으로 치우쳐 있다.

"무리도 아니지. 완전히 노린 공격이었으니까."

"노린 공격이라니, 엄청 센 애들이랑 부딪친 게 단순한 우연이 아니라는 거야?"

"그렇게밖에 생각할 수 없어. 그 녀석이 운동신경이 좋다는 건 너도 알잖아."

호리키타가 잘못한 게 아니라 경쟁 상대의 실력이 더 뛰어날 뿐.

그러나 연속해서 등수가 저조한 것은 적군과 아군을 통틀어 너무 눈에 띄지 않는가.

특히 호리키타는 주목받기 시작하고 있으니 더욱.

기마전에서도 제일 먼저 표적이 된 것은 처음부터 노렸기 때문이다.

그리고 아마도 그걸 지시한 사람은──.

맞은편 진영에서 왕처럼 행동하고 다니는 류엔 카케루. 그자가 아니면 누구이겠는가.

녀석은 현재진행형으로 C반을 승리로 이끄는 것보다도 호리키타 때리기를 우선하고 있다.

"한마디로 괴롭히는 거지."

"누가 호리키타를 괴롭히고 있다고……? 어떻게……?"

"참고로 그는 호리키타뿐 아니라 우리 모두가 경기에서 몇 조로 나가는지 전부 아는 것 같아. 운동을 잘하는 스도와 오노데라한테는 약한 상대를 붙이고, 운동을 못하는 소토무라와 유키무라, 이케한테는 아슬아슬하게 이길 수 있는 상대를 붙였지. 말하자면 우리를 자기 좋을 대로 갖고 놀고 있다는 얘기야."

그것도 모두 똑같이 C반이다.

"……반의 정보가 새어나갔다…… 참가표 리스트가 유출됐다는 거야?"

"그래. 미리 정한 그 모든 정보가 류엔에게 그대로 전달된 거야."

"그럴 수가…… 하지만 듣고 보니, 호리키타의 상대는 항상── 야지마랑 키노시타…… 네가 전에 말했던 누군가의 배신이라는 거, 혹시 이거랑 관련이 있어?"

나는 살짝 고개를 끄덕이고는 지금 상황이 얼마나 좋지 않은지 깨닫게 해주었다.

"그런 걸…… 어떻게 알아……? 뭐랄까, 네가 배신자였다는 소릴 듣는 게 더 안 놀라울 정도인데…… 설마 그건 아니지?"

"안타깝게도."

'누가'라는 부분은 차치하고, 반의 정보가 전부 유출되었다는 사실이 중요하다.

히라타를 필두로 정한 경기 순서, 전략, 그 모든 것이 류엔의 귀에 들어간 것이다.

녀석은 그 정보를 바탕으로 두 가지를 실행했다.

하나는 스도와 히라타 등 운동을 잘하는 학생에 약한 상대를 붙이는 것. 그리고 확실하게 운동신경이 좋은 녀석들을 이케와 야마우치 등 몸치들에게 붙여서 승리를 얻어내고 있었다. 우리 쪽도 당연히 그것을 의식하고 짠 조합이기는 하지만, 모든 것을 파악하고 참가표를 나중에 낸 C반 쪽이 훨씬 더 좋은 성과를 거둘 수 있다는 점은 틀림없다.

그리고 또 하나는 호리키타 저격. 하지만 이것은 자기 반을 승리로 이끄는 것과 직결되지 않는다.

녀석은 개인적으로 호리키타를 누르기 위해 강력한 장기 말을 움직여서 철저하게 때려 부수려 하고 있었다.

실제로 호리키타는 체면을 완전히 구겼다. D반 내에서 순위를 매기면 호리키타는 아래 순위에 머물러 있다.

이러한 작전은 류엔 카케루라는 남자의 특징을 여실히 드러냈다. 만약 이 작전을 들키지 않게 하고 싶었다면 세밀하게 아이들을 바꿔 넣을 수도 있었으리라. 하지만 굳이 그렇게 하지 않은 건 일부러 작전을 알아차리게 해서 깜짝 놀라게 해주고 싶다, 간담이 서늘해지게 하고 싶다는 감정이 반영되어 있기 때문이다.

"안 도와줄 거야?"

"어떻게."

"그건…… 나도 잘 모르겠지만."

"이번 체육대회의 참가표는 이미 확정된 상태야. 이제 어쩔 도리가 없어."

"그럼 이대로 D반이 질 수도 있다는 거야?"

"그렇겠지."

"어떻게 좀 안 돼?"

"그건 내가 아니라 히라타한테 할 말이라고 생각하는데."

"그건 그렇지만……. 왠지 너라면, 뭔가 생각하는 게 있을 것 같아서……."

체육대회는 보는 눈이 많은 체제다. 무인도처럼 사각지대가 많지 않다. 교사와 학생 다수가 지켜보고 있는 앞에서 아무도 모르게 뭔가를 꾸미기란 상당히 어렵다. 이치노세와 카츠라기처럼 정면으로 싸워서 이기거나 류엔처럼 리스크를 제거하면서 비겁한 수를 쓰는 것 말고는 방법이 없다고 할 수 있다. 류엔의 경우도, 행동이나 말투를 봐서는 리허설, 연습에 충분히 공을 들인 다음 반칙 행위를 하는 것처럼 보인다. 요컨대 체육대회가 시작되기 전 단계에서 이미 대부분의 결과가 정해지고 만 셈이다.

"너, 호리키타를 어떻게 생각해?"

"어떻게라니…… 별로 안 좋아하는데. 자존심도 너무 세고 건방져서."

"그런데도 걱정해주는군."

"왠지 내 모습이 겹쳐 보이니까 그렇지."

저격, 집중포화를 받아 톡톡히 쓴맛을 보고 있다.

그 모습에 예전 학교 폭력을 당했던 자신의 모습이 겹쳐 보였다는 건가.

"지금 아마도 D반이 꼴찌지……? 이길 방법은 남아 있어?"

"걱정하지 마. 여기까지 다 예상했던 대로니까."

"거봐, 역시 여러 가지로 생각해뒀잖아. 그래서? 어떻게 이길 건데?"

"이긴다고? 딱히 이길 생각은 없는데. 이번에 제일 중요한 건 그냥 가만히 있는 거야."

"뭐라고?"

내가 내놓은 대답에 카루이자와는 자기도 모르게 입을 쩍 벌렸다.

"이번 체육대회에서 당할 만큼 실컷 당하는 게 좋아. 그래야 나중에 힘이 되거든."

"그게 도대체 무슨——."

카루이자와의 추궁에서 어떻게 빠져나가야 좋을지 고민하고 있을 때 갑자기 고함소리가 들려왔다.

"진짜 면상을 묵사발로 만들어 주겠어, 저 자식!"

스도가 살벌한 얼굴로 C반을 향해 성큼성큼 걸어갔다. 단체전에서는 반복적으로 상대를 도발한 데다가, 호리키타를 저격하는 듯한 류엔의 발언.

그 모든 것이 스도를 폭주하게 만들기 위한 포석이었다는 생각마저 드는 전개였다.

"스도, 네가 하고 싶은 말이 뭔지도 이해해. 하지만 좀 냉정해질 필요가 있지 않을까? 네가 류엔에게 폭력을 휘두르면 어떻게 될지 결과는 너도 잘 알지?"

히라타가 그렇게 말하며 스도의 앞을 가로막았지만, 스도는 히라타를 거칠게 밀어젖혔다.

"시끄러워! 저놈들이 먼저 까불었잖아! 반칙만 해대고!"

장대 눕히기에서 발로 짓밟고, 줄다리기에서 갑자기 줄을 놓아버린 것은 매너 위반이긴 하지만 규칙위반이라기에는 어중간했고, 왁스를 발랐던 기마전도 증거가 없는 지금으로써는 억측에 불과했다. 적어도 길길이 날뛰며 덤벼드는 스도는 칼자루를 잡기는커녕 역공만 당하고 말리라. 이렇게 많은 사람들 앞에서 다른 반에 폭력을 휘두른다면 스도 개인의 실격만으로 끝나지 않을 가능성도 있다.

"이번 체육대회에서는 내가 리더야. 내 말에 따라, 히라타. 같이 류엔에게 덤비는 거다."

"난 네가 리더라는 걸 부정할 생각이 없어. 이번 체육대회에 한해 말하자면 틀림없이 네가 리더야. 하지만 주위를 좀 둘러봐. 지금의 너를 리더로 인정할 사람이 얼마나 될까?"

그 말에 스도가 주위 아이들을 쳐다보았다. 잔뜩 겁먹은 이케 무리를 비롯한 대부분이 스도 근처에 다가가려고 하지 않았다. 괜히 불똥이 튀지 않도록 모두가 거리를 두었다. 호리키타도 마찬가지로, 스도의 언동과 태도에 질렸다는 듯 시선을 피했다.

이것이 D반의 현재 상황. 스도가 받아들이고 개선해야 할 모습이었다.

"난 우리 반을 위해 필사적으로 한 건데……."

그렇게 분노의 목소리를 쥐어짜내는 스도였는데, 히라타 이외에 다른 아이가 목소리를 냈다.

"정말로 그래? 너, 반이 이기게 만들고 싶다는 마음보다 네가 활약하고 싶다, 네 대단함을 보여주고 싶다는 생각을 했던 건 아니고? 적어도 내 눈에는 그렇게 보였는데. 그저 감정에 따라 쓸 수 있다 없다 판단을 내리고, 부추기고, 그렇게 해서 반이 이긴다면 고생할 사람이 누가 있어? 리더가 되려면 냉정한 판단과 적확한 충고가 필요하다고."

그렇게 말한 사람은 유키무라였다. 체육대회에서도 결과에 괴로워했지만, 진지하게 임하고 있는 학생이었다.

"시끄러워……!"

"나도 같은 생각이야, 스도. 너를 의지하고 있으니까 좀더 상황을 넓게 봐주었으면 좋겠어. 그리고 많은 친구들의 마음에 보답해주었으면 좋겠어."

"시끄럽다고……."

"너라면 할 수 있어, 스도. 그러니까──."

"시끄럽다고 했잖아!"

퍽, 하는 둔탁한 소리가 나더니 옆에 서 있던 히라타의 몸이 뒤로 붕 날아 땅에 처박혔다. 스도의 눈이 빨갛게 충혈되었고, 아직 자신이 저지른 잘못조차 깨닫지 못한 것 같았다.

또 누가 쓸데없이 입을 놀리면 똑같이 때려주겠지.

아니, 이미 유키무라까지 때리려고 하고 있었다.

하지만 히라타를 때린 바람에 싫어도 주목을 한 몸에 받게 된 스도는 당연히 교사의 눈에 띄고 말았다. 반에서 일어난 다툼이라지만 폭력사태가 되면 주의를 받는 선에서 그치지 않는다.

반을 감시하는 역할이기도 한 차바시라 선생님이 쓰러진 히라타에게 다가갔다. 스도의 격앙된 모습과 새빨개진 히라타의 뺨을 보면 무슨 일이 일어났는지 상상하기란 어렵지 않다.

"때렸나."

이유를 묻지 않고 사실만 확인하려는 차바시라 선생님. 아직도 화가 가시지 않은 스도는 부정하지도 않고 짜증내며 대답했다.

"……그럼 뭐 어쩔 건데요."

스도가 긍정하자, 히라타가 일어서며 허둥지둥 말을 정정했다.

"아닙니다. 선생님. 제가 그냥 구른 거예요."

"전혀 그렇게 안 보이는데."

"아닙니다. 제가 아니라고 말했으니까 문제되는 일은 없을 거예요."

때린 사실과 맞은 사실을 일치시켜서는 안 된다. 히라타의 그러한 판단은 옳았다.

잠시 입을 닫고 있던 차바시라 선생님이 곧 심판을 내렸다.

"하긴 네 말이 맞다. 피해자가 아무 일도 없다고 말한다면 일단 문제는 없어. 하지만 객관적으로 보면 너희 사이에 무슨 문제가 있었을 가능성이 있겠지. 지금은 서로 거리를 두도록 해. 그리고 상부에 보고는 해둘 거야. 재발 방지를 위해."

"문제는 전혀 없었습니다만, 오해를 만들고 싶지 않습니다. 잘 알겠습니다."

히라타의 차분한 대응 덕분에 아무 일도 없이 끝났다. 히라타는 스도의 시야에서 벗어나기 위해 거리를 벌렸다. 반면 스도는 분노를 억누를 수 없는지 옆에 있는 파이프 의자를 있는 힘껏 박찼다.

차바시라 선생님의 감시 아래에서는 C반에 주먹을 휘두를 수도 없다.

"정말 못 해 먹겠네. 지든지 말든지 마음대로 해라, 이 조무래기들아. 체육대회 따위 똥이나 먹으라지."

스도는 처음부터 끝까지 지켜보고 있던 호리키타를 순간 쳐다보았다가 곧바로 시선을 피해버렸다.

그리고 진영을 떠나 기숙사 쪽으로 걸어가 버렸다.

"큰일 났어, 아야노코지."

"나랑은 상관없는 일이지만."

코엔지는 컨디션 난조로 결장. 그리고 이번에는 스도가 이탈해버렸다. 열세였던 D반의 상황을 확정짓는, 과분할 정도로 심각한 상황이군.

"괜찮아? 히라타."

"응, 멋지게 한 방 먹었네."

다행히 입안이 조금 찢어졌을 뿐 눈에 띄는 심한 외상은 없어 보였다.

"그나저나 이제 어쩌지…… 일이 심각해졌어."

9

그런 파란의 D반은 아랑곳하지 않고, 2학년과 3학년의 기마전이 순조롭게 진행되었다. 호리키타는 결국 스도를 찾아 말을 걸지도 않고, 가까이 다가갈 수 없는 오빠의 출전만 기다리며 시선을 고정했다. 전원 참가의 마지막 종목인 200미터 달리기가 시작되었다. 학교 측은 학생이 한둘쯤 없어도 상관없다는 듯 경기를 진행시켰다. 그것이 규칙, 그것이 결정된 바. 우리 쪽으로 류엔이 다가왔다.

"히라타. 스도는 어디 있지? 화장실이라도 갔나?"

자리에 없는 사람은 단순히 실격 처리되어 득점하지 못할 뿐. 명확한 규칙만을 준수한다.

류엔은 멀리서 D반을 관찰이라도 했는지, 마치 모든 것을 옆에서 본 것 같은 말투였다. 이번에는 히라타의 정신 상태를 망가트리려는 것인가.

"사정이 있어서 스도는 쉬고 있어. 곧 돌아올 거야."

"크큭. 근거 없는 말은 입에 담는 게 아니지."

두 번째 레이스에 호명된 류엔이 코스로 들어갔다.

"그보다도 류엔 너는 개인 경기에서 지금까지 전부 1위였다며."

그런 류엔의 등을 향해 조용한 투지를 불태우며 히라타가 말했다.

"그게 뭐."

"이번에도 다른 멤버들을 봤을 때 1위 할 가능성이 있어 보이고, 류엔 넌 참 운이 좋은 것 같아."

"운이 따르는 편이긴 하지."

"그 운이 어디까지 이어질지는 모르는 거지만. 흐름은 사소한 일로 바뀌기 마련이니까."

"뭐?"

"네가 무슨 생각을 하는지 알고 있다는 뜻이야."

류엔은 무슨 소리를 하는지 모르겠다는 표정으로 비웃었다. 히라타가 계속해서 말을 이었다.

"네가 우리 D반의 참가표 리스트를 입수한 것도, D반 애들의 자세한 운동 능력을 알고 있다는 것도. 그리고 그걸 이용하고 있다는 것도 다 알아. 우리도 바보가 아니거든. 몇 가지 감춰둔 생각이 있지."

"그게 허풍이 아니라면 재미있겠는데 말이야. 지금까지 해온 C반과 D반의 대결을 생각하면 싫어도 이상한 점을 눈치채게 되어 있어. 그러니까 진실을 몰라도 속마음을 떠보는 것 정도는 할 수 있겠지."

"그래. 그럼 한 가지 선언할게. 오늘이 끝나기 전까지 재밌는 걸 보여주겠다고 말이야."

"재밌는 거? 그럼 기대하고 있을게."

히라타의 수수께끼 같은 도발도, 류엔은 어디까지나 반쯤 한 귀로 흘렸다. 내심 동요했을 가능성도, 결국 200미터 달리기에서 가볍게 1위를 차지하는 걸 보아 사라졌다.

"다음 스도 순서까지 1시간 하고 조금 더 남았나……."

2학년과 3학년이 진행 중인 200미터 달리기 그리고 50분간의 점심시간. 그 시간이 모두 끝나기 전까지 스도가 돌아오지 않으면 완전한 패배다. 에이스가 없으면 체육대회 후반의 추천 경기에서 승산이 없으니까.

녀석을 움직일 수 있는 존재는 우리 반에서 단 한 명뿐이다.

그 사람은 자신의 역할과 중요성을 잘 이해하고 있을까? 200미터 달리기를 3위로 마친 나는 호리키타가 경기를 끝내고 돌아오기를 조용히 기다렸다.

"호리키타. 스도에 대한 이야기의 흐름은 대충 이해했어?"

"리더 자질을 의심 받은 그 애가 자신의 한심함을 깨닫고 달아났다?"

"……뭐, 짧게 요약하면 그렇지."

"나한테 온 이유가 뭐야? 설마 스도를 데려 오라는 건 아니겠지?"

"알면서 묻지 마. 이제 곧 점심시간이잖아. 네 힘이 필요하지 않을까?"

"몰라. 믿을 만한 사람은 나 말고 얼마든지 있어. 내가 그 애를 데리고 돌아올 수 있을 리 없잖아."

그거 진심으로 하는 말이야? 하고 생각했는데, 아마도 진심이리라.

이 녀석은 스도가 자신을 이성으로서 호감을 가지고 있다는 사실을 전혀 모르고 있다.

"그리고 애초에 난 지금 누굴 신경 쓸 상황이 아닌걸……."

경기에서 고전을 면치 못한 호리키타는 반의 점수를 확 떨어뜨려 놓았다.

지금은 자신의 일만으로도 벅차겠지. 그런 마음은 나도 모르는 바가 아니다. 게다가 다른 애들도 스도 뒤를 쫓아갈 의지가 있는 사람이 별로 없다. 체육대회 결과에 다대한 영향을 미칠 거라는 걸 알면서도 제멋대로인 스도를 방치하고 있다. 스도가 지금까지 쌓아온 신뢰의 수치가 여기서 구체적인 형태로 여실히 드러나고 있었다.

만약 뛰쳐나간 사람이 히라타였거나 쿠시다였다면, 반 아이들 모두가 그들을 찾으러 다녔으리라.

그런 의미에서는 코엔지도 비슷하다. 사실 호리키타와 스도가 아닌 다른 아이들에게는 철저히 무시당한 존재. 아무도 멤버가 빠진 것의 중대함을 강하게 받아들이지 않고 있었다.

"그럼 솔직하게 묻겠는데 애들 케어도 못 해주고, 자기 관리도 못하는 너한테 무슨 가치가 있지? 그냥 애물단지일 뿐 아닌가?"

호리키타가 화낼 것을 각오하고, 지금까지 했던 것 중 가장 깊은 상처가 될 만한 말을 던졌다.

"나한테 엄청난 말을 하는구나……. 다친 건 미안하게 생각하지만, 운이 따라주지 않은 탓도 있어. 도저히 어쩌지 못하는 일이라는 것도 있잖아?"

"운이 안 따라줬다고? 너한테는 그 부상도, 지금의 D반 상황도 그냥 우연으로만 보이겠지. 아직 아무것도 깨닫지 못했다는 증거야."

"사람 무시하지 마. 나도 이상하다는 것 정도는 눈치 챘으니까……. 참가표 리스트 정보가 류엔에게 흘러들어간 거.

그리고 그게 반에서 나온 배신자가 원인이라는 사실도. 하지만 어쩔 수 없잖아. 설령 누가 배신했다고 해도, 자기 반의 목을 조르는 행위인 줄은 자기도 몰랐을 거야. 그래서 초조해하고 있겠지."

"그거 말고는 깨달은 거 없어?"

"그거 말고? ……자세한 방법은 모르겠지만, 류엔이 스도를 부추겼다는 거?"

"그렇지. 우리 반에서 승리의 열쇠인 스도를 철저하게 망가뜨렸어. 아무리 정보를 손에 쥐고 있어도 개인전에서 스도는 늘 승리하고, 단체전에서도 강력한 존재야. 그러니까 정신적으로 열 받게 만드는 행위를 거듭해서 경기 밖으로 이탈하게 만드는 데 성공했어."

스도가 전력에서 빠지게 된 데다가 난동을 부린 탓에 D반의 사기가 저하되고 말았다.

"응. 그래서 지금 같은 상황이 된 거지."

"그것 말고는 알아차린 거 없어?"

"너 설마…… 나한테 억측을 말하게 하고 싶은 거야? 날 다치게 하려고 수작을 건 게 류엔이라도 된다는? 물론 한번 생각해보긴 했어. 그 애가 키노시타를 꼬드겨서 나를 넘어뜨렸을 가능성 말이야. 하지만 그렇다고 해서 만인이 보는 앞에서 노골적으로 다치게 만들다니 현실적인 생각이 아니야. 설사 넘어뜨릴 수 있대도 경기 진행이 안 될 만큼의 부상을 의도적으로 입힐 수 있으리라는 생각은 안 들어."

틀렸다. 내가 그럴 마음만 있다면 의도적이라는 '증거'를 제시하는 것도 가능하다.

하지만 중요한 건 그 부분이 아니다.

"언제까지 아무 도움 안 되는 존재로 있을 작정이야, 호리키타."

그렇게 딱 잘라 말했다. 거칠게 다루지 않으면 호리키타 스즈네라는 소녀는 자각하지 못할 것이다.

"……무슨 근거로 내가 도움이 안 된다는 거야."

"도움이 안 되니까 도움이 안 된다고 말하지."

"기분 나쁘네……. 필기시험도 운동능력도, 웬만큼 하는 애들을 이길 자신이 있어. 애초에 정보가 새어 나가는 바람에 시기를 놓친 거잖아. 나만 그런 게 아니라 다른 그 누구도 어쩔 수 없는 사태였어. 근거를 제시해줄래?"

"네가 아무것도 아닌 그냥 한 학생이라고 말한다면 그걸로 좋아. 하지만 그게 아니잖아? A반을 목표로 삼아 애들을 이끌어갈 생각이라면 슬슬 전체를 보는 눈과 두뇌를 키울 필요가 있다는 소리야."

"그러니까 근거를 대라고!"

살짝 강한 노기를 드러내는 호리키타. 주위에 있던 반 아이들이 무슨 일인가 싶어 순간 돌아보았다.

『참가표의 정보가 새어나간 것을 알아차렸다』, 『류엔이 스도를 도발해서 이탈하게 만들었다』, 『어쩌면 부상은 의도적이었는지도 모른다』. 물론 네 말대로 어쩔 수 없는 사태가 맞아. 왜냐하면 아무 대책도 내놓지 못했으니까. 그리고 대책이 없는 한 그건 끝까지 계속되겠지. 이다음에도 류엔이 기막힌 방법으로 수작을 부렸다며 푸념만 할 셈이야? 그건 아니잖아."

"그건── 하지만 그렇다고 뭘 어떻게──."

"네가 하나라도 더 높은 순위를 차지하고 싶은 마음만 우선해서 스도를 내팽개친 상황, 그리고 네가 비록 순위는 떨어지더라도 스도를 다시 불러와 반을 이끌어주는 상황. D반을 위한 길은 어느 쪽이지? 굳이 대답할 것도 없어. 지금의 너는 스도의 발끝에도 못 따라와. 전혀 도움이 안 되는 아이라는 걸 그만 자각하시지. 스도는 비록 방식은 서툴렀지만, 체육대회에서 누구보다도 반에 공헌해주었어. 그리고 열심히 이기려고 노력했어. 그런데 남한테 신경 쓸 여유가 없다며 내버려 둬도 될까? 정말 뛰쳐나간 상태 그대로 방치해둘 거야? 그건 귀중한 전력을 보고도 못 본 척하는 거 아닌가?"

여기까지 말하면 호리키타도 알아들었을 것이다. 기분은 나쁘겠지만 자각할 것이다.

호리키타가 깨달아 주었으면 하는 건 '앞으로 자신이 무엇을 해야 하는가'이다.

"초등학생이라도 알 수 있는 명백한 답이잖아? 그 한 수가 최초의 반격으로 이어진다는 거."

류엔은 전략으로 스도를 무너뜨렸다. 그렇다면 우리도 전략을 써서 스도를 다시 불러오면 된다. 무척 간단한 이야기다.

"넌 너만의 무기를 지닐 기회를 지금 내팽개치려고 하고 있어."

"나만의 무기……?"

"장차 윗반을 노린다면 혼자 싸우는 건 분명 한계가 있어. 실제로 지금, 넌 혼자서 아무것도 못하고 있잖아. 이런 시험은 앞으로 점점 더 늘어날 거야. 그때 스도 켄 같은 남자는 반드시 너한테 필요한 전력이 되어줄 수 있어. 그걸 잘 다루려면 네가 지금 뭘 최우선으로 삼아야 할까? 이 자리에서 다친 다리가 낫길 바라는 것? 아니잖아."

내가 히라타와 카루이자와를 무기로 이용하듯이, 호리키타 역시 자신만의 무기를 얻을 기회가 있다. 그런데 그걸 두 눈으로 똑똑히 보고도 놓치는 것은 정말 어리석은 짓이다.

"난——."

"나머지는 네가 알아서 생각해. 내가 해줄 수 있는 충고는 이걸로 끝이야."

그렇다, 더 이상은 해줄 말이 아무것도 없다. 류엔에게 이길 방법을 전수해줄 수도, 극복할 방법도 가르쳐줄 수 없다.

지금 호리키타에게 필요한 건 패배와 재생이다.

10

최악의 상황을 맞이한 우리 D반의 체육대회는 오전 경기가 끝나고 점심시간에 들어갔다. 각자 평소처럼 식당에 가거나 운동장의 정해진 자리에 앉아 먹거나 알아서 하라는 통보가 떨어졌다. 특히 연대감을 강하게 느끼는 체육대회에서는 남녀 불문하고 상급생과 함께 식사할 기회도 평소보다 많았다.

여느 때와 달리 교실은 현재 사용할 수 없어서, 우리는 한정된 장소에서 식사할 것을 강요받았다.

체육대회의 묘미라고 하면 점심도 그중 하나에 속하리라. 운동장에는 주문 도시락이 산더미처럼 쌓여 있었다. 아무래도 오늘은 학교 식당에서 만든 것이 아니라 외부에서 주문해온 고급 도시락인 모양이었다.

종류는 하나밖에 없지만 무료라는 점도 있어서 거의 모든 학생이 이것을 선택할 것이다.

한편 일부 학생은 도시락에는 손도 대지 않고 운동장을 떠났다. 그중 한 사람이 호리키타였다. 드디어 내 말이 와닿았는지 스도를 찾아 나설 가능성이 높다.

그리고 또 다른 한 사람은 쿠시다였다. 친한 여자애에게 스도를 찾아오겠다는 말을 남기고 달려 나갔다.

"으아, 피곤하다! 어쩌다가 내가 이런 꼴을."

"졌으니까 그렇지."

혼잡을 피하기 위해 가위바위보에서 진 야마우치가 모두의 도시락을 받으러 다녀왔다.

"배고파 죽겠다. 빨리 먹자."

이케와 야마우치는 스도가 이탈한 것에 별다른 흥미를 보이지 않았다. 원래 입학 초기부터 스도와 같이 다녀 스도의 성격을 잘 알고 있었기 때문이다.

게다가 이번에는 경기에 빠졌다고 해도 강한 질타를 보내지 않았다. 어디까지나 개인의 프라이빗 포인트를 잃을 뿐이니까. 물론 홍팀에는 손해지만, 그것을 제외하더라도 스도의 공포정권이 끝난 게 더 반가웠던 것일지도 모른다.

여자들 대부분은 히라타가 맞는 광경을 목격했다. 그래서 스도의 주가(원래도 있었는지는 별개로 하고)가 땅바닥까지 떨어졌을 것이다.

체육대회의 에이스가 빠졌는데도 분위기에 별다른 변화가 없는 것은 다른 의미로 찜찜하다.

"일단 적당한 장소를 찾아서 밥 먹자."

우리 세 사람이 이동하려고 할 때 히라타가 반의 남녀 몇 명을 이끌고 등장했다.

"우리도 같이 먹자."

그렇게 이케 일행에게 제안했다. 순간 깜짝 놀라는 이케와 야마우치. 그도 그러하리라. 평소에 썩 친하지 않은 히라타가 먼저 말을 걸었으니 당황하지 않을 리가 없다. 하지만 체육대회라는 것과 여자애들이 동석한다는 사실도 있어서 두 사람은 거절할 이유를 찾을 수 없었다.

"물론 좋지."

그렇게 해서 10명 남짓의 남녀 그룹이 형성되었다. 우리는 적당한 장소를 골라 푸른색 시트를 깔고 점심을 먹기 시작했다. 얼마간 식사에만 집중한 후, 이윽고 하나둘 밥을 다 먹은 아이들이 나오기 시작했을 즈음 히라타와 카루이자와가 내게 다가왔다. 반 아이들이 모여 있는 곳에서는 내가 사이에 낀 3인조가 형성되어도 묘한 부자연스러움이 부각되지 않는다.

"역시 류엔이 움직인 것 같아."

소란함을 틈타 그렇게 말을 꺼낸 히라타. 카루이자와가 기다렸다는 듯이 냉큼 입을 열었다.

"그래서 배신자가 누구야? 요스케 군은 아는 거지?"

카루이자와가 그렇게 물었지만 히라타는 느릿느릿 고개를 가로저었다.

"아직 몇 가지 모르는 게 있어. 그 의문을 해소해줄 수 없을까?"

"그렇군. 하지만 배신자가 누구인가 하는 질문에는 대답할 수 없어."

"뭐? 의미를 모르겠는데, 어째서?"

"지금 일을 시끄럽게 만들면 반에 오히려 혼란만 가중될 뿐이니까. 배신자에 관해서는 조용하고 냉정하게 대응하지 않으면 문제가 일어날 거야."

"……알았어. 그 점에 관해서는 추궁하지 않을게. 하지만 배신자가 있다는 걸 알았으면서 참가표를 그대로 학교에 제출한 건 어째서야? 우리끼리 몰래 참가표를 조정할 수도 있었을 텐데. 그랬으면 이렇게까지 고전하진 않았을 거잖아. 그러기는커녕 역으로 허를 찔러서 C반보다 더 유리해졌을지도 모르는데……."

"그렇군."

스파이의 존재를 간파하고 대응할 수 있는 힘을, 다른 사람이 아닌 호리키타가 자각하길 바랐다.

"남 일처럼 구네. 배신자가 가까이에 있을지도 모르잖아? 어쩌면 이 중에 있을지도 모르는데…… 그렇게 태평하게 굴어도 돼?"

카루이자와가 주위를 둘러보았다. 이 자리에 있는 몇몇 아이들조차 용의자로 보이는 모양이었다.

배신자는 물론 성가신 존재지만, 경우에 따라서는 그냥 내버려두는 편이 더 나을 때도 있다.

그리고 히라타가 말한 작전을 썼다고 해도, 류엔에게는 통하지 않았을 테니까 말이지.

다만 그 이유를 히라타 일행에게 말해도 제대로 이해하기 어려울 것이다.

"배신자의 도덕성이 어느 정도인지 알아보고 있다, 뭐 그렇다고 할까."

그렇게 말해서 적당히 얼버무렸다.

"도덕성?"

"우리가 알아낼 필요 없이, 본인이 마음을 바꿔주길 바란다고 생각했어."

그 이야기를 들은 히라타가 나를 물끄러미 바라보았다.

"그런데 이 이야기가 전부 호리키타의 지시, 라는 거지? 아야노코지."

이미 조금씩 의심하기 시작한 히라타가 보기에 도저히 믿을 수 없는 영역까지 와버린 건지도 모르지만, 그래도 표면상으로는 그렇다고 생각하게 할 필요가 있다.

"그래. 전부 호리키타의 지시야."

히라타는 더 이상 추궁하지 않고 고개를 한 번 끄덕이며 받아들여 주었다.

"그 호리키타는 지금 어디서 뭘 하고 있는데?"

"그 녀석은 그 녀석만이 할 수 있는 일을 지금 하고 있어, 라고 말하고 싶지만 말이지."

"혹시 스도 일이야?"

눈치가 빠른 히라타는 주위를 둘러보며 두 사람의 모습이 보이지 않는 것을 다시금 확인했다.

"스도 없이 후반전을 이기는 건 거의 불가능하잖아."

"그렇지…… 우리에겐 스도 말고는 없어."

카루이자와는 스도를 의지해야 하는 상황이 조금 불만인 듯 보였지만, 부정할 수 없는 사실이라는 것도 알고 있었다. 즉, 이 체육대회의 결과는 호리키타의 행동에 달렸으리라.

만약 그 녀석에게 내 말이 잘 전해지지 않았다면 스도는 돌아오지 않을 테고 그대로 게임은 끝이다.

이름	하시모토 마사요시
반	1학년 A반
학적번호	S01T004690
동아리	테니스부
생일	4월 24일

평가

학력	B+
지성	B+
판단력	B
신체능력	B
협조성	C

면접관 코멘트

묻는 말에 대답도 똑똑하게 하고, 미래에 대한 목표 의식도 높다. 집단에 잘 녹아 드는 면이 있으니, 그 장점을 더욱 잘 살릴 수 있도록 지도하고 싶다.

담임 메모

종합적으로 높은 수준의 학생이며, 고등학교 1학년인데도 예리한 착안점을 가지고 있다.

○누구를 위하여

아야노코지에게 한 방 크게 얻어맞은 나는 상실감을 껴안고 혼자 학교 보건실로 향했다. 평소에는 얌전하고 남에게 간섭하지 않는 주의를 자칭하던 그가 그런 식으로 강하게 말할 줄은 몰랐다. 거기에 너무 놀라서 만족스럽게 되받아칠 수 없었다.

"……아니, 그게 아니지."

사실은 그의 말이 다 맞았으니까, 정곡을 찔려서 응수하지 못했던 거다.

"윽……."

어쨌든 지금은 이 생각대로 움직여지지 않는 다리를 어떻게든 해야 한다. 스도를 찾기 위해 필요한 처치를 해야만 한다. 운동장에는 학생들의 상태를 봐주는 응급처치소가 설치되어 있지만, 최대한 남들 눈에 띄는 것을 피하고 싶었던 나는 일부러 교내 보건실을 선택했다.

그런데 보건실에 이미 누가 와 있는지 침대 3개 중 하나는 커튼이 쳐져 있어 안이 보이지 않았다. 아무래도 누가 침대에 누워 쉬고 있는 모양이었다.

"선생님, 상태가 어떻죠?"

점심시간 전 휴식 중에 테이핑을 감는 응급 처치를 받았지만 효과가 미미했다.

다리의 상태를 관찰한 선생님이 고개를 들었다.

"음…… 아까도 말했지만 역시 더는 경기에 나가기 어렵겠구나."

염좌를 진단했는데, 너무 심각한 건 아니지만 그렇다고 괜찮지도 않은 상황 같았다. 지금 이대로라도 겨우 달릴 수는 있다. 하지만 어디까지나 그냥 달릴 수만 있을 뿐, 경쟁에서 이길 만큼의 힘은 낼 수 없다.

필사적으로 개인전을 끝까지 해냈다고 해도 추천 경기는 더욱 힘들 것이다.

내가 참가하면 확실히 승리로부터 멀어지게 된다. 그것만은 절대 안 된다.

"너 추천 경기에 나가게 되어 있니?"

"네. 그럴 예정이었어요. 하지만 참가는 보류해야 할 것 같아요. 이런 다리로 경기에 나가봐야 반에 민폐만 끼칠 게 뻔하니까요."

"그게 현명한 판단이야."

다행히 나는 지난 시험에서 얻은 거액의 포인트가 있다. 기권해도 대가를 지불해 채워 넣을 수 있다. 내가 나갈 예정이었던 세 경기 전부 대체 선수를 세운다고 해도 총 30만 포인트. 결코 적지 않은 포인트지만 그래도 반이 승리할 가능성을 조금이나마 높일 수 있다면 그렇게 결론 내릴 수밖에 없다. 오빠와 함께 달리려던 꿈은 무산되겠지만……

이 와중에 그런 개인적인 걸 걱정해봐야 아무런 의미도

없다. 중요한 건 누가 대신 뛰어주는가이다.

"봐주셔서 감사합니다."

치료를 받은 나는 인사를 남기고 보건실을 빠져나왔다. 그리고 운동장으로 돌아가려고 현관으로 향했다.

다리를 질질 끄는 내 모습이 창문에 비치자 비참해져서 입술을 꽉 깨물었다. 내 이름을 불러댔던 키노시타에 대한 불신감이 있지만 그래도 결국은 넘어져서 다친 내 잘못이다. 그 사실에 변함은 없다. 나는 최대한 아무도 모르도록 냉정을 가장하며 계속 걸었다.

현관 밖으로 나가려는데 쿠시다가 허겁지겁 달려왔다.

"아, 다행이야. 호리키타 널 찾아서. 저기, 좀 할 이야기가 있는데……."

"……뭐야? 일이 있으니까 짧게 해줬으면 좋겠는데."

"응. 미안해. 하지만 여기서는 좀 그래. 잠깐 와줄 수 있을까, 일이 좀 커질 것 같아."

"여기서 설명해줄래? 큰일인지 아닌지는 듣고 판단할 테니까."

쿠시다는 주위를 둘러본 후 내게 살짝 귓속말을 했다.

"……그게 말이야, 너랑 부딪쳐서 넘어진 키노시타가 좀 심하게 다친 모양이야. 몸을 일으킬 수 없을 만큼 심각한 것 같던데, 그런데…… 저기, 키노시타가 널 좀 불러달라고 한대."

그 말을 들은 나는 놀라움을 감추지 못했다.

물론 그때 다치긴 했지만, 그런 일이 일어나다니…….

"그 애, 지금 어디 있는데?"

"이쪽이야."

그런 대화가 오고간 후 쿠시다는 나를 데리고 보건실 쪽으로 발걸음을 옮겼다.

1

다시 보건실에 들어가니 차바시라 선생님이 와 있었다. 보건 선생님이 입을 열었다.

"마침 잘됐어. 호리키타랑 길이 엇갈렸다는 이야기를 하던 중이었거든."

"쿠시다한테 불러오라고 했는데 금방 찾은 모양이구나."

옆에 서 있던 쿠시다가 어딘지 불안한 모습으로 선생님들의 말에 귀를 기울였다.

"도대체 무슨 일이죠?"

아까 본 커튼으로 가려진 침대에서 여자애가 흐느끼는 소리가 들려왔다. 커튼을 조금 여는 차바시라 선생님. 그 안에서 보인 건 침대 위에 누워 있는 C반 키노시타였다. 차바시라 선생님은 다시 커튼을 닫고 나를 복도로 불러냈다.

"키노시타는 오전 장애물 달리기 때 너랑 부딪쳐서 넘어졌어. 기억하지?"

"물론이죠. 저도 넘어졌으니까요."

그 사건 때문에 체육대회에서 내 계획이 전부 꼬여 버렸다.

"그런데······ 키노시타의 말로는 네가 의도적으로 자기를 넘어뜨렸다고 하는구나."

순간 무슨 말인지 이해되지 않았다.

"그럴 리가요. 우연히 일어난 사고예요. 아니면──."

"아니면?"

나는 아야노코지가 말한 것처럼 류엔의 작전이라고 말하려다가 그만두었다.

그게 맞는 것 같지만 어디까지나 억측. 증거가 아무것도 없기 때문이다.

"아니에요······ 그냥 우연일 뿐이에요."

"나도 그렇게 생각하고 싶지만 상황이 좀 안 좋아. 키노시타가 말하기로, 앞서 달리던 네가 계속 자기를 신경 쓰면서 뒤돌아봤다고 증언했어. 검증하기 위해 녹화된 비디오를 돌려봤더니 정말 네가 키노시타의 위치를 두 번이나 확인하더군."

"그건 그 애가 자꾸 제 이름을 불렀기 때문이에요. 그래서 뒤돌아본 거예요."

"이름을 불렀다고? ······그렇구나. 하지만 만약 그렇다고 해도 문제가 커. 너한테 정강이를 세게 얻어맞았다고 주장하고 있거든. 실제로 그 다음 경기를 전부 빠졌어. 키노시타의 부상 상태를 보건 선생님이 확인했더니 정말 심한 수준이라고 한다. 게다가 부상을 입은 형태가 자연스럽지 않고 작위적으로 느껴진다고 해."

"넘어졌을 때 우발적으로 중상을 입었다고 해도 그건 사실무근이에요. 저는 아무 짓도 하지 않았어요."

"물론 나도 그렇게 믿는다. 하지만 일본은 약자 편을 들어주는 경향이 강한 나라다. 그건 이 학교도 마찬가지야. 의도적일 가능성을 배제할 수 없는 이상, 심의에 들어가는 건 당연하다."

"어이가 없네요."

"하지만 그렇게 끝낼 수 있는 이야기가 아니야. 네가 무시하면 문제는 더 커질 거다. 다른 선생님들 귀에 들어가는 것은 물론이고, 길게 끌면 학생회까지 이야기가 들어가겠지. 그렇게 되면 힘들어져. 스도랑 C반 애들이 싸웠을 때 일을 잊은 건 아니겠지?"

일을 길게 끌면 필연적으로 오빠도 알게 된다. 어리석은 여동생 때문에 곤란해질 것이 틀림없다.

하지만 잘못이 없는 이상 나는 그렇게 주장할 수밖에 없다. 류엔의 작전이든 우연이라고 부르는 불행이든 간에 거짓말을 인정할 수는 없는 거니까.

"저를 부르신 이유가 사실 확인을 위해서라면 이미 진실을 말씀드렸어요. 다시 말씀드리지만 저는 아무 짓도 하지 않았습니다. 그럼 전 좀 볼일이 있어서 이만 가 봐도 될까요."

지금은 한시라도 빨리 스도를 찾아내 데리고 돌아가야 한다. 뒤돌아 가려는 내 뒤통수에 대고 차바시라 선생님이 말했다.

"현 단계에서 생각하기에는 우연에 기댄 의도적 행동, 이라는 걸로 정리되겠지. 키노시타가 장애물 달리기 이후로 경기에 출장하지 못하는 걸 고려해서 판단을 내린다면 너역시 획득한 점수가 전부 무효 처리 되고 추천 경기 참가는 당연히 보류될 거야. 뭐, 어차피 그 다리로 추천 경기에 나가는 건 무리겠지만…… 어쨌든 키노시타는 운동신경이 좋은 학생이야. 빠르기로 따지면 너와 비슷하거나 혹은 더위라고 생각되지. 실제로 키노시타가 심각한 부상을 입는 건 우연으로 발생하기는 어려워."

그런 말을 해도 나는 잘못이 없으니 어쩔 수 없다. 무죄를 주장하는 것은 간단하지만 시간이 걸린다. 지금은 이런 데 시간을 할애할 때가 아니다.

"추천 경기는 저 역시 안 나갈 생각이었어요. 장애물 달리기 이후로 순위도 형편없고요. 키노시타랑 같이 결장 처리가 된다면 그래도 상관없어요. 다만 그 애를 일부러 넘어뜨려 다치게 했다는 건 진실이 아니라고 강조하고 싶어요."

이걸로 됐나요? 하고 나는 차바시라 선생님에게 확인을 요구했다. 하지만——.

"하지만 키노시타는 학교 측에 고발하겠다면서 말을 듣지 않는 것 같아. 영상과 증언이 있으니 없던 일로 할 수는 없을 거다. 저쪽 입장에서는 울며 겨자 먹기로 포기해야 하는 거니까. C반에서 키노시타의 부재란 타격이 아주 큰 사태야. 그게 무슨 뜻인지 알겠니?"

"······악마의 증명, 인가요?"

차바시라 선생님은 부정하지 않고 조용히 눈을 감은 채 팔짱을 꼈다.

지구에 외계인이 있다는 걸 증명하려면 지구 어딘가에서 외계인 하나를 붙잡으면 그만이지만, 지구에 외계인이 없다는 걸 증명하려면 지구 전체를 샅샅이 뒤져야만 하니 사실상 불가능하다. 이를 악마의 증명이라고 부른다.

무죄를 증명할 수 없으면 불공평이 발생하지 않도록 조치를 강구할 필요가 있다고 차바시라 선생님은 말하고 싶은 거겠지······.

"차바시라 선생님은 이 일을 어떻게 아신 건가요? 현재까지 누가 알고 있죠?"

"쿠시다가 내게 상담해왔지. 일을 키우고 싶지 않은데 어떻게 하면 좋겠냐면서."

"미안해, 호리키타. 선생님한테 알리겠다고 키노시타가 막무가내로 나와서······."

"그 배려는 고맙게 생각해. 만약 다른 반 선생님이었다면 일이 커졌을 테니까. 하지만 의문스럽기도 해. 넌 어디서 키노시타한테 이야기를 들었지?"

쿠시다는 불안한 표정으로 보건실 입구를 쳐다보았다.

"나, 키노시타랑도 친해서······ 휴식 시간에 짬을 내서 보러 왔는데 얘기하더라고."

"그렇구나."

교우관계가 넓은 쿠시다니까 그리 이상한 일도 아닌가.
어쨌든 지금 이 이야기를 아는 사람은 당사자인 나와 키노
시타, 그리고 쿠시다와 차바시라 선생님뿐이다.

가능하면 여기서 이야기가 더 퍼지지 않게 해결하고 싶
은데…….

"키노시타랑은 얘기를 나눠볼 수 있나요?"

"글쎄. 지금은 좀 겁에 질린 상태라 정서불안 같은데……."

"부탁드립니다. 저도 일을 심각하게 만들고 싶진 않아요."

내가 고개를 숙이자 쿠시다도 덩달아 머리를 수그렸다.

"저도 부탁드립니다, 선생님."

"알겠다. 한 번 물어보고 오지."

차바시라 선생님에게 겨우 허락을 받았을 때 복도 끝에서
발소리가 들려왔다. 그 인물은 보건실을 향해 곧장 걸어왔
다. 두 주머니에 손을 찔러 넣고 거만한 표정을 지었다.

"상당히 난처한 일이 벌어진 모양이군."

"류엔……."

어째서 그가, 지금 이곳에? 착란에 빠지려는 머리를 열심
히 굴리며 냉정을 가장했다. 하지만 그는 다 꿰뚫어본다는
듯 비웃으며 우리 앞에 잠깐 걸음을 멈췄다.

"키노시타가 의논할 게 있다고 해서 왔지. 설마 그 부상이
의도적인 것이었을 줄이야."

그렇게 말한 그는 옆을 스치고 지나가 보건실로 들어갔
다. 우리도 당황하며 그 뒤를 쫓았다. 보건실에 들어가자마

자 류엔은 보건 선생님의 만류도 듣지 않고 키노시타가 누워 있는 침대의 커튼을 활짝 열어 젖혔다.

"어이, 키노시타. 괜찮냐? 아주 심한 꼴을 당한 모양이군."

류엔을 본 키노시타는 심하게 겁에 질려 노골적으로 몸을 떨었다.

"다리를 다쳤다고? 좀 보여줘라."

그렇게 말한 그는 시트 아래에 숨긴 키노시타의 다리를 잡아당겼다.

"아이쿠, 심하네? 잘도 이런 짓을 했군……."

류엔의 손 아래로 드러난 것은 붕대를 휘감은 키노시타의 왼쪽 다리였다.

"미안해……. 나 열심히 노력해서 다음 경기에도 나가려고 했는데…… 다리가 도저히 말을 듣지 않아서…… 그래서…… 흑!"

"너 자신을 너무 탓하지 마라, 키노시타. 네가 이인삼각에 나가려고 한 건 나도 잘 아니까."

"……우연히 부딪친 거야. 키노시타, 내가 넘어뜨렸다는 게 도대체 무슨 소리지?"

"윽!"

내가 살짝 노려보면서 묻자 키노시타가 시선을 피했다. 그 앞을 류엔이 막아섰다.

"키노시타의 말로는 네가 넘어뜨리려고 아주 작정을 했던 모양이던데. 의도적으로 그런 거지?"

"농담하지 마. 내가 그런 짓을 했다고?"

"누가 뭘 하든 알 바 아니잖아. 그리고 현실을 봐라. 너보다 운동을 잘하는 키노시타가 크게 다쳐서 기권했지. 게다가 키노시타는 이제부터 시작될 추천 경기에도 전부 출전 예정이었으니까. 반면에 너는 다치기는 했지만 경기는 계속 나갈 수 있어. 의심하지 말라는 게 무리인 이야기야."

한 멤버가 아예 빠지는 일의 심각성은 나 역시 잘 안다.

하지만 이렇게 유창하게 설명해주니 점점 더 그에 대한 의심이 커져간다.

역시 키노시타와 나를 충돌하게 만든 건 그의 노림수? 나보다 운동신경이 뛰어난 그녀를 굳이 부딪치게 만든 것도, 의심을 사지 않게 하려는 희생?

하지만…… 의문도 발생한다. 나보다 점수를 벌 가능성이 높은 키노시타를 부딪치게까지 하면서 얻을 수 있는 게 뭐지? 심지어 모든 추천 경기에 나갈 예정이었다는 건, 그만큼 C반은 40만 포인트를 잃게 된다는 이야기다. 그것도 전부, 나를 쓰러트려서 우월감에 젖기 위해?

고작 그런 것 때문에 같은 반 친구를 다치게 하고 그 대가로 이길 가능성을 낮춘다고?

적어도 나는 지금까지 살아오면서 그런 비효율적인 일에 의미를 찾지 못했다.

"입 꾹 다물고 무슨 생각을 하는 거지?"

주머니에 여전히 손을 넣은 채, 나를 들여다보듯 상반신을 앞으로 내미는 류엔.

"뭐, 우리끼리 백날 말해봐야 결론이 나지 않아. 안 그래? 키노시타."

그는 반강제적으로 키노시타에게 대답을 재촉했다.

"호리키타가…… 넘어진 나한테 그랬어…… 절대 못 이기게 할 거라고……."

"난 그런 말 한 적 없어. 너 스스로 거짓말하고 있다는 자각은 있니?"

"호리키타, 넌 키노시타 앞에서 달렸을 때만 뒤를 신경 썼지. 그 이유가 뭐야?"

차바시라 선생님이 다시 같은 의문을 내게 던졌다.

"뒤돌아본 건 인정해요. 하지만 그건 쟤가 뒤에서 자꾸 제 이름을 불렀기 때문이에요. 처음에는 무시했지만 아무래도 이상해서 뒤돌아봤어요."

"그러냐? 키노시타."

이번에는 내게서 키노시타에게로 질문을 옮기는 차바시라 선생님.

"저는 단 한 번도 이름을 부른 적 없어요."

차바시라 선생님의 확인에도 키노시타는 전부 부정했다.

"본인은 부정하네요, 선생님. 그리고 만에 하나 키노시타가 스즈네의 이름을 불렀다고 해도 그게 뭐 어쨌다는 거죠? 이름을 부르는 게 반칙도 아니고. 게다가 그건 이기려는 현명한 마음에서 비롯한 필사적인 목소리였을 겁니다. 키노시타는 누구보다도 지는 걸 싫어하니까요. 그런 것에 일일이 반응하면 끝이 없어요."

계속 말해봐야 입씨름만 한없이 이어질 뿐이리라. 이 두 사람이 미리 짠 게 틀림없다.

"저기…… 키노시타, 류엔. 일이 이렇게 되서 유감이지만, 난 호리키타가 일부러 상대방을 다치게 만들 애가 아니라고 생각해."

양쪽 이야기를 전부 들은 쿠시다가 나를 감쌌다.

"하지만 나, 호리키타가 절대 못 이기게 할 거라고 말한 거…… 똑똑히 들었는데……!"

"그건 아마도 지고 싶지 않은 마음이 앞서서 그런 거 아닐까? 호리키타도 넘어져서 많이 당황했을 거니까 필사적이었다고 생각해."

나는 아무 말도 하지 않았어. 키노시타에게 한마디도 하지 않았다고.

하지만 그 말을 목구멍 밖으로 내보내지 않고 꾹 참았다. 그런데 키노시타가 말을 이었다.

"하지만── 난 용서할 수 없어……. 육상 연습까지 빠져야 하잖아……."

"……너, 너 자신에게 부끄럽지 않니? 거짓말로 도배해서 남을 함정에 빠트리는 게 즐겁니? 아니면 류엔, 전부 네가 꾸민 일 아니니? 때마침 네가 여기 나타난 것도 도저히 우연이라고 생각할 수 없어."

울었다고 해서 내가 그녀의 정당성을 인정할 수는 없다. 거짓말이니까. 그러니까 한 걸음, 강하게 앞으로 내딛기로 했다. 이 자리에 그가 있다면 안 좋은 쪽이 아니라 상황을 유리하게 만드는 쪽으로 움직여야 한다.

"자기가 잘못한 건 모른 체하고, 다친 키노시타랑 내 탓을 하는 건가. 상당히 질 나쁜 여자애군."

"사람 웃기지 좀 말아줄래? 넌 예전에도 스도 일에 참견했지. 잊었다고는 말하지 마. 이번에도 똑같은 수법을 쓰려고 하는 거잖아?"

"그 일과 나는 아무 상관없어. 이번 일과 연결 짓는 건 이상한 이야기다."

어디까지고 인정하려는 모습이 보이지 않았다.

"누가 봐도 명백하잖아. 네가 키노시타에게 자폭할 각오로 충돌사고를 일으킨 거야. 그럴 게 뻔해. 더 이상 의논할 여지도 없어. 얼른 위에다가 이 사실을 알려야지."

"그런—— 조금만 더 호리키타랑 이야기를 나눠줄 수…… 없을까?"

쿠시다가 애원하듯 류엔에게 부탁했다. 괜한 참견하지 말라고 하고 싶지만, 나로서는 이야기가 퍼지는 것만은 최대한 막고 싶다.

지금 내가 마치 거미줄에 걸린 존재 같다고 느끼면서도 필사적으로 발버둥 칠 수밖에 없다.

류엔은 잠깐 고민하는 척하더니, 이런 제안을 해왔다.

"느긋하게 말할 시간은 없어. 우린 점심시간이 끝나면 다음 추천 경기를 시작해야 하니까. 나도 출전하는 경기가 있으니 빨리 마무리를 짓고 싶군. 위에 판단을 맡기는 게 제일 편하고 좋을 것 같은데."

일단 나를, 쿠시다를, 그리고 키노시타를 본 후 류엔이 다시 말을 이었다.

"빨리 합의를 봐도 되지만 말이지."

"합의?"

"키노시타와 C반이 입은 손해를 대신 떠맡으라는 이야기다."

"농담하지 마. 전혀 들을 가치도 없는 이야기네."

그렇게 된다면 짊어져야 할 대가가 결코 값싸지 않다. 그리고 내가 완전히 잘못한 방향으로 이야기가 정리되고 만다.

"그럼 더 할 이야기가 없군. 합의도 하기 싫고 위에 보고도 하지 말라는 건 너무 자기 사정만 생각하는 거 아니야? 스즈네. 통할 리 없지."

"기다려. 구체적으로 뭘 어떻게 하면 되는데……?"

쿠시다가 내 앞에 끼어들 듯 류엔의 제안에 귀를 기울였다.

"넌 이해력이 좋아 보이는군. 그렇지…… 100만 포인트를 주면 키노시타의 주장을 없던 걸로 하지. 이렇게 하면 추천 경기를 대신 내보낼 선수도 찾을 수 있고, 내 덕분에 얻은 임시 수입을 키노시타가 가질 수도 있어. 어때? 간단하지?"

"어이없는 소리야. 난 아무 짓도 하지 않았는걸? 단 1 포인트도 줄 필요가 없어."

"그럼 공적인 자리에서 증명해라, 스즈네. 누가 옳고 누가 그른지 확실하게 따져보자고. 엉?"

"너희는 상당히 자신 있나 보구나. 거짓말이 들키지 않을 거라고 생각하나 보지?"

"거짓말이 아니라는 걸 증명하지. 빨리 학생회장님에게 심판을 받자고."

류엔은 나와 학생회장…… 그러니까 오빠에 대해 이미 다 파악하고 있는 듯한 말투로 도발했다. 나로서는 오빠에게 피해를 끼치는 사태는 절대 만들 수 없었다.

학생회장의 여동생이 의도적으로 방해 행위를 펼쳐서 상대를 다치게 만들었다. 그런 소문이 돌면 오빠가 받을 타격을 헤아릴 수도 없다. 예전과 똑같은 수법이지만 이번에는 그때 보였던 빈틈이 전혀 없었다. 스도 사건 때 그들은 '아무도 보지 않았다는 전제' 하에 거짓 피해자를 가장했다. 하지만 이번에는 다르다. '전교생을 목격자'로 삼아 피해자를 가장하고 있다. 우위성은 저쪽에 있다. 게다가 키노시타는 나와 비슷하거나 혹은 더 뛰어난 운동 신경을 지닌 학생이라는 것. 동영상 증거에서도 내가 뒤를 돌아보는 수상한 점이 찍혔다는 것. 키노시타가 모든 추천 경기에 참가할 예정이었다는 것. 그리고 계속 뛸 수 없을 만큼 심각한 부상을 입었다는 것. 내가 만회할 수 있는 요소는 아무것도 준비되어 있지 않았다.

무엇보다 교묘하다고 생각한 것은 공세에 나선 타이밍. 키노시타가 다친 직후가 아니라 일단 묵혀둔 것이 오히려 진실미를 연출했다. 넘어지고 바로 호소한 게 아니라 다음 경기에도 도전하려 했다고 한다. 즉 참으려고 했다, 견뎌보려고 했다는 진실미가 더해진다.

하지만 결과적으로 고통을 참지 못하고 경기에서 이탈한 후 내가 의도적으로 부딪쳤다고 은밀하게 털어놓아, 뒤에 이어질 보복을 두려워했다는 식으로 연출했다.

나는 여기까지 오자 드디어 확신했다. 나를 향한 포위망이 완전히 깔려 있었다고.

그리고—— 이 상황은 이미 수습할 수 없는 지경에 이르렀다. 그저 태평하게 체육대회를 맞이한 시점에서 정해진 실수였다고, 몇 가지 의문을 남긴 채 통감했다.

"저기…… 내 포인트만으로는 안, 될까…… 류엔."

"뭐?"

"난 호리키타가 의도적으로 그런 짓을 할 애가 아니라고 생각해. 그래서 일을 크게 만들고 싶지 않아. 하지만…… 키노시타가 거짓말을 할 애라는 생각도 들지 않아서…… 그냥 불행한 우연, 이 아닐까 하고…… 그래서 말이지……."

"아름다운 우정인가. 하지만 그렇게는 안 되지. 난 C반 사람으로서 스즈네가 악의를 가지고 수작을 부렸다고 생각하니까. 키노시타를 생각하면 스즈네에게 포인트를 받지 않으면 의미가 없다고. 물론 너도 주겠다고 하면 말리지는 않겠지만 말이야."

여기서 계속 맞서봐야 사태는 커지기만 할 뿐. 하지만 나는 도저히 꺾을 수가 없었다.

"그럼 결정 났네. 지금 당장 선생님 그리고 학생회에 알려라, 키노시타."

류엔이 키노시타에게 일어나라고 지시를 내렸다. 고통에 표정이 일그러지면서도 키노시타는 상반신을 일으켰다.

"이 상태를 보면 학교도 심각하다는 걸 알 테니까. 불량품이 이기기 위해서라면 무슨 짓이든 하겠다는 불량한 자세를 그대로 내버려둘 수는 없지."

나는 선택해야만 한다.

진실을 추구하고 류엔과 싸우는 길. 그리고 또 다른 하나는 여기서 타협해버리는 길.

당연히 원래라면 전자를 선택해야 한다. 하지만 그 진실을 밝혀낼 만한 재료는 이 세상에 존재하지 않는다. 즉, 그저 시간과 신뢰를 낭비할 뿐이다.

그렇다면—— 차라리 여기서 그의 말대로 합의해버리는 편이……

걸음을 떼기 시작하는 두 사람을 나는 목소리를 필사적으로 쥐어짜내 불러 세웠다.

"기다려……"

그 말은 류엔 일행의 귀에 똑똑히 닿았다. 그들이 걸음을 멈췄다.

"뭐야, 스즈네. 대화에 응할 생각은 없는 거겠지?"

"대가를 지불하면 정말 이 이야기는 없었던 걸로 해주는 거지……?"

"반칙까지 해서 이기려고 했다는 걸 인정한다는 소린가?"

"그건 인정 못 해……. 난 거짓말하지 않았어."

"그럼 이야기가 이상하잖아. 넌 도대체 뭐에 대한 대가를 지불하려고 하는 거야?"

"이번에 난 네 작전에 졌어. 그러니까 그에 대한 대가를 지불하겠다는 거야."

굴욕적이지만, 그렇게 말할 수밖에 없었다.

"들었냐? 키노시타. 저 녀석은 자신이 나쁘다고 전혀 생각하지 않아. 용서할 거냐?"

"……용서, 못 해……."

"그렇다는데. 네가 네 잘못을 진심으로 인정하지 않는다면 우리도 응해줄 수 없어."

"윽……."

"라고 말하고 싶지만 너한테도 자존심이란 게 있을 테니까 말이지. 이제 와서 자기가 잘못했다고 선생님과 친구들 앞에서 도저히 말 못하겠는 건 이해해. 그러니까 나 개인적으로는 넓은 마음으로 응해줄 수도 있어. 하지만 키노시타가 납득할지 어떨지는 별개니까 말이지."

내 마음을 가지고 놀듯 혼자서 상황을 자꾸 뒤집으며 악마의 미소를 선보였다.

나는 한시라도 빨리 이 상황에서 해방되고 싶었다.

"100만 포인트를 지불하면 없었던 일로 해주겠다. 네가 한 말이야. 다른 조건은 없었잖아?"

"물론 그랬지. 하지만 그건 조금 전까지의 얘기다. 넌 한 번 거절했잖아? 지금 와서 똑같은 조건을 거는 건 무리지. 두 번째 교섭에서는 당연히 조건이 달라지게 되어 있어."

류엔은 나를 끝없이 도발하며 궁지로 몰아세웠다.

"그렇지. 이 자리에서 무릎 꿇고 부탁해보지그래. 나와 키노시타의 마음이 바뀔지도 모르니까."

"기다려, 류엔. 그 이상은 도가 지나치다."

무릎 꿇기를 요구하는 류엔에게, 그때까지 방관하고 있던 차바시라 선생님이 끼어들었다.

"선생님은 끼어들지 마시죠. 이건 우리 학생들끼리의 문제입니다."

류엔은 선생님을 상대로도 전혀 겁먹지 않고 다그치듯 말을 이었다.

"뭐, 지금 당장 결론을 내는 건 봐주지. 선생님이 보는 눈도 있고 말이야. 체육대회가 끝난 후 대답해라. 100만 포인트와 무릎 꿇기로 화해할 것인지, 아니면 다시 문제 삼아 학교에서 심의를 거칠지. 어느 쪽을 선택할지."

그리고 이 말을 덧붙였다.

"체육대회가 끝나면 시효가 끝났다, 해결되었다고 생각하지 마라. 얼마든지 문제를 다시 끄집어내서 철저하게 너랑 싸워줄 테니까. 방과 후에 네가 스즈네를 데리고 와."

쿠시다에게 그렇게 말한 류엔은 키노시타를 내버려두고 보건실을 빠져나갔다.

남겨진 나는 왠지 모를 상실감을 느끼며 그 자리에 우두커니 서 있었다.

"괜찮아? 호리키타……."

"괜찮아……. 그것보다도 지금 몇 분이야? 선생님, 휴식 시간이 앞으로 얼마나 더 남았죠?"

"20분 정도. 아직 점심 안 먹었지? 빨리 먹어라."

벌써 시간이 그렇게 되었다니……. 도저히 점심을 먹고 있을 여유가 없다.

얼른 스도를 찾아서 데리고 돌아가야 하니까.

"저는 먼저 실례하겠습니다."

나는 초조한 마음을 껴안고, 두 사람을 남겨둔 채 보건실을 뒤로 했다.

2

모든 것은 나의 태만에서 비롯한 것. 나만 생각하고 체육대회에 도전한 결과다.

류엔이 참가표를 입수해 미리 손 써두었다는 것과 나를 넘어뜨리려는 목적이 있었다는 것을 미리 예상하지 못했다. 마음의 준비가 되어 있지 않았다.

그래서 동요했고, 해결책을 내지 못하고 이렇게 헤매고 있다. 조금 전보다도 발이 더욱 무겁다.

"한심하네……."

그렇다, 정말 내 자신이 한심하게 느껴졌다.

현관문에 가까워졌을 때, 교내를 걸어오는 두 사람을 보았다. 그들이 그냥 학생이었다면 나는 전혀 마음에 담아두지 않았을 것이다. 하지만 그럴 수 없었다.

"오빠──."

들릴 듯 말듯 아슬아슬하게 새어나온 나의 작은 중얼거림은 정적과 함께 사라졌다. 이 학교의 학생회장인 나의 오빠. 그리고 오빠를 뒤따르는 학생회 여학생 한 사람. 타치바나 서기였다.

타치바나 서기는 내 존재를 알아차렸는지 시선을 보냈지만 오빠는 보려고 하지도 않았다.

상대해주지 않는 것은 이미 익숙하다. 사실은 오빠에게 말을 걸어 말하고 싶었다. 하지만 D반에서 맴도는 나에게는 그럴 자격도 권리도 없었다. 나는 고개를 푹 숙이고 지나쳤다. 어차피 오빠는 내 앞에서 걸음을 멈추지 않을 것이다.

그럴 것이었는데…….

"이번 시험, 지금 D반이 어떤 상황인지 이해하고 있냐?"

그건 타치바나 서기한테 한 말이 아니라 내게 건넨 말이었다.

"……지금 통감하고 있는 중이에요."

나는 솔직하게 말했다. 참가표 리스트가 유출된 줄도 모르고, 태만하게 하루하루를 보냈던 나의 실수. 개인 경기의 세부사항에 이르기까지, 아주 훌륭할 정도로 C반에게 당해 버렸다.

"하지만 안심하세요. 오빠에게 피해가 가는 일은 없도록 할 테니까요."

그렇다, 그것만은 반드시 피해야 한다. 이번 사건은 전부 내 허술함이 불러온 일

다행히 그는 100만 포인트와 무릎 꿇기로 합의할 것을 제안해왔다. 차바시라 선생님도 증인이 되어주었다고 생각하면 끝에 가서 파기하지는 않을 것이다.

그럼 결과적으로 좋을지도 모른다. 그걸로 오빠에게 피해를 주지 않고 끝낼 수 있으니까.

하지만 이런 형태가 아니라 좀 더 제대로 이야기를 나누고 싶었다. 그런 아쉬움만이 남을 뿐이다.

바라건대 처음 생각대로 마지막 릴레이까지. 그 꿈은 다리 부상과 함께 물거품이 되고 말았지만. 하지만 아파하는 모습을 보였다고 해서 오빠는 나를 동정하거나 하지 않는다.

그러니 적어도 긍정적으로 있자. 이렇게까지 두들겨 맞았으니 더는 잃을 것도 없다. 그리고 이 체육대회에서 아직 내가 할 수 있는 일이 딱 하나 남아 있다는 걸 아니까.

"먼저 가볼게요."

그렇게 말한 나는 현관 밖으로 뛰어나갔다.

다리에서 느껴지는 고통을 참으며, 시설 주위를 구석구석 살피며 달렸다. 스도를 찾기 위해서다.

하지만 쉽게 찾을 수 없었다. 광범위한 부지 안은 그냥 둘러보는 데에도 상당한 시간을 요했다.

10분밖에 남지 않았을 무렵, 나는 일단 운동장으로 돌아왔다.

추천 경기 시간이 임박했으니 초조해진 스도가 돌아와 있을 가능성이 있다. 그는 줄곧 학년 1위를 차지하기 위해 노력해왔으니까. 그러한 소망을 담아.

"역시 안 돌아왔네⋯⋯."

아직 가보지 않은 곳이라고 한다면, 케야키 몰, 그리고 기숙사인가. 아니면 교내 어딘가에 있을지도 모른다. 도저히 다 가볼 수 없다.

그런 내 앞에, 그⋯⋯ 아야노코지가 모습을 드러냈다. 점심식사를 한 후인가.

"숨이 많이 가쁜가 보군."

"스도를 찾고 있어. 운동장에는 한 번도 안 왔니?"

"응. 아직까지는. 설득할 마음이 생긴 건가?"

"그 애는 D반에 아주 귀중한 전력이니까. 게다가 싫어도 깨닫고 말았으니까."

"그게 무슨 소리야?"

내 심경의 변화에 흥미가 있는 모양이었는데, 지금은 류엔에 대해 이야기한다고 해도 아무 소용 없다.

게다가 그에게 말한다고 해서 사태가 호전될 리도 없다.

나와 쿠시다, 그리고 차바시라 선생님만으로 끝내는 게 가장 좋다.

이미 점심 휴식시간도 반이 지났다. 하지만 아직 스도는 아무에게도 모습을 보여주지 않았다.

이대로 오후 추천 경기까지 나타나지 않는다면 D반은 스도의 부재가 큰 영향을 미쳐 패배가 확정된다.

"스도가 갈 만한 곳은 다 가봤어? 이제 시간 거의 없는데."

"아니, 아직. 하지만 갈 수 있는 범위는 한정되어 있을 거야. 만약 남들 눈이 신경 쓰인다면 기숙사로 돌아갔을 가능성도 크지 않을까?"

"다리는 좀 괜찮아?"

"안 아프다면 거짓말이지만 못 달릴 정도는 아니야. 너도 같이 갈래?"

"난 사양할게. 같이 다녀봐야 난 방해만 될 테니."

"그래……."

내게도 그 편이 더 나을지도 모른다. 그렇게 생각한 나는 고통을 참으며 걸음을 옮기기 시작했다.

이름	시노하라 사츠키
반	1학년 D반
학적번호	S01T004742
동아리	요리부
생일	6월 21일

평가

학력	D-
지성	D-
판단력	D
신체능력	D
협조성	C

면접관 코멘트

기본적으로 문제를 일으키는 학생은 아니고, 사교성도 남들만큼 갖추었다. 다만 학력과 신체 능력이 평균을 밑도니, 집단행동 중에 성장해나가기를 기대한다.

담임 메모

반 아이들과 허물없이 잘 지내며, 문제 행동 등은 현재까지 보이지 않는다.

○나에게 부족한 것

종이 울리고 체육대회 후반전이 시작되었다. 추천 경기 시간이었다.

남은 네 종목은 반에서 뽑힌 정예들이 출전할 것으로 예상되었다.

"그러고 보니 아야노코지는 운명 달리기에 나가지?"

"가능하면 안 나가길 바랐는데……."

가위바위보에서 이기고 말았으니 어쩔 수 없다. 운명 달리기는 각 반에 6명씩 출전해서, 한 경기당 네 명씩 겨루는 소수 경기다.

그만큼 득점은 개인 경기보다도 높게 설정되어 있었다.

"문제는 사라진 스도구나……."

추천 경기 전부 나가기로 되어 있던 스도가 없으니 이대로라면 결장 처리가 될 것이다. 대체 선수를 세울 것인지 말 것인지. 그 부분을 정해야 한다.

"혹시 괜찮으면 네 의견을 물어봐도 될까, 아야노코지. 실은 호리키타에게 묻고 싶지만, 그건 힘들 것 같으니까."

그렇다. 호리키타도 아직 돌아오지 않았다. 오후 경기가 시작되기 전까지는 최악의 경우 혼자서라도 돌아올 줄 알았는데 예상 밖이다. 좋은 방향으로 일이 진행될 가능성이 남았다.

"나한테 묻지 않아도 히라타 너라면 올바른 판단을 내릴 수 있잖아?"

"……글쎄, 어떨까. 내 개인적인 의견으로는 대체 선수가 필요하다고 생각해. 개인 경기에서는 아마도 우리 반이 최하위일 거야. 총점으로 이기려면 여기서 승리를 가져와야 하니까."

"그럼 누구를 대체 선수로 세우느냐인데."

"대체 선수를 세우려면 10만 포인트가 필요하니까. 포인트는 내가 어떻게든 할 수 있어. 대신 세울 선수는 이케나 야마우치가 좋을 것 같아."

"만약 1위를 차지한다면 시험 점수를 얻을 수 있으니까?"

"응. 그 이점을 살리는 게 상책이라고 생각해."

운이 크게 좌우하는 운명 달리기라면 그게 좋은 방법이라고 할 수 있을 것 같다. 결국 이케와 야마우치가 가위바위보를 했고, 이케가 이겨서 의기양양하게 참가 그룹에 합류했다.

"예스! 스도의 몫까지 내가 열심히 할게!"

기합만큼은 스도에 지지 않을 정도로 잔뜩 들어가 있었다. 경기 전 심판들이 설명을 시작했다.

"운명 달리기는 난이도가 높은 것도 설정되어 있다. 그 경우에는 다시 뽑기를 희망할 수도 있지만, 대신 다시 뽑을 때까지 30초간 대기해야 해. 희망하는 사람은 경기 중 제비뽑기를 하는 지점에 있는 심판에게 말해야 한다. 또 세 명이 골인한 시점에서 경기는 종료된다. 이상이다.”

그런 보충 설명을 받은 후, 운명 달리기 두 번째 조로 출장하게 된 나는 준비에 들어갔다.

“어이.”

옆에 선 남자가 말을 걸었다. 누군지 볼 것도 없이, C반 류엔이었다.

“그 근육 바보는 운명 달리기에 안 나왔나? 분명히 나올 줄 알았는데. 게다가 스즈네도 모습이 안 보이는데, 설마 체육대회 뒤에서 계략이라도 짜는 건 아니겠지?”

“글쎄. 나랑은 상관없어서……. 난 우리 반 내부 사정을 잘 몰라.”

“역시 금붕어 똥다운 대답이군.”

내게 금세 흥미를 잃었는지 류엔이 거리를 두듯 멀어졌다. 그나저나 같은 2조에서 달리나 보다. 잠시 후 1조 경기가 시작된다. 다른 반은 당연히 운동 신경이 좋은 학생을 뽑은 듯 이케가 스타트에서 뒤처졌다.

그래도 중요한 것은 제비뽑기의 내용이다. 최하위로 상자까지 도착한 이케가 제비를 뽑아 내용을 확인했다. 상위진은 이미 우왕좌왕하며 운동장에서 벗어나 지정된 목표물을 찾아 움직였다.

“우오오오오오!”

힘차게 팔을 들어 승리의 브이를 한 이케가 갑자기 스타트 지점으로 역주행하기 시작했다.

"아야노코지! 왼발 빌려줘, 왼발!"

"왼발?"

"신발이야, 신발! 내가 가져가야 할 거!"

그렇게 말하며 이케가 보여준 쪽지에는 '반 친구의 왼발(신발)'이라고 적혀 있었다.

"아니, 너한테 빌려주면 난 어떻게 뛰라고……."

"헉?!"

바로 앞까지 달려왔는데, 바로 다음에 뛸 사람에게 신발을 빌릴 수는 없다.

이케는 자신이 범한 실수에 당황하며 진영으로 달려갔다. 하지만 다른 학생들도 목표물을 찾느라 고전하고 있는지 아직 골인 지점으로 향하는 사람은 보이지 않았다. 결과적으로 운명 달리기는 제비뽑기 운으로 승기를 잡은 이케가 1위를 차지해 파란의 개막을 장식했다.

"무시하면 안 되겠군……."

그리고 수십 초 늦게 A반, 그 후에 B반이 뒤를 이었고 C반이 최하위로 들어왔다.

1조가 끝나자마자 2조의 스타트 신호가 울렸다.

치고 나가는 발 빠른 상대선수들보다 약간 뒤처져서 나도 제비뽑기 장소에 도착했다.

"자, 뭐라고 적혀 있을까……."

놓여 있는 상자에 손을 넣었다. 안에 든 종이의 양이 꽤 되었다. 잘못해서 종이를 여러 개 꺼내지 않도록 조심하면서 하나를 골라 꺼냈다. 그리고 두 번 접힌 종이를 펼쳐보았다.

'친구 10명 데려오기'

"……농담이지?"

나는 내용을 본 순간, 눈앞이 캄캄해지는 것을 느꼈다.

친구라는 대목에서 이미 충분히 난이도가 높은데, 10명? 지금 장난하나?

속으로 세어 봐도 도저히 10명은 떠오르지 않는다.

"뭘 멍 때리고 서 있어! 빨리 하라고, 아야노코지!"

1위로 들어와 우쭐해진 이케가 그렇게 소리쳤지만, 난 이러지도 저러지도 못했다.

반에서 기댈 수 있는 친구 범위에 속한 애 중 두 명(호리키타와 스도)이 부재인 시점에서 막혔다.

이치노세와 칸자키는 상대편인 입장이니 의지할 수 없고…….

"바꿔 주세요……."

규칙에 따라 쪽지 변경을 신청했다.

이미 다른 학생들은 목적물을 찾아 달리기 시작했다. 30초 대기 후 두 번째 종이로.

'좋아하는 사람'

"아니아니…… 아니아니아니."

뭐지, 이 내용은. 누가 나한테 장난치고 있다는 생각밖에 들지 않는다.

"바, 바꿔 주세요."

지켜보고 있던 D반 학생들에게서 곤혹스러워 하는 기색이 감돌았지만, 어쩔 수 없는 문제는 어쩔 수 없는 거다. 다른 아이들은 이런 내용을 뽑으면 정말 어떻게 할까?

이성에게 종이를 보여주면 그건 뭐 고백이나 마찬가지다. 설령 거짓으로 부탁한다고 해도 상당히 부끄럽다. 나는 목표물을 찾아 나서기도 전에 1분간의 핸디캡을 짊어지고 말았다.

'탁상시계'

세 번째 종이에서 겨우 현실적인 목표물을 선택할 수 있었다.

하지만 탁상시계라면 학교 안까지 들어가야 하려나……?

일단 선생님들의 텐트로 가서 시계를 찾아보았지만 아무리 해도 찾을 수 없었다.

그러는 사이에 세 명이 골인하고 말았다.

"……안 되겠다, 이거."

운에 철저히 외면 받은 결과, 나는 아무런 성과를 얻지 못하고 최하위로 들어왔다.

이것만큼은 대충하든 안 하든 상관없는 경기로군.

1

운동장에서는 오후 경기가 시작될 시점이려나.

나는 마침내 기숙사 로비에 있는 소파에 앉은 붉은 머리카락의 학생을 발견했다.

"스도."

놀라지 않게 천천히, 부드럽게 불렀다.

스도가 잠시 뜸을 들인 후 고개만 돌려 나를 쳐다보았다.

"……호리키타."

나를 보고 놀란 건 단순히 내가 여기 등장할 줄 몰랐기 때문이리라.

"네가 여기 왜 있어? ……설마 나를 설득하러 왔냐?"

"내가 설득하러 올 성격 같니?"

"그건…… 아니지만. 그럼 뭔데, 나를 혼내러 오기라도 한 거냐?"

"글쎄, 어떨까. 나보고 명확한 대답을 내놓으라고 하면 말문이 좀 막혀."

"뭐라고?"

무슨 소리인지 잘 모르겠다며 스도가 고개를 갸우뚱거렸다.

왜일까, 그토록 찾았던 스도를 찾자마자 뭐라고 형언할 수 없는 감정에 휩싸였다.

내가 어째서 이렇게까지 그를 찾아다닌 건지, 다시 한 번 뒤돌아보게 된다.

"네가 빠지면 D반은 이길 수 없어."

"그렇겠지. 지금도 위험하지 않냐?"

"맞아. 현 시점에서 최하위라는 건 추측할 수 있고, 앞으로 역전하려면 추천 경기에서 계속 1위를 해야 할 필요가 있어. 그렇게 해도 1등이 되는 건 거의 불가능해."

우리 반에는 스도처럼 빼어난 운동신경의 소유자가 있긴 하지만 종합적으로 봤을 때 다른 반만 못하다는 것이 증명되고 만 체육대회였다.

"내가 그렇게 열심히 이끌었는데 말이야, 젠장 맞을. 히라타 놈……."

"네 폭주를 막은 그는 잘못이 없어. 오히려 감사해야 할 일이야. 만에 하나 류엔에게 주먹을 날리기라도 했다면 넌 체육대회 자체에 실격 처리되었을지도 몰라."

"당하고만 있는 건 참을 수 없다고. 그 녀석이 한 짓은 반칙이란 말이야."

"넌 비록 언동에 문제는 있어도 이번 체육대회를 정말 진지하게 임했잖아."

이번에 그는 그답지 않은 행동을 보여주었다. 그건 일종의 기적이었다. 반 아이들을 위해 익숙하지도 않은 리더를 맡아 반을 이끌고 체육대회에 도전했다. 발끈해서 쉽게 달려드는 성미는 평소와 똑같지만, 그 근원에는 이기고 싶다는 마음이 있어서였다. 참가하지 못한 200미터 달리기를 제외하면 전부 1위였다는 건 봐서 알았고, 단체전에서도 혼자 압도적인 힘을 보여주었다는 걸 멀리서도 알 수 있었다. 그 점은 스도를 인정하고 평가해줘야만 한다.

"하지만 반성해야 할 점도 많아. 지금 네가 혼자 있다는 게 무엇보다 큰 증거야."

"뭐야, 그게."

"만약 네가 모두에게 의지가 되고 신뢰받는 존재였다면 분명 여기에 내가 아닌 다른 애들이 우르르 몰려와 있었겠지. 널 설득해서 돌아오게 하려고 말이야."

스도는 내 말에 다시 발끈했는지 테이블을 살짝 발로 찼다.

"그런 태도가 문제인 거야. D반은 항상 너한테 휘둘리고 있어. 중간고사, C반과의 다툼. 그리고 이번에 적반하장으로 휘두른 폭력. 그런 걸 반복하니까 아무도 널 따라 오지 않는 거야."

"진짜 설교하러 왔냐? 지금은 좀 봐주라, 호리키타. 나 엄청 열 받은 상태거든."

체육복이 스치는 소리가 여기까지 들릴 정도로 심하게 다리를 떨며 필사적으로 짜증을 발산하고 있는 스도.

"미안하다고 생각하지만 말이야, 스스로 충동을 억누를 수 없으니 어쩔 수 없잖아."

"그래 가지고 잘도 모두를 이끌어가려고 생각했구나."

"애초에 내가 하고 싶다고 말한 것도 아니고. 다른 녀석이 부탁한 거니까."

"그래도 받아들인 이상 일정 책임이 발생하지."

"시끄러워. 내가 알 바 아니야, 그딴 거."

"넌 여전히 어린애야. 그건 사회에서 용납할 수 없는 일 아닐까?"

"시끄럽다고!"

스도가 소리를 질렀다. 나를 강렬하게 노려보며 눈빛으로 입을 다물라고 위압했다. 하지만 나는 꿈쩍도 하지 않았다.

"쳇⋯⋯뭐야."

다른 사람 같으면 움찔했겠지만, 미동도 보이지 않는 내게 스도가 졌다는 듯 시선을 피했다.

"넌 결점이 다 드러나 있어서 참 알기 쉬워. 공부를 안 하면 어떻게 될까. 폭력을 휘두르면 어떻게 될까. 뭐 그런 앞날을 상상하는 능력이 결여되어 있어."

"아, 이제 다 끝났다고! 적당히 좀 해라! 토 나올 것 같고, 설교는!"

스도는 이 학교에 남고 싶다, 잘 해나가고 싶다고 생각하고 있다.

그래도 폭력 사건을 일으키고 만 건 뭔가 배경이 있어서겠지.

그 원인과 요소를 모르면 스도는 언제까지고 계속해서 그런 행동을 반복하리라.

내가──── 늘 혼자 있기를 바란 것처럼.

그래서 나는 그가 싫어해도 말을 멈출 수 없었다. 지금 이 자리에서 그의 모든 것을 꿰뚫어보았다.

"마음에 안 들면 나를 때려도 좋아."

"뭐라고? 그게⋯⋯ 가능할 리 없잖아⋯⋯."

"여자라서? 말해두지만 난 강해. 네 주먹이 닿기도 전에 널 때려눕힐 거야."

"반격할 생각으로 꽉 찼군……. 진짜, 엄청 특이한 여자애야, 넌. 네 말대로 다른 애들은 날 뒤쫓아오지 않아. 그런데 너만은 와줬지."

그건 아야노코지에게 설득 당했기 때문이기도 한데.

다만, 나 스스로 납득해서 지금 이 자리에 서 있는 거니까 그 얘기를 할 필요는 없다. 조금이나마 마음이 풀렸는지 스도가 화를 진정시키며 말을 흘렸다.

"내가 리더를 받아들인 이유는 말이지, 운동을 잘하면 체육대회에서 쉽게 이길 거라고 생각했기 때문이야. 실제로 난 다른 반 애들한테도 지지 않았어. 새삼, 개인전이라면 그 누구에게도 지지 않을 거란 자신감이 붙었지. 하지만 말이야, 발목 잡는 녀석이 있으면 어떻게 손 쓸 방법이 없는 게 단체전이야. 장대 눕히기도 기마전도, 쓸모없는 녀석들 때문에 졌어. 그걸 참을 수가 없단 말이지."

불평하고 싶은 상황이었다는 것은 나도 잘 안다. 스도는 물론 학년에서도 월등한 운동 신경을 가지고 있다. 하지만 그런 스도에 맞출 수 있는 실력자가 주위에 없다.

"네가 잘하는 분야에서 지기 싫어 한다는 건 나도 봐서 잘 알아. 하지만 그게 전부니?"

운동으로 누구에게도 지고 싶지 않을 뿐이라면 리더를 맡을 필요가 없었다. 단체전에서 고전하리라는 것도 스도의 눈에는 보였을 터. 즉, 다른 이유도 분명히 숨어 있다는 얘기다.

살짝 고민에 빠진 듯 고개를 갸웃거리던 스도는 금방 대답을 내놓았다.

"……주목 받아서 존경이라고 하나? 뭐, 그런 걸 모으고 싶었던 기분도 솔직히 있었을지 모르겠다. 지금까지 나를 바보 취급 하던 녀석들에게 보란 듯이 갚아주고 싶었고…… 촌스럽지."

냉정해지자 자신의 욕망 그리고 그것을 수행하지 못하고 내팽개쳐버린 현실을 그제야 깨닫고는 새빨갛게 물들인 머리카락을 마구 쥐어뜯었다.

"이걸로 나도 완전히 고립된 건가. 뭐, 상관없어. 그냥 중학교 때로 돌아가는 것일 뿐이니까."

"…………."

그런 스도의 말을 들은 나는 일단 침묵했다.

과연 내 설교 같은 말 따위가 그의 마음에 전해졌을까 하는 생각이 들어서.

아야노코지에게 논파 당하고, 류엔에게 지고, 오빠도 나를 봐주지 않는다.

그런 나였으니 그에게 뭐라고 할 자격이 없는 것처럼 느껴졌다.

줄곧 수준이 낮다고 여겼던 상대가, 그렇지 않다고 느끼기 시작했기 때문이다.

물론 스도는 치졸하고 앞뒤 생각하지 않고 몸부터 나가는 타입이다. 감당하기 벅찬 성격이다.

하지만── 다르게 보면 계속해서 고독과 맞서 싸워온 인간이기도 하다는 것을 알았다.

고독과 맞설 용기를 지닌 그는 나보다 훨씬 대단한 사람일지도 모른다.

나는 내 말이 전해지지 않을까 봐 불안해하면서도 열심히 말을 쥐어짜냈다. 서툰 대화를 계속 이어나갔다.

"……이상하네. 나랑 네가 가진 감정은 기본적으로 같아."

"뭐? 뭐야, 그게."

"누군가가 나를 우러러봤으면 좋겠다는 감정. 혼자 계속 싸우기를 희망하는 마음. 나한테도 있어."

일종의 모순을 껴안고, 그래도 고독과 계속해서 싸워온 그와 나는 닮았다.

"돌이켜 생각해보면 징조가 있었어. 중간고사 때 난 너를 포함해 공부를 못하는 애들에게 짜증을 느꼈지. 당연한 것도 못하는 애들한테 열이 받았어. 조금도 협력해주고 싶지 않았지. 이번 체육대회에서 네가 나보다 훌륭할 정도야. 적어도 운동을 못하는 애들을 이끌어줬으니까."

공부와 운동. 대조적인 관계이지만 기본적으로는 같을지도 모른다.

내가 당시 스도 일행에게 느꼈던 것을, 지금 스도가 강하게 실감하고 있다.

"그럼 내 기분 알 거 아니야. 지금은 혼자 있고 싶다고."

"그렇게 해주고 싶은 마음이야 굴뚝같아. 하지만 지금 네가 빠지면 D반은 패배가 확정적이야."

스도 개인의 문제만 있는 게 아니다. 반의 승패와 크게 관련되어 있다.

"너도 처음에 나처럼 반을 내버려뒀잖아. 나한테 그렇게 말할 자격 따위 없다고."

짧게 일축한 스도는 천천히 소파에서 일어섰다.

"……그러네."

그렇다, 그래서 내 말에는 무게감이 없다. 직전의 직전까지도 스도와 같은 생각이었으니까.

"실망했지. 하지만 늘 그래왔어. 난 쓰레기 같은 부모에게서 태어났으니까, 나도 쓰레기인 거야. 절대 닮지 말아야지 하고 생각했는데 점점 닮아가고 있어……."

방으로 돌아갈 생각인지 스도가 모든 것을 포기한 눈으로 나를 한 번 쳐다보았다.

그 모습을 본 내가 어떤 말을 건네야 좋은 걸까. 이제 나도 잘 모르겠다.

"쓰레기에게서 태어난 인간은 역시 쓰레기라는 네 생각은 틀렸어. 그 사람이 어떻게 되든 남 탓을 하면 안 돼. 그건 자기가 스스로 정하는 거야. 너의 그런 생각은 인정할 수 없어."

그렇게 강하게 부정했다. 이해하면서도 부정해야 한다고 느꼈다.

"천재의 여동생도 천재였다면 얼마나 고생을 안 할까……."

"그게 무슨 뜻이야?"

"……너는 아직 아무것도 아니야. 뭔가가 되는 건 자기가 하기에 달렸어. 적어도 스포츠 분야에서 넌 뛰어난 재능을 가지고 있어. 말투는 난폭한 게 사실이지만 연습할 때도 애들한테 충고를 아낌없이 해주었지. 그 모습을 봤기 때문에 난 네가 형편없는 인간이 아니라는 걸 잘 알아. 하지만 지금의 너는 최악이야. 현실로부터 눈을 돌려 도망치려고 하고 있어. 만약 이대로 계속 도망만 친다면 난 너한테 정말로 쓰레기라는 낙인을 찍을 거야."

"그럼 그냥 네 맘대로 쓰레기 낙인을 찍어버려. 난 이제 아무래도 좋으니까."

"생각대로 안 됐다고 해서 바로 포기하는구나."

아무리 강하게 말을 던져도 그로부터 의욕이 되살아나는 말은 돌아오지 않았다.

마음을 꾹 닫고 말았는지, '나로서는' 그 문을 열기가 불가능했다.

점심시간 종료를 알리는 벨이 울렸다. 오후 경기의 시작을 알리는 신호.

이렇게 해서 스도가 운명 달리기에 늦지 않게 도착하기란 불가능하다는 것이 확정되었다.

"돌아가라, 호리키타."

"아니야. 너랑 같이 돌아갈 때까지 나도 안 가."

"그럼 마음대로 하든지."

멈췄던 발을 다시 움직여 엘리베이터에 올라타는 스도.

"네가 돌아올 때까지 여기서 기다릴게. 계속."

"……마음대로 해."

굳게 닫히는 엘리베이터 문. 나는 끝까지 그의 모습에서 눈을 떼지 않았다.

2

"후우…… 아깝다. 조금만 더 했으면 B반한테 이길 수 있었는데……."

"그렇지."

스도가 빠진 상태로 사방 줄다리기를 끝마친 우리는 대체 선수마저 장렬히 전사했다. 승리를 향한 일말의 가능성을 믿고 한 도전이었지만 패배. 우리 앞으로 들이밀어진 최하위라는 결과.

반 전체적으로도 종합 평가를 결정짓는 흐름이 되었지만, 무엇보다도 뼈아픈 타격을 입은 사람은 히라타였다. 운명 달리기와 마찬가지로 대역 포인트를 부담했기 때문에 거액의 포인트를 잃고 말았다. 어느 경기도, 절대적 에이스인 스도 없이 도전해야만 한다는 건 무척 괴로운 일이었다.

"스도는 아직도 안 돌아온 모양이네."

"히라타, 다음 경기에서도 포인트를 대신 부담할 생각이야?"

"그렇게 해야 할 필요가 있으니까. 어쩔 수 없는 지출이야."

그렇게 말했지만 히라타는 지금까지 총 3번의 지출을 부담했다. 운명 달리기와 사방 줄다리기에 참가 예정이었던 스도의 것이 2번. 사방 줄다리기에 참가 예정이었던 호리키타의 것이 1번으로 결코 값싸지 않았다. 다음에도 그렇게 된다면 총 50만 포인트. 아무리 프라이빗 포인트를 많이 가지고 있다고는 해도 자기 포인트를 너무 많이 쓴다.

"뭐…… 스도는 그렇다 치고 호리키타는 나중에 자기가 부담하겠지만."

부재라고는 하나 히라타가 포인트를 대신 낸 상태 그대로 내버려둘 사람이 아니라는 것만은 단언할 수 있다. 다행히 그 녀석은 히라타처럼 지난 시험에서 다량의 포인트를 획득했고 말이지.

"이제 그만, 참가하는 애들이 부담하게 하는 편이 낫지 않아?"

"그럴지도 모르지만 10만 포인트는 너무 큰 액수이고 모으는 게 쉽지 않으니까. 멋대로 대체 선수로 세운 것도 나고, 포인트를 내라고 요구할 수는 없어."

게다가 히라타는 스도에게 맞았다. 그런데도 히라타는 거기에 대해 전혀 아무 생각이 없어 보였다.

"반의 승리도 그렇지만, 상위 입상이어야 앞으로 시험에서 유리해져. 어쨌든 경기에 나가는 것보다 더 좋은 선택지는 없어. 자기보고 내라고 하면 안 나가려고 할 애들두 많을 테고."

하긴, 시험 점수가 필요한 학생은 대체로 포인트 부족으로도 고민하고 있다. 물론 점수는 원하지만, 하위에 그치면 오히려 시험이 불리해질 수도 있으니 주저하겠지. 포인트도 잃고 점수도 잃게 되면 차마 눈 뜨고 볼 수 없을 테니 말이다.

이제 남은 경기는 남녀 혼합 이인삼각 그리고 대미를 장식할 1,200미터 릴레이였다.

히라타는 참가 희망자가 없는지 물어보려고 했다. 그러기 전에 쿠시다가 달려왔다.

"저기, 히라타. 나도 도울 수 있을까? 이인삼각에 참가하고 싶어. 물론 포인트는 내가 낼게 ……안 되려나?"

"뭐라고?"

자진해서 나선 사람은 의외로 쿠시다였다.

"히라타에게만 부담을 줄 수 없어. 그리고 호리키타랑 스도를 위해서라도 공헌하고 싶다고 할까……."

"그거야 물론 쿠시다라면 운동신경도 좋고 얼마든지 환영이지."

"고마워. 그럼 차바시라 선생님께 가서 호리키타 대신 뛰겠다고 말씀드리고 올게."

쿠시다는 그렇게 말하며 다시 달려갔다.

"그럼 남은 건 남자네. 물어보고 올게."

"저기, 히라타. 이 경기, 내가 스도 대신 나가도 돼? 포인트도 낼게. 이겨서 반에 공헌한다는 보장은 없지만 그래도 괜찮다면."

"그건——응. 물론 상관없는데…… 그렇게 해도 괜찮겠어?"

"너한테만 부담하게 하는 건 마음에 걸리니까. 그리고 다음 시험은 좀 불안해. 1점 정도는 확보해두고 싶다는 불안한 마음도 있어서 말이야."

허락을 구한 나는 곧바로 쿠시다를 뒤쫓아 달렸다. 그리고 이미 차바시라 선생님과 이야기를 진행 중인 사이에 끼어들었다.

"스도를 대체할 선수는 너냐, 아야노코지."

"네."

"방관하는 걸 좋아하면서 의외의 행동을 하는구나."

"스도 대신 참가할 사람이 아야노코지라니. 잘 부탁해."

"나도 잘 부탁해. 별로 빠른 편은 아닌데 그 부분은 미리 양해를 구할게."

"이인삼각은 단순한 속도보다 호흡을 맞추는 플레이라고 생각해."

그런 대화를 나누며 우리는 곧바로 경기 준비를 하러 장소를 이동했다.

"얏호, 아야노코지, 그리고 키쿄까지. 우리 같은 조에서 뛰나봐~."

그렇게 말하며 다가온 사람은 이치노세. 그리고 시바타 두 사람이었다.

"와, 강적이네. 두 사람이 같이 뛰다니……."

"시바타는 그렇지만 난 별로 못 하는걸? 아직 한 번도 1위해본 적도 없고."

"그래? 의외네."

"2위를 한 번 했고, 나머지는 4위랑 5위만 했어. 원래는 다른 애가 나갈 예정이었는데, 오전 200미터 달리기에서 다리를 삔 모양이어서. 올해는 꽤 다치는 사람이 많은 것 같아."

아무래도 B반에서도 결장자가 나온 모양이다. 두 사람은 즉석에서 만들어진 팀인가.

"시바타, 이제 묶을까?"

"오케이."

사이좋게 끈을 묶기 시작하는 B반 콤비.

"그럼 우리도……. 음, 끈 묶는 거 너한테 맡겨도 될까? 남자가 마음대로 하는 것도 좀 거부감이 들어서 말이야."

"좋아. 그나저나 이상하네, 호리키타랑 연습할 때는 아야노코지가 묶었으면서."

항상 생각하는 건데 반 아이들을 참 유심히도 관찰하고 있군.

"그 녀석은…… 뭐, 예외야. 다른 애랑은 그렇게 할 수 없지."

"특별한 존재, 뭐 그런 거야?"

특별한 존재라고 할까 특별한 입장인 것은 사실이지만, 뭐라고 설명하기 힘들다.

"그보다도 호리키타가 스도를 찾으러 갔다니, 믿기지가 않네……. 뭐랄까, 호리키타는 수업 같은 거 절대 빠지지 않

잖아?"

"나도 의외였어."

"하지만 별로 놀란 것처럼 보이지는 않는데."

쿠시다는 쭈그려 앉아 내 발에 끈을 묶으며 말했다.

"원래 난 얼굴에 잘 안 드러나니까."

"포커페이스라는 거지?"

"쿠시다."

"조금만 더 기다려줘. 이제 거의 다 묶어가니까."

깔끔하게 다리를 묶으면서 쿠시다가 귀여운 목소리로 그렇게 대답했다.

그런 쿠시다에게 나는 불시에 말을 꺼내보기로 했다.

"너지? D반 참가표를 C반에 유출한 배신자가."

"……어머나, 아야노코지. 갑자기 왜 이래? 농담이라도 너무 심해."

"나 봤어. 네가 칠판에 쓴 참가표 일람을 휴대폰으로 촬영하는 거."

"그건 잊지 않으려고 기록한 것일 뿐이야. 내 순서를 잊어버리면 안 되니까."

"자기 순서를 손으로 써서 메모할 것. 그렇게 하기로 정했었잖아."

"그랬나? 미안해, 깜박했나 봐."

끈을 다 묶은 쿠시다가 천천히 일어서더니 평소와 다름없는 미소로 나를 쳐다보았다.

"설마 그래서 나를 의심하는 거야?"

"미안하지만 나는 확신해. 그게 아니면 이렇게까지 보기 좋게 C반한테 당할 리 없지."

이렇게 단둘이 있을 수 있는 시간은 제한적이다. 이야기를 하기에는 절호의 기회인 셈이다.

"으음, 하지만 말이야, 설령 D반의 참가표를 누군가 유출했다고 해도, 꼭 C반이 보기 좋게 우릴 이긴다고 할 수만은 없지 않아?"

"그렇지."

물론 C반이 모든 경기에서 월등히 앞선 건 아니니까 진실은 알기 어렵다. D반의 작전을 전부 간파해도 이길지 어떨지는 A반과 B반 멤버에도 좌우되기 때문이다. 그래도 승률이 확 올라갈 수 있는 것 역시 사실이다.

"그런데 아야노코지. 설령 반의 정보를 유출한 범인이 나라고 치고── 휴대폰 촬영이 결정적인 방법이었다면 넌 참가표가 유출될 걸 알고 있었다는 거잖아? 그런데 어째서 나중에 참가표를 바꾸자고 하지 않았어? 나중에 새 참가표를 제출해서 대처했으면 됐을 거 아니야? 그럼 내가 촬영한 참가표는 그전의 것이 되니까 의미가 없어질 텐데?"

"그건 무의미하지. 배신자가 D반 애라면 어떻게든 될 테니까."

"그 말은?"

"예를 들어 네 말처럼 기간 내에 참가표를 바꾼다고 하자.

그리고 입을 다물고 새 참가표를 제출했다고 해도, D반 아이라면 그걸 언제든지 확인하고 열람할 수 있어. 차바시라 선생님에게 참가표를 보여 달라고 하면 반의 권리로서 볼 수 있을 테니까."

언제든지 리스트 확인 정도는 인정될 것이다.

즉 뒤에서 공작해도 결국 참가표를 다시 확인하면 작전을 알 수 있다.

쿠시다…… 아니, 류엔이라면 반드시 그렇게 할 것이다.

"하지만 진짜 참가표를 아슬아슬한 순간까지 감추고 있다가 제출하면 나중에 그걸 본 애가 있어도 손댈 수 없지 않아? 역시 미연에 방지할 수 있었을 거라고 생각해."

"그럼 참가표를 유출하는 건 못 할지도 모르지. 거기까지는 생각이 안 미쳤어."

"아, 하지만 그런 걸 마음대로 해버리면 나중에 다른 애들이 혼란스러워 하려나…… 안 되겠네."

그건 나쁜 아이디어가 아니다. 이 참가표를 둘러싼 스파이 활동을 무효로 만들려면 미리 손을 써둘 필요가 있었다. 과연 쿠시다의 말처럼 마감 직전에 참가표를 바꿔서 제출하면 정보를 얻어도 이미 마감된 후이기 때문에 효과를 기대할 수 없다. 하지만 그렇게 한다면 아무것도 모르는 다른 아이들이 혼란에 빠질 것이다. 모두 함께 정한 것을 멋대로 바꾼 데 대한 반감도 있겠지. 그러니까 거기까지 파악해서, 이를테면 유출될 가능성을 처음부터 고려해 반에서 여러 개의 참가표 패턴을 만들어두는 게 이상적이다. 그렇게 해서 어느 것을 제출해도 문제없이 싸울 수 있게 해두는 것이다. 이 방법이라면 유출에 대비할 수도 있고 반 내에서도 반발이 일어나지 않을 것이며, 상대도 랜덤으로 낸 참가표로는 어떻게 손 쓸 방법이 없다. 완벽한 유출 작전 망치기가 가능했다.

"이야기의 흐름은 알겠지만 난 범인이 아닌걸? 그리고 반 친구를 의심하고 싶지도 않아."

"그럼 나중에 차바시라 선생님에게 확인해볼까? 참가표를 제출한 후에 일부러 리스트를 보러 온 학생이 있었는지? 만약 있다면 그 사람이 범인일 가능성이 다분하지."

특히 휴대폰으로 촬영했다고 자백한 쿠시다가 보러 왔다면 의심은 한층 커진다.

"…………."

입을 꾹 닫은 쿠시다에게서 처음으로 미소가 사라졌다. 즉 확인했다는 암묵적인 대답.

하지만 곧 의미심장한 미소를 떠었다.

"——후훗. 역시 보통내기가 아니네, 아야노코지는."

쿠시다가 웃었다. 거기에는 예전에 봤던, 내가 모르는 쿠시다의 얼굴이 있었다.

"들켰으니 어쩔 수 없네. 그래, 맞아. 내가 참가표 정보를 흘렸어."

"인정하는 거야?"

"그래. 차바시라 선생님에게 물어보면 확실하게 들통 날 테니. 시간문제니까. 그리고 내가 진실을 말해도 넌 사람들에게 밝히지 않을 거라는 확신이 있는걸. 설마 잊은 건 아니겠지? 아야노코지가 만진 내 교복. 만약 그게 세상에 알려지면 네가 힘들어지지 않을까?"

쿠시다가 배신자라고 누군가에게 말하면 내 지문이 묻은 교복을 학교에 제출하겠다는 협박이다.

"하긴 난 네가 범인이라고 밝힐 수 없어. 하지만 이왕 이렇게 된 거 가르쳐주라. 배 위에서 치렀던 시험. 그것도 네가 류엔을 통해 모든 학생에게 네가 우대자라는 걸 알렸으니까 나온 결과 맞지? 그리고 유출한 보답을 류엔에게 요구했고."

"그 보답이라니? 반을 배신하면서까지 내가 뭘 하려고 했는지 아는 거야?"

"이번 체육대회에서 이렇게까지 노골적으로 움직이면 싫어도 보이지. 네가 예전에 나한테 부탁하려고 했던 것도 그거랑 똑같은 거지?"

"오호호…… 그래, 그렇구나. 정말 아야노코지는 다 알아버렸구나."

"그래. 네가 어째서 반을 배신하는 건지. 그 명확한 이유를 알고 싶어."

"내가 『호리키타 스즈네』를 『퇴학』시키고 싶어 하는, 그 이유 말이지."

"집요하게 호리키타를 노리는 이유만은 도저히 모르겠으니까."

체육대회 전에 당사자들끼리 해결하길 바랐지만, 그렇게 일이 술술 풀리지는 않았다.

"미안하지만 난 호리키타가 퇴학당하게 만들 거야. 이건 무슨 말을 듣든지 간에 절대 변하지 않는 생각이니까."

"그러니까 그걸 위해서라면 D반을 밀어 넘어뜨려도 된다는?"

"그래. 난 A반에 못 올라가도 좋아. 호리키타가 퇴학만 당한다면 그걸로 만족이거든. 하지만 착각하지는 말아줘. 호리키타가 없어지면 그때는 반 애들이랑 똘똘 뭉쳐서 A반을 목표로 할 거니까. 그건 약속할게."

아무래도 쿠시다를 말리기란 불가능해 보인다. 그만큼 강한 의지를 지닌 이 녀석은 배신행위를 하고 있다. 필요하다면 카츠라기와 이치노세, 사카야나기 같은 인물에게도 접근하겠지.

"아, 하지만 딱 하나 생각이 바뀐 게 있어. 그것도 방금. 바로 아야노코지도 내가 퇴학 시키고 싶은 사람 리스트에 들어갔다는 거야. 즉, 두 사람을 배제한 후에 A반을 목표로 삼을게."

늘 봐도 질리지 않는 미소를 선보이며 그렇게 말했다. 눈부실 정도로 아름다운 표정이다.

"류엔이 너에 대해 폭로할 가능성은 생각 안 해봤나?"

"나도 바보가 아니니까 그리 쉽게 증거를 남기는 짓은 안 해. 류엔은 아무렇지 않게 사람을 함정에 빠트리고 거짓말도 일삼으니까. 뭐, 배신당할지 어떨지는 도박이긴 하지만 말이야."

그래도 얼마든지 넘길 방법이 있다고 말하고 싶은 듯하다.

쿠시다는 진심으로 호리키타를 망가뜨릴 셈이군.

이 학교의 구조상, 같은 편에 배신자가 있는 것만으로 절망적인 싸움이 반복되어 버린다.

참가표 순서도, 전략도, 모든 정보가 다 새어나갔다. 이런 상황에서 이기라고 말하는 것은 너무 무지막지하다.

뭐…… 배신자가 있다는 전제로 전략을 세우지 못한 쪽에도 문제는 있지만. 정말 우수한 인간이라면 배신자를 이용해서 이길 만큼 대담하게 행동하는 법이다.

"체육대회에서 호리키타, 완전히 엉망진창으로 당했지. 도와줄 수 없어서 안타깝지 않아?"

글쎄, 어떨까. 그렇게 짧게 대답한 후 우리는 서로 적대시하면서도 이인삼각에 도전했다.

3

스도가 내 앞에서 사라진 지 1시간 정도가 지났다. 프로그램을 순조롭게 소화하고 있다면 슬슬 최종 경기가 코앞까지 다가왔을 것이다. 스도가 빠진 구멍은 결코 작지 않다.

히라타를 비롯한 아이들이 건투하고 있을 모습은 쉽게 상상이 갔지만 결과는 기대가 되지 않는다.

무력한 나는 그저 멍하니, 막연하게 서 있는 것밖에 할 수 없었다.

나는 줄곧 엘리베이터 앞에 서 있을 수밖에 없었다.

진영으로 돌아가 기권을 알린다고 해도 나는 대역에 필요한 포인트를 낼 능력도 없다. 가지고 있는 포인트는 전부 나중에 류엔에게 몰수당할 테니까. 즉 대신 참가할 아이 대신 포인트를 내줄 수도 없다. 돌아가 봐야 무력한 존재니까.

하지만 그 자리를 떠나지 못하는 이유는 그것이 전부가 아니었다.

혹시라도 내가 이곳을 떠난 뒤에 스도가 돌아오면 분명 실망할 테니까.

그리고 D반의 패배가 거의 확실시된 시점에서도 내가 할 수 있는 일을 하고 싶다고 생각했다.

스도가 돌아올 거라고 믿었다.

단지 그것뿐이다.

그리고 그 생각은 결실을 맺었다.

"너…… 진짜 계속 기다렸냐."

"드디어 돌아왔구나, 스도."

냉정한 태도를 보였지만, 내심 기뻤다.

엘리베이터에 타고 있는 스도의 모습을 카메라 모니터를 통해 보았을 때, 무심코 목소리가 나왔을 만큼. 엘리베이터

안을 확인할 수 있는 모니터가 있어서 다행이라고 속으로 생각했다. 마음을 진정시킬 시간을 벌 수 있었으니까.

"이미 끝난 거 아니냐, 체육대회."

"그럴지도 모르지. 하지만 지금이라도 돌아가면 혹시라도 남은 경기에 늦지 않게 도착할 수 있을지도 몰라."

"그런 거 나가서 뭐 어쩌게. 이미 패배가 확정된 거나 마찬가지인데."

"물론 이번 체육대회, 우리 D반은 상상 이상으로 형편없는 결과가 기다리고 있겠지. 난 다쳐서 기권했고, 코엔지는 처음부터 참가하지 않았고. 스도도 도중에 기권했어. 반 애들도 다른 반에 비하면 승률이 안 좋아."

역전의 희망을 안고 도전하고 싶었던 추천 경기도, 분명 참담한 결과이리라.

"네가 여기 돌아온 건 다시 경기에 돌아가기 위해서라고 생각해도 될까."

"아니야. 혹시 네가 아직도 기다리나 싶어서 그걸 확인하러 온 거야……."

"그래. 난 한 시간 동안, 너를 기다리는 동안에 머릿속으로 여러 가지를 정리했어. 나는 어떤 인간인지, 너는 어떤 인간인지. 그걸 다시금 생각해봤어. 역시 나와 넌 닮았다고 말이야."

혼자가 되어 마음이 차분해지자, 겨우 그 답이 명확해진 기분이 들었다.

"공통점 같은 건 하나도 없어. 너랑 나는 너무 달라."

"아니. 너랑 나는 많이 닮았어. 생각하면 할수록 그런 생각이 들어."

그것은 거짓말 따위가 아닌, 내 진심에서 우러나온 말이었다.

"늘 혼자야. 늘 고독해. 하지만 할 수 있다고 믿고 행동해왔어. 나랑 너에게 차이가 있다면 그건 인정받고 싶다고 생각하는 대상이 한 사람이냐 많은 사람이냐 하는 것뿐이야. 학생회장에 대한 건 전에 들어서 알고 있겠지?"

"아아. 그 잘난 녀석 말이지. 엄청난 녀석 같던데."

"그 사람, 우리 오빠야."

"……뭐? ……그러고 보니, 싸웠댔나 뭐랬나…… 그랬었지?"

나는 생각을 떠올리는 스도에게, 혼잣말처럼 오빠에 대해 이야기하기 시작했다.

"우리는 사이좋은 남매와는 거리가 아주 멀어. 그 원인은 내 능력부족 때문이지. 우수한 오빠는 무능한 나와 얽히는 걸 싫어해. 그래서 난 우수해지려고 열심히 노력했어. 공부도 운동도. 지금도 그렇고."

"자, 잠깐만 있어봐. 너는 머리도 좋고 운동도 잘하잖아?"

"일반적으로 보면 그렇지. 하지만 오빠 입장에서는 별로 대수롭지 않고, 당연한 영역이거든."

아마도 오빠는 중학교 1, 2학년 때 지금의 내 수준에 도달했으리라. 아니면 더 빨랐거나.

"오빠를 뒤쫓아가기 위해 나는 주위에 눈길도 주지 않고 달려왔어. 그 결과 늘 외톨이. 뒤돌아보면 아무도 나를 따라 와주지 않았어. 그래도 좋다고 생각했어. 나만 우수하면 언젠가 오빠가 대답해 줄 거라고 믿었으니까. 이번 체육대회도 나는 타산적인 걸 생각했어. 많은 경기에 나가서 활약하면 오빠의 마음에도 들 거라고. 릴레이에서 마지막 주자로 달리고 싶다고 한 것도 이유는 단지 그것뿐이야. 그렇게하면 말을 걸어주거나 응원해주지 않을까 하고 옅은 기대를 품었어. 반을 위해서라든가, 나를 위해서라든가, 그런 건 솔직히 나중 문제였어."

스도의 약한 면과 마주함으로써, 나는 내 약한 면과 겨우 마주할 수 있었다.

"인정해주지 않는다고? 그렇게 노력해도?"

"응. 전혀. 하지만 이제야 알겠어. 난 우수하지 않아. 체육대회에서도 류엔에게 실컷 당하기나 하고, 뭐 하나 만족스러운 결과를 남기지 못했어. 그런 나를 오빠가 인정해 줄리 없지. 내가 A반을 목표로 하는 건 오빠에게 인정받기 위해서야. 그건 바뀌지 않아. 하지만 그걸 위한 수단이 잘못됐다는 걸 깨달았어. 혼자는 안 돼. 같이 할 친구가 있을 때비로소, 그 정점에 다가갈 수 있을지도 모른다고 말이야."

"포기하지 않는 거냐."

"너랑 나에게 다른 점이 있다고 한다면 그 부분이겠지. 난 절대 포기 안 해. 오빠에게 인정받기 위해, 부끄럽지 않은 사람이 되기 위해 노력할 거야."

"많이 힘들 텐데. 그 길……."

"그렇지. 이 세상에 나 혼자만 있었다면 분명 힘들지 않고 편했을 텐데 말이야. 하지만 그런 걸 생각해봐야 아무 소용 없어. 이 세상에는 나 혼자만 있는 게 아니야. 이 세상에는 몇십 억이나 되는 사람이 존재하고 있고, 주변에만 해도 무수한 사람이 있지. 도저히 무시할 수 없어."

사람은 혼자서 살아갈 수 없다. 반드시 누군가와 함께 걸어 나가야만 한다.

이 체육대회는 D반에 있어서 시련인 동시에 고마운 것이었다.

"내가 말했지. 넌 또 폭력 행위를 반복할 거라고. 그리고 널 내팽개쳤어. 하지만 그게 아니었어. 그건 정답이 아니었어. 만약 네가 또 길에서 이탈하려고 한다면 그때는 내가 데리고 돌아올게. 그러니까 졸업할 때까지, 네 힘을 나에게 빌려줘. 나도 너를 온힘을 다해 도울 걸 약속할 테니까."

눈을 바라보았다. 피하지 않고 똑바로 보았다. 내 결의를 받아주길 바랐으니까.

"아까까지는 전혀 안 그랬는데…… 어째서 지금 네 말은 그렇게 무겁게 들리는 거지."

"솔직하게 인정했으니까 그런 건지도 몰라. 난 사실은…… 형편없는 인간인데, 거기에서 시선을 돌리고 있었다는 걸."

당당하게 행동할 뿐, 그런 이야기를 남에게 할 수는 없다. 하지만 같은 존재라면 이야기는 다르다.

"다시 한 번 말할게, 스도 켄. 내게 네 힘을 빌려줘."

"호리키타……."

스도는 두 주먹을 불끈 쥐더니 자신의 두 뺨을 퍽 때렸다.

"아…… 뭐지, 이 느낌. 잘 모르겠지만, 눈이 번쩍 뜨이는 기분이다……."

그렇게 말하고 내게 한 걸음 다가왔다.

"협력할게, 호리키타. 나는…… 나는 농구 말고 처음으로 내 존재의 의미를 인정받은 기분이 들어. 네 그런 마음에 보답하고 싶다."

그 말에 나는 미소가 저절로 지어지는 것을 알았다. 처음으로 찾아온 감정.

이 가슴 벅찬 느낌은 뭘까. 우정이나 사랑 같은, 그런 종류가 아니라는 것만은 알겠다.

그런 것과는 다른…… 그렇다, 부끄러움을 무릅쓰고 말하자면 동료라는 존재가 생겼다.

아야노코지와도 오빠와도 다르다. 내게 부족했던 것.

분명, 그건 여전히 부족하다.

하지만 지금 작지만 최초의 한 걸음을 내디딘 게 아닐까.

이름	카무로 마스미
반	1학년 A반
학적번호	S01T004714
동아리	미술부
생일	2월 20일

평가

학력	C
지성	D+
판단력	B−
신체능력	B+
협조성	D

면접관 코멘트

학력과 지성은 모두 평균인데, 말수가 적고 협조성이 부족하다. 또한 언동 역시 개선할 필요가 있어 보인다.

담임 메모

얌전하고 반에 방해되는 행동 등을 전혀 하지 않는다. 하지만 친하게 지내는 친구가 거의 없다는 점이 확인되고 있다.

○시대의 변동

후반전의 마지막, 이번 체육대회의 대미를 장식할 1,200미터 릴레이가 시작되려 하고 있었다. D반 이외에는 열기가 최고조에 달했다.

"마지막 경기네…… 이것도 대역을 세울 필요가——."

"하아, 하아. 미안해, 많이 기다렸지! 어떻게 돼가고 있어?!"

숨을 헐떡이는 스도, 그리고 조금 뒤처져서 호리키타도 돌아왔다.

"스도, 돌아와 주었구나."

"……미안, 똥이 안 끊겨서."

그의 얼굴이 어딘지 모르게 개운해 보였다.

하지만 스도를 대하는 아이들의 눈빛이 싸늘했다. 그 시선을 스도는 정면으로 받아들였다.

"미안하다. 열 받아서 히라타를 때려버렸고, 반의 사기를 떨어뜨렸어. 게다가 D반이 질 것 같은 상황도 다 내 책임이야."

누군가에게 비난당하기 전에, 스도가 그렇게 말하며 깊이 머리를 숙였다. 지금까지의 스도였다면 이런 일로는 연기도 하지 않았을 것이다. 분명 무슨 일이 있었다고 느끼게 만든다.

히라타가 살짝 놀라더니 기쁜 미소를 지었다.

조금 부어오른 볼이 아파 보였지만, 그런 건 이제 신경 쓰지 않는 것 같았다.

"뭐야, 켄. 너답지 않은데."

그런 그의 모습에 이케가 무심코 지적했다.

"잘못한 건 잘못했다고 인정해야지. 너한테도 사과한다, 칸지."

"별로 진 게 네 탓도 아니고. 나는 운동을 잘 못하니까…… 나야말로 도움이 안 돼서 미안하다."

처음 시작한 사과가 점점 퍼져나갔다. 스도를 노려보던 학생들도 대부분 스도만큼의 성적을 남기지 못했다.

"릴레이 대역을 아직 안 정했으면 내가 달리게 해주라."

"스도 말고는 맡길 수 있는 애가 없어. 그렇지? 얘들아."

최종 경기인 1,200미터 릴레이의 규칙은 남녀 혼합. 각 반 주자는 반드시 남녀가 반반이 되도록 설정되어야 한다. 남녀가 각 3명씩, 한 사람이 200미터를 달리는 것이다.

"난 누가 대신 달려주길 부탁해도 될까……. 이 다리로는 만족스러운 결과를 남길 수 없으니까."

스도의 이야기가 정리될 때쯤, 호리키타가 미안하다는 듯 부탁했다.

"괜찮냐? 호리키타. 너 이 릴레이에 나가려고 엄청 노력했잖아."

"……어쩔 수 없으니까. 지금 상태로는 이케한테도 이길까 말까야. 미안해."

분위기가 무겁고 험악한 회의 자리에서 스도에 이어 호리키타까지 깊이 고개를 숙였다.

　지금까지 이 정도로 순순히 나온 적이 있었던가?

　류엔이 계략을 부려 망가질 대로 망가진 호리키타의 몸과 마음.

　꼭 쥐고 있던 마지막 주자 자리는 이 날 이 순간, 스스로 오빠와 나란히 서기 위해 꿈꿔왔던 것.

　분해서 손을 떨면서도 이루지 못하는 꿈에 필사적으로 저항했다.

　강행해서 시합에 나간다면 틀림없이 D반은 릴레이에서 패배할 것이다.

　호리키타의 말을 들은 히라타는 고개를 끄덕인 후, 대신 쿠시다를 넣기로 결정했다.

　스도를 필두로 히라타, 미야케, 마에조노, 오노데라 다섯 명에 더하여 호리키타를 대신할 쿠시다까지 합류가 결정되어, 이 편성으로 도전한다.

　D반에는 그 이외에 참가 가능한 달리기 선수가 부재했기 때문이다.

　멤버가 정해진 시점에서 내 눈짓과 동시에 히라타가 입을 열었다.

　"저기…… 갑자기 미안한데, 사실은 나——."

　하지만 또 다른 남학생이 그 말을 막고 나섰다.

　"잠깐만, 미안한데…… 나도 기권하면 안 될까?"

그렇게 말한 것은 남자선수로 참가 예정이었던 미야케였다.

오른쪽 다리를 살짝 저는 것처럼 보였다.

"실은 오전 200미터 달리기 때 발목을 삐끗했어…… . 쉬면 나을 줄 알았는데 아직도 아프네."

아무래도 여기에도 부상을 입은 학생이 있는 모양이었다.

"그럼 남자 쪽에도 누가 대신 뛰어줄 사람이 한 명 있어야할 것 같은데."

그렇게 말한 히라타는 하려던 말을 멈추고 주위를 둘러보았다.

하지만 이 최후의 경기는 달리기에 절대적인 자신감이 없으면 나서고 싶어 하는 학생이 없을 것이다.

잠시 기다려도 희망자가 나오지 않자 내가 손을 들었다.

"그럼 내가 달려도 될까? 물론 대신 달리는 포인트는 내가 낼게."

"엥? 아야노코지 네가? 너…… 달리기 빨라?"

물론 빠른 인상은 아무도 가지고 있지 않겠지.

"나는 찬성이야. 지금까지 모두를 봐왔지만, 아야노코지는 결과를 잘 남길 수 있는 사람이라고 생각해."

반대 의견에 가까운 것을 히라타의 한 마디가 봉쇄시켰다.

이것이 평소에 신뢰를 쟁취한 남자가 내뱉는 말의 무게. 아무도 반론 따위 할 수 없었다.

"그리고 D반은 베스트 멤버라고 할 수 없지. 그러니까 처음부터 치고 나가서 거리를 벌리는 작전으로 가는 건 어떨까, 스도? 규칙을 생각해봐도 앞에서 달리면 우위성을 가져올 수 있을 거라고 생각해. 스타트가 좋고 발 빠른 스도가 일단 무조건 치고 나가서, 단숨에 거리를 확 벌려놓는 게 좋을 것 같아. 그 다음에 내가 그걸 유지해서 뒤에 뛰는 애가 계속 리드할 수 있도록 거리를 버는 형태로 말이지."

상급생들도 뒤섞여 12명이 동시에 스타트하는 궁극의 릴레이다. 12명이 뛸 레인을 전부 그리기란 불가능하기 때문에 옆으로 나란히 서서 스타트 하는 방식이었다. 먼저 치고 나오는 사람부터 인코스를 차지해도 규칙상 상관없었다. 즉, 제일 중요한 것은 처음 위치 선점. 스타트 대시 때 선두로 나가게 된다면 혼전에 휘말리지 않아도 된다.

"……뭐, 어쩔 수 없지. 이기려면 그 길밖에 없는 것 같으니."

스도가 1번 주자. 2번 주자는 확실하게 발이 빠른 히라타. 그 다음에 쿠시다를 포함한 여자 셋을 넣고 마지막으로 내가 달리는 순서다. 아무리 그래도 내가 여자들보다는 평가가 높은지, 마지막 주자를 맡게 되었다. 달리기가 상대적으로 느린 애들을 중간에 소화하게 하려는 목적이겠지. 수고를 덜었다.

각 학년, 각 반에서 뽑힌 최정예들이 운동장 중앙에 모였다. 그 속에는 호리키타의 오빠와 2학년 니구모 등의 모습도 있었다.

"스도, 너만 믿는다!"

그렇게 외치는 히라타에 맞추어 쿠시다를 비롯한 다른 여자 주자들도 새된 목소리로 스도를 성원했다. 스도는 의욕을 보이며 코스에 들어갔다. 1학년이 약간 유리하게 되어 있어서, D반은 제일 안쪽 위치였다. 그리고 3학년 A반이 가장 바깥쪽에 배치되었다.

3학년은 세 명이 여자였기 때문에 스타트의 우위성은 스도가 압도적일 것 같았다.

분위기가 최고조에 달하자 드디어 마지막 릴레이가 시작되었다.

우리 D반은 체육대회에서 승산은 없지만, 만약 이 경기에서 승리를 가져온다면 앞으로의 흐름을 크게 바꿔놓을 수 있을지도 모른다. 그런 예감이 들었으리라.

진영에서 응원하는 목소리가 들려왔다.

"큰일 날 뻔했어. 조금만 늦었어도 내가 기권했을 거 아냐."

"그러게. 미야케가 다치다니 예상 밖이야."

나는 원래 이 마지막 릴레이에서 히라타를 대신해 뛸 계획이었다. 물론 그 사실은 히라타를 제외하고 아무도 모른다.

"이걸로 됐지? 아야노코지."

"응. 여러 가지로 미리 짜게 해서 미안하다."

"D반으로서 당연히 할 일을 한 거지. 류엔한테 계속 당하기만 하는 것도 싫고. 네가 달려서 조금은 놀라게 할 수 있다고 생각해도 괜찮겠지?"

"기대를 배신하지 않도록 열심히 할게. 그것보다도 지금은 스도를 응원해주자.”

스타트를 알리는 소리와 동시에 스도가 힘도 별로 들이지 않고 멋지게 스타트를 끊었다. 지금까지 봐왔던 것 중에서도 베스트 타이밍이라고 할 수 있는 스타트였다. 스도는 첫 발부터 11명을 제치는, 무서운 기세를 선보였다. 와아! 하는 함성이, 달리는 학생들과 함께 빠른 속도로 이동해 감을 알았다.

“굉장해, 엄청 빨라.”

옆에서 관전하던 시바타도 감탄할 만큼 스도는 압도적으로 달렸다.

2학년, 3학년 남학생들도 분명 빨랐지만, 혼전에 휘말려 위치 선점을 하느라 고전했다. 그것을 틈타 점점 더 치고나간 스도는 15미터가 넘는 어드밴티지를 가지고 귀환했다.

“부탁한다, 히라타!”

훌륭한 리드에 함성이 터져 나오는 D반. 다음 주자인 히라타에게 배턴이 넘어갔다.

공부도 운동도 요령 좋게 해내는 하이브리드형 남자는 여기서도 화려했다.

후발주자들이 하나둘 뒤를 쫓았지만 벌어진 차이는 거의 좁혀지지 않았고, 계획대로 리드를 유지한 채 3번 주자인 오노데라로 넘어갔다. 문제가 있다면 여기서부터이다. 여자치고는 달리기가 빠른 오노데라였지만, 뒤따라오는 상대는 남자가 대부분. 거리가 확실하게 점점 좁혀져갔다. 4번 주자인 마에조노가 뛰기 직전에는 차이가 거의 사라지더니, 달리기 시작한 시점에서 결국 2학년 A반 남자에게 추월당하고 말았다. 뒤이어 새로운 학생들이 달려 나갔다.

1위를 노리기는 했지만 역시 상급생은 강하다. 오노데라는 3학년 A반에게도 밀려나며, 계속해서 따라잡혔다. 3학년 A반과 2학년 A반이 머리 하나가 더 앞선 형태가 되었다. 주위의 예상대로 흘러가고 있다고 할까. 하지만 체육대회에는 해프닝이 따라오는 법. 4번 주자로 배턴을 넘기려던 3학년 A반 여학생이 다음 주자와의 거리를 50미터 정도 남겨두고 넘어지고 말았다. 당황하며 다시 일어서기는 했지만, 그것을 틈타 2학년 A반이 1위로 치고 나와 점점 더 맹렬한 차이가 벌어져갔다. 5번 주자인 쿠시다에게 배턴이 넘어갔을 때에 D반은 같은 학년 A반에게도 밀려 7위까지 떨어졌다. 역시 종합적인 능력은 다른 반이 유리한가. 적어도 순위권을 노려야 한다고 생각했는데, 버거운 싸움이 된 것 같다. 1학년에게는 벅찬 상황 속에서, 1학년 B반만이 3위로 열심히 따라붙고 있었다.

단숨에 주목을 모은 B반에서 에이스인 시바타는 마지막 주자를 맡았는지 나와 같이 대기하며 나가기만을 기다렸다.

3학년 A반의 4번째 선수가 넘어지면서 마지막 주자로 대기하고 있던 남자들의 상황이 일변했다.

"이번 승부는 우리가 이기겠네요, 호리키타 회장. 가능하면 접전을 벌이며 달리고 싶었는데요."

나구모는 1위로 점점 다가오는 2학년 A반 학생을 바라보며 웃었다. 2위로 달리는 3학년 A반과는 거의 30미터에 가깝게 차이가 벌어져 있었다. 실력이 비슷한 사람끼리 대결하면 절대 이길 수 없는 거리였다.

"총점에서도 우리가 이길 것 같고, 새로운 시대의 막을 여는 시점이랄까요?"

"정말로 바꿀 셈인가? 이 학교를."

"지금까지의 학생회는 너무 재미가 없었다고요. 지나치게 전통을 지키는 것만 고집했죠. 말로는 엄격하게 하면서도 구제 조치를 잊지 않았어요. 퇴학자가 별로 나오지도 않는 안이한 규칙. 그런 건 있으나 마나 한 거죠. 그래서 저는 새로운 규칙을 만들려는 것뿐이에요. 궁극의 실력지상주의 학교를 말예요."

그렇게 말한 나구모가 천천히 걸음을 내디뎠다. 가까워지는 배턴을 받기 위한 도움닫기에 들어간 것이다.

배턴이 2학년 A반 대표 나구모의 손에 들어갔다.

그리고 얼마 후 시바타도 2위라는 절호의 상황에서 배턴을 이어받았다.

"나이스! 뒤를 부탁한다!"

눈을 반짝인 시바타가 나구모를 뒤쫓듯 달리기 시작했다.

사이에 있던 학생이 추월해나갔을 때, 순간이지만 나는 호리키타의 오빠와 눈이 마주쳤다.

아주 살짝 나눈 대화로 보이는 것은 적지만, 이 남자 역시

싸우고 있다.

"네가 마지막 주자라니."

"난 다친 애를 대신한 거야. 원래라면 이 위치에 네 여동생이 있을 예정이었어."

"그런가. 그 녀석 나름대로 몸부림치려고 했었군."

호리키타는 이 순간만이라도 호리키타 마나부의 옆에 나란히 서는 것을 꿈꿨었다.

대화는 나누지 않더라도 자신의 마음을 전할 생각이었겠지.

"너희 반을 관찰해봤는데, 조금 전까지는 더 이상 가망 없는 반이라고 생각했어. 그런데 이 마지막 릴레이에서는 그게 느껴지지 않아. 무슨 일이 있었던 거야."

"잘도 봤군. 1학년 D반 따위 신경 쓰는 사람이 아니잖아."

"난 모든 반을 관찰해. 거기에 예외는 없다."

"만약 바뀐 게 있다고 한다면 네 여동생이겠지."

"……그런가."

놀라지 않았다. 그저 평소의 냉정한 표정으로 짧게 대답했을 뿐.

"한 가지만 묻겠는데, 넌 어때. 너에게서는 열의가 느껴지지 않는데."

"난 평소랑 똑같아. 체육대회에 그다지 흥미도 없어. 결과도 이미 알고 있고."

반의 생각.

스도의 생각.

호리키타의 생각.

그런 것에 큰 관심은 없다.

단지, 단 하나의 예감은 있었다.

"넌 졸업하니까 끝까지 확인할 수 없겠지만…… 우리 반은 강해질 거다."

"그런 가정된 미래에는 흥미가 없는데."

가까워지는 같은 반 주자에게 시선을 옮기려는 호리키타의 오빠를, 나는 일부러 불러 세웠다.

"그럼 나라는 개인이 어떤 인간인지, 거기에는 흥미가 있나?"

"뭐라고?"

도움닫기를 하려고 움직이기 시작하는 타이밍. 하지만 내가 노린 대로 움직임을 멈췄다.

"만약 네가 원한다면 달리기 정도는 승부를 겨뤄줄 수 있는데 말이지."

"……재밌는 말을 하네, 너. 내가 착각한 건가? 지금까지 눈에 띄는 게 싫어서 나서서 활동하는 걸 피하고 있다고 생각했어. 이 릴레이 역시 적당히 하고 끝낼 거라고 판단했는데 말이지."

"네가 2위로 올라갈 가능성을 버리고 승부에 응해준다면 나도 응하지. 1학년과 3학년이 어깨를 나란히 하고 싸울 기회는 그리 빨리 오는 게 아니니까."

내가 보낸 의외의 도발에 호리키타의 오빠는 완전히 멈춰서서 몸을 내 쪽으로 돌렸다.

"재밌군."

그렇게 짧게 대답하더니 더는 움직이려고 하지 않았다. 가장 당혹스러운 사람은 3학년 A반의 5번 주자이리라. 마지막 주자에게 건네려고 배턴을 열심히 가져왔는데, 그는 가만히 선 채로 배턴을 받았으니까.

"고생 많았다."

"아, 엥? 어어……."

이름도 모르는 3학년은 태연히 배턴을 받는 그의 태도에 깜짝 놀라면서 물러갔다. 아마 지금껏 아무도 한 적 없는 배턴 릴레이.

당연히 이상 사태를 깨달은 관중들이 대부분 호리키타의 오빠 쪽으로 시선을 보냈으리라. 3위였던 3학년 A반은 점차 추월당했고, 종국에는 D반의 쿠시다가 내게로 달려왔다.

그 쿠시다도 이상한 상황을 알아차렸지만, 전속력으로 달려왔다. 앞으로 몇 초의 거리.

"승부를 겨루기 전에, 너한테 한 가지만 말해두지."

"뭐야."

서로 도움닫기에 들어가려는 단계에서 나는 한 마디만 해주기로 했다.

"──전속력으로 달려라."

순간이었지만 시야의 뒤로 사라져가는 호리키타의 오빠

가 살짝 웃었던 것 같다.

지금, 내 손으로 배턴이 건네진다.

"아야노코지!"

쿠시다에게서 배턴을 받은 나는 개막 풀 스로틀로 달려 나갔다.

지금까지의 인생에서, 그저 넓기만 한 세계를 진심을 다해 달린 적은 없었다.

무기질한 방 안에서 덤덤하게 달리기만 했던 그 때와는 상황이 전혀 다르다.

아직 추워지기에는 이른 10월의 초순.

나는 서늘한 바람을 온몸에 받았다.

앞서 달리는 주자들을 추월하는 것 따위 아무래도 좋다.

이 순간 내 옆을 달리고 있는 남자와 승부를 겨루는 것만이 전부다.

우리는 바람을 가르듯 전속력으로 달려 앞 주자와의 거리를 좁혀나갔다.

"거짓말이지?!"

추월당하는 주자가 깜짝 놀라는 소리를 냈지만 바람에 실려 가버렸다.

그리고 환호성도 들리지 않았다.

전략도, 지략도 상관없다.

그저 옆을 달리는 호리키타 마나부와의 일대일 승부.

첫 번째 커브를 돌고, 직선을 지나고, 드디어 마지막 커브로.

자, 보아라── 더 빨리 달린다──.

노성과 같은 환호성이 운동장에 울려 퍼졌다.

1

"……엄청 빠르잖아."

경기를 마치고 돌아오자 카루이자와가 시선을 피하며 내게 그렇게 말했다.

"상대가 느렸을 뿐인데."

"아니, 주위 반응을 보고도 그런 말이 나와?"

"농담을 뺀다고 해도, 결과적으로 학생회장한테는 졌잖아."

"뭐, 그건 어쩔 수 없지. 앞에서 달린 애가 넘어졌으니까."

우리 두 사람의 경이로운 추적에 당황한 앞 주자가 넘어지면서 나는 진로가 가로막히고 말았다. 피하기는 했지만 그 일말의 손실이 커서, 호리키타의 오빠가 앞서고 말았다.

적어도 이 최후의 경기에서 학교 사람들의 시선을 모은 것만은 확실하리라.

달리기를 마친 아이들 대부분이 나를 향해 호기심 어린 시선을 보냈다.

"아야노코지! 너 엄청 빠르잖아! 지금까지 대충 뛰었냐?!"

마구 달려온 스도가 있는 힘껏 등을 때렸다. 온힘을 실었기 때문에 아팠다.

"유일하게 잘하는 분야가 도망치는 거거든. 그런데 너무 잘해버렸네. 말하자면, 위기의 순간에 나오는 초인적인 힘이랄까."

스도뿐만이 아니라, 내 달리기에 놀란 아이들 몇 명이 가까이 다가와서 말을 걸었다.

"그것만으로는 설명이 안 되지, 그 속도는. 거짓말쟁이."

다리를 살짝 끌면서 걸어온 호리키타가 손날로 내 복부를 찔렀다.

"너희, 전력으로 싸우고 돌아온 솔저한테 이게 무슨 짓이야…… 아프다고."

호리키타가 합류하자 카루이자와는 방해가 되지 않도록 자연스럽게 거리를 벌렸다.

멀리서 사쿠라도 이쪽을 쳐다보았지만, 사람이 많이 모여 있었기 때문에 가까이 다가오지는 않았다.

"네가 처음부터 이런 느낌으로 달렸으면 상황이 달라졌을 텐데. 그런데 어째서 진심을 내게 된 거야? 이제 넌 주목을 받게 될 거야."

그녀의 말이 맞다. 히라타와 시바타처럼, 예전부터 발이 빠르다고 인지되어 있던 학생이나 스도처럼 체육대회 초기부터 진지하게 임한 거면 몰라도 나는 지금까지 평범하게 해왔다.

그 갭은 아무리 애를 써도 영향이 있겠지만, 그건 생각하기 나름이다.

참가표 리스트에 손댄 것도, 나라는 존재를 그대로 둔 것도 뒤에서 조종한 히라타와 호리키타의 책략이었다, 라는 명분을 만들기란 그리 어렵지 않다.

특히 류엔처럼 의표를 찌르는 상대에게는 강력하게 작용한다.

"슬슬 결과가 발표되려는 것 같아. 가볼까."

폐회식과 함께 결과가 발표되는 방식이었다.

모든 학생들이 거대한 전광판으로 시선을 보냈다.

"그럼 지금부터 올해 체육대회의 결과를 발표한다——."

홍팀과 백팀으로 나뉜 전광판의 숫자가 카운트를 시작하며 수치가 점점 늘어났다.

총 13종목의 총 획득 점수. 이긴 팀은…….

'승리 홍팀'이라는 글자와 함께 점수가 발표되었다.

상당히 막상막하로 치러진 경기였지만, AD연합인 홍팀이 승리를 가져가게 되었다.

"이어서 반별 종합 점수다."

총 열두 개의 반을 3개로 나눈 표시가 일제히 사라지고, 각 반의 득점이 표시되었다.

우리로서는 2학년, 3학년의 점수 내역 따위 아무래도 좋다.

중요한 것은 D반이 몇 위인가다.

1위 1학년 B반
2위 1학년 C반
3위 1학년 A반
4위 1학년 D반

"으헉~! 아니나 다를까! 우리가 졌잖아!"

"……뭐, 이렇게 되겠지."

홍팀이 이긴 것은 기쁘지만, 아무래도 우리 1학년이 상당히 발목을 잡은 모양이다. 필연적이라고 할까, 코엔지와 사카야나기라는 두 명의 결석자가 나와버린 것이 큰 요소일까.

2학년과 3학년의 A반은 둘 다 압도적인 점수 차로 1위. D반도 2위와 3위에 올라 안정적으로 높은 능력을 엿볼 수 있었다.

하지만 이렇게 되면 슬프게도 홍팀으로서 이긴 A반은 종합 순위에서 3위여서 마이너스 50포인트. D반은 최하위여서 마이너스 100포인트. C반은 백팀이 져서 마이너스 100포인트. B반은 종합 1위여서 받는 50 포인트를 백팀의 패배로 갚아먹어 마이너스 50포인트로 모든 반이 후퇴하는 결과로 끝났다.

이렇게 되자 모두 피로가 확 밀려오는 듯한 느낌이었다.

정말 열심히 노력했는데도 반 포인트가 내려가고 보답 받지 못했다. 물론 개인이 이긴 학생은 훗날 시험에서 보조를 받을 수 있으니, 완전히 헛수고였다고 말할 수는 없지만.

"그럼 마지막으로, 학년별 최우수 선수를 발표한다."

스도가 가장 기대하는 건 이 부분이리라.

만약 1위를 차지하게 된다면 스도는 당당하게 호리키타의 이름을 부르는 것을 허락받게 된다.

하지만──.

1학년 최우수상은 B반 시바타 소우

전광판에 그런 표시가 뜨고 말았다.

"으아아아악! 역시 그런가!"

마지막 희망을 잃고 소리를 지르며 고개를 푹 숙이는 스도. 시바타는 일정하게 1위와 2위를 거듭했었다. 스도는 개인경기 전체에서 1위를 차지하긴 했지만, 역시 결장이 큰 영향을 미친 모양이었다. 고득점이 걸린 릴레이에서도 져버렸으니 어쩔 수 없나.

폐회식이 끝난 후에도 분한 표정으로 계속해서 전광판을 응시했다.

"스도. 학년 톱이 안 됐네. 약속은 기억하고 있겠지?"

"……그래, 분하지만. 약속은 약속이지. 앞으로는 호리키타라고 부를게."

"잘 생각했어."

호리키타가 살짝 짓궂게 웃었다.

"하나 말하는 걸 잊었는데, 너만 일방적으로 조건을 걸었고 나는 요구하지 않았다는 게 떠올랐어."

"그게 무슨 소리야."

"네가 1위를 차지하면 내 이름을 편하게 부르기로 했잖아. 그렇게 네 멋대로 조건을 제시했으면, 그걸 달성 못 했을 때 내가 뭔가를 요구할 수 있는 게 당연하지 않아?"

"뭐, 그거야, 그렇지……."

"그러니까 네가 목표를 달성하지 못한 벌을 줄게. 정당한 이유 없이 폭력을 휘두르는 거, 절대 금지야. 약속할 수 있니?"

"……벌이잖아. 지킬게."

"물론 정당성을 판단하는 건 네가 아니라 나 혹은 제삼자라는 걸 잊지 마."

그렇게 말을 덧붙여도 스도는 고분고분 따랐다.

이번 일로 자신의 어리석음을 깨닫고 얌전하게 구는 법을 배웠는지도 모르겠다.

호리키타가 천천히 뒤돌아 걷기 시작했다.

"그렇지…… 이번 체육대회, 나는 너처럼 모두에게 부응해주지 못했어."

"뭐? 다쳤으니까 별수 없잖아."

"그래도 내 자신을 용서할 수 없어. 그러니까 나 역시 벌을 받아야 할 필요가 있어."

그렇게 말한 호리키타는 뒤돌아보지 않고 이렇게 말했다.

"그러니까, 네가 부르고 싶다면 내 이름, 편하게 불러도 돼."

"뭐? 야, 야아."

"그게 내가 받는 벌이야."

호리키타 나름의 타협점, 결론이었다.

"최하위였지만 덕분에 앞으로 치를 싸움에 희망이 생겼어. 정말 고마워."

"……으, 으응."

스도가 쑥스러운 듯 인중을 긁으며 딴 곳을 쳐다보고는, 새빨갛게 물든 뺨을 저녁놀 탓으로 돌렸다.

"조오오오오옹았어어어어!"

모든 피로를 날려버리듯 큰 목소리로 두 팔을 번쩍 들었다.

"최고야, 체육대회! 최고야, 스즈네!"

"좋겠네, 스도."

"응!"

"마구 들떠 있는 이 시점에서 미안하지만, 잠깐 나 좀 볼래?"

그런 말을 들은 것은, 운동장에서 나와 교정에 가까워지려던 때였다. 한 여자애가 차분한 목소리로 말을 걸었다. 이름과 성격 같은 것은 전혀 모르지만, 기마전에서 본 A반 학생이라는 것만은 알았다.

"옷 갈아입은 다음에, 괜찮으면 나랑 어디 좀 같이 가줄래?"

"……왜 내가?"

"조금 할 말이 있어서. 5시에 현관으로 와."

"어, 어이, 아야노코지. 뭐야, 뭐야. 이게 무슨 전개지?!"

순간 나도 고백 같은 단어가 뇌리를 스치고 지나갔지만, 이 여자애에게서 그런 기색은 느껴지지 않았다.

"야. 조금 할 말이 있다니 그게 무슨——."

불러 세우려고 했지만 소녀는 아랑곳하지 않고 그냥 가버렸다.

"뭐야. 너한테도 드디어 봄이 온 건가?"

"그렇게 보이지는 않는데……."

"마지막 주자로 뛴 활약상을 보고 여자애가 한눈에 반했을 가능성은 있지."

"……난처하군……."

그렇지만 불러냈는데 무시할 수 있을 만큼 내가 강심장은 아니었다.

잘 모르는 소녀를 눈으로 배웅한 후 사물함에서 교복으로 갈아입고 교실로 돌아왔다.

폐회식과 함께 각자 해산을 명받아, 학생의 절반이 이미 돌아가고 없었다.

조금 뒤늦게 교실에 온 교복 차림의 호리키타가 옆 자리로 돌아와 말을 걸었다.

"이번에는 완패였어. 정말로."

그렇게 말한 호리키타의 표정에 그늘은 없었다.

"하지만 나, 이번 체육대회로 한 단계 성장했다는 기분이 들어. 실패를 자양분으로 삼아, 같은 말을 쓰는 날이 올 줄은 몰랐는데…… 정말 딱 그런 느낌이야."

"그렇군. 성장했다는 생각이 들면 그걸로 된 거 아닌가."

"우리 반은 강해질 거야. 그리고 반드시 윗반으로 올라갈 거야."

"등골이 살짝 서늘해질 만큼 너랑 안 어울린다."

"……그렇지. 나답지 않아."

자신도 당황스러운지, 호리키타는 어딘가 창피한 듯 시선을 피했다.

"하지만 그러기 위한 과제가 산더미야. 정리해야 할 당장의 문제도 있고. 하지만 일단은 그러기 위해서 무릎을 한 번 꿇어야만 해."

"무릎?"

생뚱맞게 튀어나온 단어가 신경 쓰였지만, 호리키타는 특별히 말을 보충하려고 하지 않았다.

"너랑은 상관없는 일이야. 오늘은 고마웠어."

2

체육대회에서 체력을 탕진한 학생들이 무거운 몸을 이끌고 하나둘 교실을 빠져나갔다. 오늘은 동아리 활동도 없는지 스도는 이케 일행과 수다를 떨며 나갔다. 옆 자리의 주인 아야노코지도 돌아가려는 듯 재빨리 자리에서 일어섰다. 아직 자리에 앉아 있는 내가 신경 쓰였는지 시선을 보낸다.

"넌 안 가?"

"응, 좀……. 볼일이 있어서."

"항상 빨리 돌아가면서 이런 날도 다 있군."

"그럴 때도 있는 거지. 그럼 오늘 수고 많았어."

"그래. 모레 보자."

이렇게 해서 하나하나 돌아가고, 순식간에 교실에는 나 혼자 남았다.

내가 남은 이유는 새삼 말할 것도 없다.

류엔의 호출에 응하기 위해서이다. 이번 체육대회, 나는 류엔의 손바닥 위에서 완전히 놀아났다. 그렇게 확신했지만 이미 소 잃고 외양간 고치기. 나는 아무런 대책도 강구하지 못하고, 그의 뜻대로 당하고 말았다.

하지만——.

왠지 개운한 감정도 있었다. 철저히 때려 맞았다는 걸 실감했다.

나는 내가 생각하는 것보다도 훨씬 약하고 한심한 인간이었다는 것을 이해했다. 그 점을 알려준 것만큼은 그에게 감사해야 한다고 생각한다.

그렇지만 뒤따르는 빚이 결코 가볍지 않다. 나만이 아니라 많은 아이들에게 부담을 강요하게 되었으니까. 100만이나 되는 프라이빗 포인트가 C반으로 이동하게 되면, 그것만으로 나중에 고전할 가능성이 숨어 있으니까.

"많이 기다렸어? 호리키타. 친구랑 얘기 좀 하느라. 미안해."

일단 친구와 교실을 빠져나갔던 쿠시다가 두 손을 모으고 돌아왔다.

"괜찮아. 약속 시간까지 아직 조금 남았으니까. 그럼 가볼까."

3

"여어. 용케 도망 안 가고 잘 왔군, 스즈네."

"여기서 도망치면 나는 구제불능인 인간이 되잖아. 나와야겠지."

"좋은 마음가짐이다. 전보다 더 좋은 여자가 되었군."

그런 식으로 칭찬해줘도 1밀리도 기쁘지 않다.

"하지만 너랑 얘기하기 전에…… 이제 가식 떠는 거 그만 끝내줄래? 쿠시다."

"뭐? 가식? 도대체 그게 무슨 소리야?"

저녁놀에 물드는 교정에서 나는 먼저 쿠시다와 정면으로 마주 보았다.

"여기 같이 와줘서 착한 사람인 척하는 건 상관없지만, 그게 네 목적은 아니잖아? 이번 체육대회. 네가 정보를 흘렸지? 그래서 C반이 일을 술술 진행시킬 수 있었던 거겠지. 이렇게 류엔이랑 같이 있는 것도, 원하는 걸 잘 진행하기 위해서…… 내 말이 틀려?"

"……어머나. 그런 이야기를 누구한데 들었을까? 히라타? 아니면 아야노코지?"

"아니. 내가 느낀 거야. 위화감을 도저히 지울 수 없었거든. 지금 이 자리에는 저 애 말고 아무도 없어. 이제 적당히 하고 똑바로 봐도 되지 않니?"

"똑바로 보라니 뭘, 말하는 건데?"

"난 버스에서 코엔지에게 자리를 양보하도록 설득하는 너를 처음 봤어. 솔직히 말해서 그때는 너를 몰랐어. 하지만 곧 떠올랐지⋯⋯."

나는 쿠시다의 눈을 똑바로 쳐다보며 말했다. 그녀가 류엔과 결탁한 거라면 파고들 것이다.

지금까지 다룰 필요가 없다고 생각해서 다루지 않았던 걸 말이다.

"쿠시다 키쿄. 너 같은 애가『내가 다니던 중학교』에 있었다는 걸 말이야."

늘 미소를 유지하는 그녀도, 이 이야기를 꺼내면 그렇게 있을 수 없을 것이다.

내 눈앞에서 처음으로 표정이 일그러지는 것을 보았다.

하지만 그것은 또 다른 미소.

"바로 떠올렸구나. 난『여러 가지로』문제아였었지."

그렇게 말한 후 쿠시다는 조용히 시선을 살짝 내리깔았다.

"그 표현은 틀린 것 같은데. 넌 문제아가 아니라, 지금의 D반에서의 네 모습처럼 모두에게 신뢰받는 학생이었지. 하지만──."

"그만하지 않을래? 더 이상 옛날이야기는."

"그러네. 이제 와서 옛날이야기를 꺼내봐야 아무 의미 없으니까."

우리의 대화를, 즐거운 듯 웃으며 듣는 류엔.

"이야기의 흐름을 보니 이미 알고 있나 보네, 내가 어떻게 하고 싶은지를."

"그래. 이제 그런 대로 눈치 챘어. 네가 나를 이 학교에서 쫓아내고 싶어 한다는 거. 하지만 그건, 너한테도 위험이 크지 않니? 내가 진실을 폭로하면 지금의 지위를 잃게 될 텐데?"

"나랑 호리키타. 둘 중에 누가 인간적으로 신뢰받을지는 명백하니까. 리스크 헷지 같은 거랄까."

"그래도 폭로하면 네가 곤란해지지 않을까? 아무리 내 이야기를 아무도 믿어주지 않는다고 해도 의심은 남겠지. 적어도 같은 중학교 출신이라는 사실은 부정할 수 없는 재료니까."

"그러네. 하지만…… 만일에 네가 나에 대해 누군가에게 말한다면 그때는 철저하게 너를 궁지로 내몰아줄게. 그때는 네가 그토록 소중히 여기는 네 오빠도 같이 넣어서 말이야."

그 말에 나도 모르게 몸이 굳었다.

눈앞에 있는 쿠시다 키쿄라는 아이의 과거를 들은 적 있기에, 만약 그녀의 역린에 손을 대게 된다면 정말로 오빠까지 끌어들일 위험이 있다는 걸 알았다.

나에 대한 완벽하고도, 조금의 틈도 없는 궁극의 방어 수단이라고 할 수 있었다.

하지만 쿠시다도 쉽사리 행동할 수는 없다. 만약 노골적

으로 내 오빠를 휘말리게 한다면, 나 역시 자포자기하는 심정으로 나올 위험이 있으니까.

그러니까 그렇게 하지 않고, 나를 쫓아내기 위한 책략을 정면으로 짜내고 있다.

"나 따위 그냥 무시하면 그만이잖아. 내가 누구랑 엮이지 않는 것도, 쓸데없는 일에 참견하지 않는다는 것도 잘 알지 않니?"

"지금은 그렇지. 하지만 앞으로도 그럴 거라는 보장은 어디에도 없어. 내가 나로 있기 위해서는 내 과거를 아는 사람이 몽땅 사라지지 않으면 곤란해."

"그럼 이 이야기를 지금 듣고 있는 나도 네 먹잇감이라는 건가?"

"경우에 따라서는 그럴 수도 있지."

손을 잡았으면서도 당당하게 딱 잘라 말하는 쿠시다.

"크큭. 허투루 봐선 안 될 여자군. 뭐, 그런 점이 마음에 들어서 손을 잡은 거지만."

"한 가지 선언할게, 호리키타. 난 너를 퇴학시킬 거야. 그러기 위해서라면 악마와도 손잡을 수 있어."

그렇게 말한 쿠시다는 내 옆에서 벗어나 류엔의 옆에 나란히 섰다.

"유감이군, 스즈네. 믿었던 아군에게 배신당하고."

"이번에는 너한테 당하기만 하네, 류엔. 아니…… 그전부터였나. 배에서 치렀던 시험에서도, 무인도에서도, 스도 사건도. 난 지기만 했네."

한 번 인정해버리면 간단한 법이어서, 목구멍으로 말이 시원하게 나왔다.

"이야기를 이제 그만 마무리하자. 포인트랑 무릎 꿇기였지. 『너희』가 요구한 게."

"그전에 말해두는데, 키노시타와 네 충돌은 완전한 사고였어. 거기에는 타의도 악의도 없어. 세상일이란 게 그렇잖아, 사고를 당하면 합의할 게 한둘쯤 나오게 되는 법이지. 그런 거야."

"……그러네. 증거도 없고, 내가 가해자가 될 게 명백하겠지."

결백을 주장하려면 상당한 각오와 힘이 필요하다. 이번에는 순순히 인정할 수밖에 없다.

"하지만 그걸 전제로 단언할게. 이번 사건은 네가 짠 계략이라는 거. 네가 키노시타에게 명령해서 나를 넘어뜨렸어. 난 그걸 확신해."

"피해망상이군."

"망상이라도 상관없어. 그래도 들려줄 수 있을까? 네가 체육대회에서 어떤 덫을 놓아두었는지."

"모처럼 무릎도 꿇겠다, 네 망상이 어떤 건지 상상하는 거라면 이런 거겠지."

즐거운 듯 웃으며 류엔이 망상이라는 식으로 술술 말하기 시작했다.

"나는 체육대회가 시작되기 전에 쿠시다에게 D반의 참가 표를 전부 입수하게 해서 손에 넣었어. 그리고 거기에 맞춰서 적재적소에 인재를 배치해 승리를 휩쓸었지. 물론 그게 다가 아니라, A반도 철저히 연구한 다음에 말이야."

"훌륭한 지휘였어. 실제로 너희는 D반과 A반을 이겼으니까."

종합적인 능력에서 B반에는 미치지 못했지만, 건투한 것은 틀림없다.

"하지만 좀 더 효율적으로 이길 수 있지 않았어? 나를 누르기 위해 에이스급 선수를 둘이나 갖다 붙이고, 심지어 그중 하나는 다쳐서 기권하게 만들었지. 그게 도무지 이해가 안 돼."

"크큭. 너를 누르는 그 이유만으로 충분하다는 거다. 이 번에 총점에서 이기는 것 따위 나는 눈곱만큼도 관심이 없었거든."

"하지만 네 작전은 운에 기대는 것이기도 했어. 다행이네, 키노시타에게 나를 넘어뜨리도록 명령해서 실행했을 때, 두 가지 우연의 도움을 받았으니까. 내가 속행 불가능한 부상을 입은 거, 그리고 키노시타 역시 넘어져서 크게 다친 거. 둘 다 노린 건 아닐 테니까."

어딘지 석연치 않았던 건 바로 그 부분이다. 만약 그녀가 찰과상을 입었다면 이렇게까지 심각한 사태는 되지 않았을 테니까.

"물론 네 부상 정도는 우연의 산물이다. 일부러 노리고 다치게 하면 아무리 해도 노골적이게 되지. 경솔하게 부딪쳤다가 호되게 당하는 건 키노시타 쪽이야. 그래서 나는 키노시타에게 하나를 철저하게 연습시켰어. 상대와 부딪쳐서 자연스럽게 넘어지는 것처럼 보이게 하는 연습을."

그런 명령을 받으면 보통은 반항하기 마련이다. 어떻게 하면 그렇게까지 순순히 따를 수 있을까.

"그리고 키노시타의 부상은…… 그게 우연일 리 있겠냐."

"뭐……?"

"그 녀석은 물론 넘어졌지. 하지만 큰 부상은 당연히 그리 간단히 생기지 않아. 그래서 아픈 척만 하게 해서 체육대회 무대에서 중도 탈락 시켰지. 나머지는 간단해. 치료를 받기 전에 내가 그 녀석에게 직접 부상을 입혀준 거야. 이런 식으로."

그렇게 말하고 있는 힘껏 복도 바닥을 짓밟았다.

쾅, 하는 기분 나쁘고 소름끼치는 소리가 복도에 울려 퍼졌다.

"네가 다치게 했다……? 그 애를……?"

"50만 포인트를 나눠주겠다고 했더니 승낙하던데? 돈의 힘이란 참 무섭단 말이지."

큰 부상을 입히는 것이 처음부터 정해져 있었다는 거네…….

나는 그의 생각과 실행력이, 진심으로 무섭게 느껴졌다. 이기기 위해서라면 정말 수단과 방법을 가리지 않는다.

하지만 이렇게까지 솔직히 말해줄 줄은 몰랐다.

"그런데 내가 묻는다고 다 술술 말해줘도 괜찮니?"

"뭐가?"

"내가 네 자백을 녹음이라도 하고 있으면 어쩌려고 그러지?"

그렇게 말하고 휴대폰을 꺼내 보여주었다.

"그건 지금 생각해낸 허풍이잖아?"

"마지막 도박으로 유도신문 정도는 얼마든지 할 수 있지. 그런데 예상외로 다 말해줘서 놀랐어."

나는 휴대폰을 눌러서 특정 지점부터 재생시켰다.

'나는 체육대회가 시작되기 전에 쿠시다에게 D반의──.'

"네가 나를 학교에 고발하거나, 혹은 포인트와 무릎 꿇는 걸 요구한다면 난 이 증거를 가지고 싸울 거야. 그럼 곤란해지는 건 어느 쪽일까?"

"윽……!"

처음으로 류엔의 얼굴에서 웃음기가 가시고 말이 사라졌다.

"스즈네…… 너…….."

"나도 일을 크게 만들고 싶진 않아. 그러니까 이번 일은 이걸로──."

"크크, 큭…… 크하하하!"

갑자기 류엔이 다시 웃음을 터트렸다.

"정말 나를 즐겁게 하는 여자라니까, 너는. 내가 처음에 말했지. 어디까지나 이번 이야기는 가상이라고. 피해망상에 장단을 맞춰줬을 뿐이야. 너 혼자 멋대로 꾸며낸 걸 망상해봤을 뿐이라고."

"그렇다고 해도 그 망상이 진짜인지 어떤지 확인할 방법이 있니? 네가 망상이라고 말한 부분만 삭제해서 음성을 가공하는 것도 가능한데?"

전반 부분을 잘라내면 거짓말임을 확인할 방법이 없다.

"만약 그렇게 된다면 나는 원본을 제출하면 돼. 문제 따위 일어나지 않아."

류엔이 기분 나쁘게 웃으며 주머니에서 휴대폰을 꺼냈다.

"이게 뭔지 아냐? 처음부터 끝까지 녹음…… 아니, 촬영한 동영상이지."

그렇게 말하고 휴대폰 뒤에 달린 카메라를 내게 향했다. 음성 이상의 확실한 보험.

류엔은 내가 마지막 도박을 걸 거라는 것조차 예상했던 듯하다.

그렇게 마음대로 되지는 않는다는…… 거겠지.

내가 불리한 전반부를 삭제한 음성 데이터를 학교에 제출하면 조사가 시작될 것이다.

그리고 류엔 일행이 일단 의심을 받게 된다. 하지만 그걸로 유죄라고 말하기는 무리다. 망상이라고 말했던 그의 이야기를 진실이라고 날조한다면 내가 비난받으리라.

"인정할 건가, 스즈네. 네 완패라는 현실을."

쿠시다도 기분 나쁘게 웃었다.

나는 정말 어리석은 아이라는 걸 절실히 통감했다.

내가 짜낸 책략 따위 통할 상대가 아니었다. 마지막 저항마저 불발로 끝났다.

"자존심을 버리고 무릎을 꿇어, 스즈네."

그러한 사형 선고를 받은 나는 조용히 무릎을 꿇기로 결심했다.

"알았어…… 인정——."

띵똥, 하고 이 자리와는 어울리지 않는 소리가 울렸다.

눈앞에 있는 류엔의 휴대폰 소리였다. 본인도 그다지 신경 쓰지 않았던 것 같다. 그저 그 소리의 발원지를 찾기 위해 화면으로 시선을 떨구었을 뿐.

그런데 시종일관 미소를 잃지 않았던 류엔의 표정이 순간 굳었다.

내게 눈길도 주지 않고 휴대폰 조작에 열중하기 시작했다.

그리고 휴대폰에서는 어디서 녹음한 듯한, 잡다한 소리가 섞인 음성이 흘러나왔다.

'잘 들어, 너희. D반의 호리키타 스즈네를 덫에 걸리게 하기 위해, 망가뜨리기 위해 뭘 어떻게 하면 되는지, 그 책략을 전수해 주마. 아주 재밌는 걸 보게 해줄게.'

그것은 류엔의 목소리였다. 체육대회에서 실행할 전략을 짜던 때 나눈 대화일까.

조금 전 내게 의기양양하게 말했던 것을 자세히 설명하고 있었다.

'네 작전에 반대할 생각은 없지만, 나한테 호리키타랑 싸울 기회를 주——."

도중에 그런 식으로 끼어든 이부키의 목소리도 녹음되어 있었다.

'장애물 달리기에서 넌 스즈네랑 달리다가 몸을 충돌해. 그래서 무슨 수를 써도 좋으니 넘어져라. 그렇게만 하면 내가 다치게 해서 그 녀석으로부터 돈을 뜯어내줄게.'

　그렇게 말하는 목소리였다. 도대체 무슨 일이 일어난 건지 나는 도무지 이해되지 않았다.

　"이게 어떻게 된 일이야, 류엔. 그 음성은 뭐지?"

　쿠시다도 사태가 받아들여지지 않는지 류엔에게 설명을 요구했다.

　"……그렇군, 그렇군 그래. 그렇구나. 크큭, 재미있잖아? 이게 무슨 일인지 알겠냐? 배신자는 C반에도 있었다는 거다. 그리고 그 녀석은 뒤에서 너희뿐만이 아니라 나까지 손바닥에 올려놓고 놀았던 거다. 키료의 배신도, 스즈네가 내 앞에서 지는 것까지 전부 계산했다는 거다. 크하하하! 재밌어! 재밌잖아, 어이! 네 뒤에서 실로 조종하는 그 녀석, 진짜 최고다!"

　걸작이라고 말하는 듯이 류엔이 머리카락을 쓸어 넘기며 박장대소했다.

　"이용당한 거다, 키료. 네가 배신해서 우리에게 참가표 리스트 정보를 흘린 것도 계산된 거였어. 하나부터 열까지 전부 읽혔다고."

　"배신행위를, 처음부터 예상했다고……? 누가 그런 게 가능하다는 거야? 설마 아야노코지? 그렇게 달리기가 빠른 줄도 몰랐고…….”

“뭐, 그 녀석도 후보 중 한 사람이지만. 단정 지을 수는 없어. 이런 녹음을 준비할 수 있는 녀석이 그리 간단히 본색을 드러낼지는 별개의 문제다. 스즈네도 아야노코지도, 경우에 따라서는 히라타도 움직이게 하는 녀석이 있을지도 몰라. 그걸 앞으로 차근차근 알아내야 해. 스즈네한테서 포인트와 무릎 꿇기를 받아내는 데에는 실패했지만 수확도 있었으니 그걸로 됐다고 칠까.”

틀림없다. 어떤 방법을 썼는지는 모르겠지만, 그가 C반의 누군가를 이용해서 류엔의 작전을 녹음시켰다. 그것만은 확신이 섰다.

그리고 릴레이에서 보여준 오빠와의 경쟁은 도저히 이해할 수 없다. 눈에 띄는 것을 싫어하는 그답지 않다. 하지만 그걸 알기 때문에 내 뇌리를 스치고 지나가는 사람은 아야노코지 키요타카뿐. 이미 조금씩 의심을 사는 상황에서 일부러 눈에 띄는 행동을 취했다는 걸 알 수 있었다. 지금까지 뒤에서 반을 지배했던 사람이 돌연 겉으로 나서면 당연히 수상하다. 가짜를 의심할 것이다.

류엔이 아야노코지만으로 범위를 좁히지 않는 걸 봐도 그는 내가 모르는 곳에서 어떤 덫을 쳐놓았음이 틀림없다.

“이번 일은 여기서 덮는다. 그럼 이 문자를 보낸 사람도 더는 추궁해오지 않겠지.”

"그래도 되겠어? 혹시 그 녹음을 가지고 협박이라도 한다면?"

"학교에 낼 생각이 있으면 훨씬 뒤에 내겠지. 우리가 고발한 후여야 더 효과적일 테니까. 무릎은 꿇리지 못했지만 나로서는 목적을 절반은 달성했으니까. 만족스러운 성과다."

4

교복을 입고 약속대로 현관으로 가니 조금 전에 나를 불러냈던 소녀가 기다리고 있었다.

"그래서 할 얘기라는 게……."

"따라와."

"따라오라니, 어디를……."

"특별동."

그것 또한 아주 기묘한 장소로군.

자세한 설명도 없이 앞서 걷기 시작한 소녀는 특별동 3층까지 나를 데리고 갔다.

이 층은 교내에서 몇 없는, 감시 카메라가 설치되어 있지 않은 곳이다.

"도대체——."

말을 걸려고 했을 때 소녀가 나보고 기다리라고 말하더니, 혼자 걷기 시작했다.

그리고 복도 모퉁이에 다다르자 조용히 중얼거렸다.

"이제 돌아가도 돼?"

"그래. 수고 많았어, 마스미. 앞으로도 잘 부탁할게."

"……으응."

조용히 고개를 끄덕인, 마스미라고 불린 여자애가 자리를 떠났다.

그 목소리의 주인이 서서히 모습을 드러냈다.

한 손으로 지팡이를 짚은 그 존재는 싸늘한 미소로 나를 쳐다보았다.

1학년 A반 사카야나기.

"네가 나를?"

그렇게 물었지만 사카야나기는 아무런 대답도 하지 않았다.

그리고 얼마간 나는 사카야나기와 서로를 마주보는 형태가 되고 말았다.

해 질 녘의 교정에서, 한 소녀가 지팡이를 짚고 내 눈앞에 서 있다.

"마지막 릴레이에서 엄청난 주목을 받았지, 아야노코지 키요타카."

드디어 입을 여나 했더니, 그 이야기인가.

"아, 미안. 그 전에 문자 한 통만 좀 보내도 될까? 기다리는 사람이 있어서."

"그래."

싫은 표정 하나 없이 미소를 지어 보내는 사카야나기. 나는 준비해둔 것을 송신했다.

"그래서…… 너야? 나를 불러낸 게."

"그래."

즉답인가.

"무슨 일이지? 가능하면 빨리 본론으로 들어가 줬으면 좋겠는데."

"네가 달리는 모습을 보고 어떤 것이 떠올랐어. 그때의 충격을 공유하고 싶어서 나도 모르게 불러내버렸네. 꼭 고백의 서론 같지 않니?"

"무슨 소리인지 전혀 모르겠는데……."

탁, 탁 하고 지팡이를 짚으며 사카야나기가 내 옆에 섰다.

"오랜만이네, 아야노코지. 8년 하고도 243일만이야."

"농담하지 마. 난 네가 누군지 몰라."

"후후. 그렇겠지. 나만 일방적으로 아는 거니까."

탁.

탁.

지팡이가 점점 멀어져갔다.

도대체 뭐하자는 거지.

나는 내 마음대로 마무리 짓기로 결정하고는 사카야나기와 반대 방향으로 걷기 시작했다.

"화이트룸."

그런 단어가 귀를 통해 정수리를 꿰뚫고 지나갔을 때, 나는 무의식중에 발걸음을 멈추고 말았다.

냉정함은 사라지고, 왜, 어째서, 하는 의혹이 퍼져나갔다.

"싫겠지. 상대만 가진 정보에 휘둘리는 건."

"……너는……."

"오랜만에 반가운 재회를 했으니 인사하지 않으면 안 된다고 생각했어."

재회라고?

나는 등을 돌린 채 고개만 사카야나기 쪽으로 돌렸다. 전혀 본 적 없는, 정말로 기억에 없는 소녀였다.

과거에 기억을 잃은 적도 없다.

이 소녀, 사카야나기와는 이 학교에서 처음 알았다.

그 사실에 틀림은 없다.

"무리도 아니지. 너는 나를 모르니까. 하지만 난 너를 알아. 이것도 참 신기한 인연이야. 이런 데서 너랑 재회할 줄이야. 솔직히 말해서 무인도, 선상, 그리고 D반의 퇴학 소동. 그 모든 게 호리키타 스즈네의 작전이라고는 도저히 생각할 수 없었어. 그 모든 걸 네가 뒤에서 실로 조종했던 거였지."

"무슨 말인지 잘. 우리 반에는 참모가 몇 명 있으니까 말이야."

일단은 분석. 조바심내지 말고 냉정하게 대처하자. 생각은 그 뒤에 해도 된다.

"참모라면 호리키타 스즈네를 말하는 거야? 아니면 히라타 요스케? 어찌됐든 네 존재가 드러난 이상 누가 있든 상관없는데."

……이 녀석이 하는 말은 거짓이 아니다. 아무래도 진짜로 나를 아는 것 같다.

"안심해. 너에 대한 건 일단 아무에게도 말할 생각이 없으니까."

"말하면 편해지지 않나?"

"방해받고 싶지 않으니까. 가짜 천재를 매장시키는 역할은 내가 가장 어울려."

탁, 하고 가느다란 지팡이로 복도 바닥을 찔렀다.

"이 지루한 학교생활도 조금이나마 즐거움이 생겼네."

"하나만 물어봐도 되나?"

"네가 먼저 질문하다니 영광이야. 얼마든지 물어봐. 내가 너를 알고 있는 이유를 알고 싶으면 얼마든지 대답해 줄 수 있는데?"

"아니, 그런 건 흥미 없어. 딱 하나만 알고 싶을 뿐이야."

사카야나기의 눈이 내 눈을 응시했다.

"너한테 내가 매장 당할 수 있겠냐?"

그렇게 물었다.

"……후후."

살짝 웃음을 흘린 사카야나기가 다시 한 번 웃었다.

"후후후. 미안해, 웃어버려서. 하지만 네 발언을 모욕하려던 건 아니야. 난 네가 얼마나 대단한 사람인지 잘 알고 있으니까. 앞으로가 기대돼. 네 아버님이 만들어낸 최고 걸작을 파괴해야 비로소 비원을 달성할 수 있을 테니."

그건 나도 바라던 바다.

내가 패배하는 것은 곧 그 남자에게 완승하는 거니까 말이지.

이런 내가 껴안은 슬픈 모순을, 정말로 파괴해줬으면 좋겠다고.

진심으로 그렇게 생각했다.

작가 후기

안녕하세요, 키누가사 쇼고입니다. 4개월 만에 5권을 발매하게 되었습니다. 사실은 조금 더 빨리 낼 예정이었습니다만, 이번에도 4개월이 걸리고 말았네요. 다음에는 정말로, 하고 말씀드리고 싶지만, 여기서 선언해봐야 별로 득 될게 없다는 생각이 들어서 그만두도록 하겠습니다.

드디어 2학기가 시작되었고, 그 개막전은 체육대회가 되었습니다. 이번에 주인공은 뒤에서 활동하고 반 전체와 호리키타를 메인으로 이야기가 흘러가는 형태입니다. 그리고 마침내 주인공의 과거를 아는 인물이 등장했습니다. 또, 주인공의 존재가 학교에 인지되기 시작하는 최초의 계기도 나오게 됩니다. 아직 이야기는 초반이지만, 앞으로 더욱 열심히 활동할 테니 부디 잘 부탁드립니다.

작년은 많은 분에게 여로 모로 도움을 받은 한해였습니다. 무엇보다도 일러스트레이터 토모세 슌사쿠 님. 그리고 매번 의미 없이 전화하거나 잡담을 나누곤 하지만 중요한 순간에는 그 누구보다도 의지가 되어 주시는 편집자님께 감사 말씀을 전합니다. 올해도 부디 저랑 친하게 지내달라고 절실하게 간청 드립니다.

독자 여러분, 관계자 여러분. 올해도 잘 부탁드립니다!

키누가사 쇼고

YOUKOSO JITSURYOKUSIJYOUSYUGI NO KYOUSITSU E 5
©Syougo Kinugasa 2017
First published in JAPAN in 2017 by KADOKAWA CORPORATION, Tokyo
Korean translation rights arranged with KADOKAWA CORPORATION, Tokyo

어서 오세요 실력지상주의 교실에 5

2017년 9월 1일 1판 1쇄 발행
2023년 11월 15일 1판 11쇄 발행

저　　　자 키누가사 쇼고
일 러 스 트 토모세슌사쿠
옮 긴 이 조민정
발 행 인 유재옥
이　　　사 조병권
출판본부장 박광운
편 집 1 팀 박광운
편 집 2 팀 정영길 조찬희 박치우 정지원
편 집 3 팀 오준영 이해빈 이소의
디자인랩팀 김보라 박민솔
디지털사업팀 박상섭 김지연 윤희진
라이츠사업팀 김정미 맹미영 이윤서
영업마케팅팀 최원석 박수진 박소연
물 류 팀 허석용 백철기
경영지원팀 최정연
인쇄제작처 ㈜코리아피엔피
발 행 처 ㈜소미미디어
등　　　록 제2015-000008호
주　　　소 서울시 마포구 토정로222, 403호 (신수동, 한국출판콘텐츠센터)
판매 및 마케팅 (070) 8822-2301

ISBN 979-11-6190-025-4 04830
ISBN 979-11-5710-286-0 (세트)